Gewidmet:

Allen Frohnaturen aus Politik, Wirtschaft, Fernsehwelt und Kirche, die ihr Lieblingspuff, das „Rotköpfchen“ vermissen. Es ist eine Schande für den Rotlichtstandort Mainz, dass die ganze Handkäsmafia heute bis nach Wiesbaden fahren muss, wenn sie gepeitscht werden will.

W0293941

Vorwort:

In diesem Buch geht es um das Sexualleben eines katholischen Priesters. Der korrekte Fachbegriff für diese Zeitgenossen lautet „Kuttebrunzer“. Seit rund 1700 Jahren sind die Themen Sex und Religion in Mainz untrennbar verbunden, meistens in Form christlicher Berufsfunktionäre, die in sexueller Hinsicht Wasser predigen und Wein saufen. Schon im elften Jahrhundert nach Christus maulten hier die Pfaffen, als der Papst die Einhaltung des Zölibats forderte. Die Kuttenbrunzer waren empört, weil ihnen der Papst die „Mauserei“ im Allgemeinen, die „Berschterei“ im Besonderen und die „Feilerei“ im Speziellen verbieten wollte. Seit Jahrhunderten gehört der geile Kuttenbrunzer zur Määnzer Gesellschaft, wie der Dom zum Stadtbild. Deshalb gibt es auch eine Alimentenstelle für Pfarrerskinder. Und deshalb singt man hier so gerne das schöne Lied:
„Da wackelt de Dom, da wackeln die Bääm, heit geht de Bischof noch lang nit hääm.“

Dieser Roman ist von vorne bis hinten völlig frei erfunden. Ähnlichkeiten mit lebenden Personen, existierenden Organisationen oder tatsächlichen Ereignissen sind rein zufällig und nicht beabsichtigt.

Das literarische Personal

Karl Napp, Määnzer Hutsimpel, Expolizist und Privatdetektiv
Erna Napp, Karls Frau, schlauer als er und Vermieterin
Herbert Dickmilch, rheinhessische Frohnatur, Hobbyjäger und Freund von Karl
Rudi, Herberts Dackel, Sauvieh
Karl-Heinz Napp-Mahlzahn
Karls Sohn, grün-alternativer Lehrer und Spießbürger
Monika-Ellen Napp-Mahlzahn
Karls Schwiegertochter, esoterische Sozialpädagogin
Franky, Möchtegernboxer und Hilfsdetektiv
Doktor Heribert Schtolte, Mainzer Bildungsbürger, Restaurantkritiker und Ernas Mieter
Marianne Schtolte, Kulturredakteurin beim Zweiten Fernsehen Deutschlands (ZFD) und Ernas Mieterin
Rosie, gestandene Puff- und Großmutter
Wackel-Otto, Karls Onkel, pensionierter Bordellbetreiber und Sammler erotischer Kunst
Franz-Josef Fickeisen alias **Nierenschläger**
bisexueller katholischer Priester, Spendensammler, Puffgänger, Chef des Vereins zur Rettung des christlichen Abendlandes e. V.
Emma Lesoin, geborene Fickeisen, rustikale pfälzische Bäuerin und Schwester des liederlichen Franz-Josef
Pit Bierheimer, Künstler und Spezi von Fickeisen
Mathias Schmitt, schwuler und sensibler Priesterseminarist, Exliebhaber von Fickeisen
Brezelmüller, Pate der Mainzer Handkäsmafia
Fläschworschttoni, Großmetzger, immer gut gelaunt und geil
Hohlblockfriedel, Baulöwe und Spendengeschädigter
Doktor Grieser, Mainzer Lokalpolitiker, konservativ-demokratische Union (KDU)
Nobby Schulte, Mainzer Lokalpolitiker, sozialbolidische Bardei Deutschlands (SBD)
Kommissar **Mittelstedt** und sein dicker **Assistent**, Kripo Mainz
Die Assassinen Gottes, katholisch-fundamentalistische Bombenleger

Dieter Schmidt

Big Deal oder der tote Kuttenbrunzer im Sado-Maso-Käfig

Dieter Schmidt
Big Deal oder **der tote Kuttenbrunzer im Sado-Maso-Käfig**
Mainzer Kriminalroman aus der Serie: Karl Napp ermittelt
Karl-Napp-Verlag 2002, alle Rechte vorbehalten
5. Auflage: Juli 2007
ISBN: 3-00-010351-1

Bestellungen, Kritik und Beschimpfungen an:

Karl-Napp-Verlag/ Dieter Schmidt
Am Pionierübungsplatz 7
55252 Mainz-Kastel
Fax: 06134 - 63022
www.karl-napp-mainz.de

Umschlaggestaltung:

Atelier Wilinski
www.wilinski.de

Druck:

Firma Gegendruck
Scharnhorststr.9
65195 Wiesbaden
Tel: 0611/ 441320
Fax: 0611/ 9450468

Lektorat:

Frau Dr. Babbisch
Mainzer Institut für vergleichende Sozialstudien
„Ei sischer hab isch da emal dribbergeguckt!“

„Helau!“,

grölte der besoffene Zugplakettenverkäufer, als er morgens um fünf Uhr dreißig in die Bar stolperte. Vor seinem Bierbauch schleppte er einen dicken Bauchladen voller Zugplaketten, kleinen Anhängern, mit deren Verkauf die Fassenacht mitfinanziert wurde. Die Barfrau Rosie wischte den Laden durch. Von den energischen Schrubbbewegungen animiert, sprangen ihre Brustwarzen aus dem engen Top. „Zuchplageddscher“, lallte der Mann und glotzte auf ihre Brüste. Sie sah kurz hoch, hob den Wischer und setzte ihn an die Kehle des Mannes. Rosie zeigte auf den Anhänger, der ihren lokalpatriotischen Busen zierte.
„Erstens iss Feierabend unn zwäddens hab isch schunn soviel Zuchplageddscher kaaft, daß isch en eischene Motivwache habbe kennt. Mach disch vum Acker!“
Der Mann begriff, daß er unerwünscht war. Vor allem roch er es. Der Putzlappen vor seiner Nase förderte den Brechreiz. Würgend stieg er vom Barhocker und torkelte nach draußen. Als er zögerte, gab ihm Rosie mit dem Wischer einen Schubs auf den Arsch.
„Wasn Depp“, murmelte sie vor sich hin und schrubbte weiter. 25 Jahre Erfahrung im Geschäft sagten ihr, daß jetzt nichts mehr ging. Sie stellte die Barhocker hoch, putzte fertig, zog sich an und wollte nach Hause. Deshalb schlug sie dem Mann, der mit dem Kopf auf der Theke eingeschlafen war, links und rechts an die Hamsterbacken. „Karl! Isch bring disch jetzt hääm zu deiner Fraa!“
Der Privatdetektiv Karl Napp reagierte nicht. Rosie nahm einen Zahnstocher und stach ihn in Karls Arsch, der halbbekleidet auf dem Hocker hing, weil Hose und Unterhose in dieser Körperhaltung nach unten, die Herrenoberbekleidung aber nach oben rutschte und somit den nackten Arsch halbwegs zur Besichti-gung freigaben. Karl, wie von der Tarantel gestochen, zuckte hoch. Rosie schleppte ihn nach draußen, stellte ihn an der Hauswand ab, holte ihr Auto, zerrte ihn hinein und fuhr ihn nach Hause. Weil sie wußte, daß er in diesem Zustand nicht in der Lage war, seinen Schlüssel zu finden, klingelte Rosie Karls Frau aus dem Schlaf.

Gemeinsam schleppten sie den Besoffenen wie einen nassen Sack durchs Treppenhaus nach oben.
Erna Napp: „Was hat er dann widder angeschtellt?“ „Kää Ahnung. Wie er in die Bar komme iss, war er schunn so voll, daß er nit mehr babbele konnt.“
Die beiden Frauen beobachteten Karl. Karl lag auf dem Sofa und schnarchte. Ein kleiner dicker Mann Mitte fünfzig mit Halbglatze. „Willsten Kaffee?“, fragte Erna verschlafen. Eine kleine, dicke Frau Anfang fünfzig in Bademantel und Pantoffeln mit zerzauster Frisur. „Gern“, sagte Rosie und legte den Mantel ab. Eine große, kräftige Frau Mitte vierzig. Sie trug Arbeitskleidung. Hochhackige Schuhe, Netzstrümpfe, ein buntes Top und jede Menge Farbe im Gesicht, die jetzt langsam abblätterte.
„Wie issen es Geschäft?“, fragte Erna gähnend. „Mau“, sagte Rosie und schlürfte Kaffee. „Weeste, es gibt immer mehr privade Pardykreise, Swingerclubs, Hausfraue- unn Hobbyhure unn ibberhaupt. Des Geschäft iss nit mehr, was es frieher war. Je salongfähischer des Ganze werd, desto schlimmer isses. Legalisierung vun de Prosdidudsion! Ibber korz odder lang werd isch dann Mitglied bei de IHK. Wahrscheinds muß dann jed Hur e Gesellepriefung mache. Unns Finanzamt kassiert Umsatzschteier uff jed Nummer.“
Erna rührte nachdenklich in ihrem Kaffee. Mit dem ganzen Thema hatte sie wenig zu tun, außer, daß sie Rosie vom gemeinsamen Kegelklub kannte. „Ja, unn sunst?“ „Sunst isses wie immer“, sagte Rosie. „Die Mauserei iss nit es schlimmste. Es schlimmste iss, daß disch die Herrn von vorne bis hinne volllabern. Lebensgeschischte unn Eheprobleme! So isses. Am meiste geht mer des Gebabbel uff de Senkel. Bin doch kään Psychologe! Fer den selbe Scheiß kriegt son Therapeut 150 Mark die Schtund, ibber die Krankekass abgereschnet, ohne, daß er mit seine Kunde berschte muß! Iss dess gerescht?“ „Nää“, sagte Erna. „Kimmste uff unser Weibersitzung?“ „Ei sischer“
„Horsch emal“, sagte Erna. „Isch brauch e bißje Hilf. Isch bin nämlisch in de Bütt wie immer die Fraa Babbisch unn verliebt in son Popschtar. Abber isch brauch so rischdisch kernische Schprüch

aussem Milljöh. Kannste de mer da helfe?" „Ei logisch", sagte Rosie und legte los.

Mainz im Januar. Mit närrischem Treiben steuerte die Landeshauptstadt entschlossen auf den Rosenmontag zu. Geschäfte und Kneipen waren bunt geschmückt, witzische Büttenredner und beineschwingende Funkenmariechen gaben auf unzähligen Fassenachtssitzungen ihr Bestes. Danach wankten besoffene Gardisten fröhlich Helau grölend nach Hause. Atemlos hetzten die Reporter der beiden Lokalzeitungen von einer Sitzung auf die nächste. Sowohl die AZ, die Mainzer Allgemeine Zeitung, als auch die RZ, die Mainzer Rheinzeitung, quollen über vor Fassenachtssitzungskritiken. Hinter den Kulissen tobten erbitterte Kämpfe darum, welche Beiträge in die große Fernsessitzung übernommen werden sollten. Die hilfsintellektuellen Fassenachtshasser waren, wie jedes Jahr, betroffen und empört von soviel Fröhlischkeit. Naserümpfend verschanzten sie sich in ihren Wohnungen, um der restlichen Menschheit wenigstens ein paar Tage lang den Anblick ihrer griesgrämigen Muffelgesichter zu ersparen. Geldgierige Psychologen gaben in den Medien allen Ernstes gut bezahlte Tips: „Es ist Fassenacht. Trinken sie ruhig ein Gläschen über den Durst und lassen sie Fünfe gerade sein."

Nach Fassenacht würden sie wieder ertappte Alkoholsünder mit sündhaft teuren Idiotentests quälen.

Das berühmte Fachgeschäft „Jaques Hermann" verkaufte tausende Pappnasen und Elefantenrüssel. Phantasievolle Zeitgenossen bastelten ihre Verkleidungen selbst. Erna Napp zum Beispiel nestelte an ihrem zeitlos eleganten „Fraa Babbisch"- Kostüm.

Erna: „Als was gehsten Du an Fassenacht?"

Karl: „Isch geh als Hering."

Erna: „Wie geht dann dess?"

Karl: „Isch wickel e alt Zeidung um de Bauch unn laß unne de Schwanz raushänge."

Aber dann war Schluß mit lustig. Ein merkwürdiger Todesfall drohte, die ganze Fassenacht zu versauen.

Kommissar Mittelstedt, Kripo Mainz, zündete sich eine Zigarette an. Aha, dachte er, so sieht also ein Sado-Maso-Bordell aus. Ein Keller, vollgestopft mit Peitschen, Ketten und ähnlichem Unfug. Die Lederpolster sahen abgewetzt und fleckig aus. Wichsflecken vermutlich.

„Was fer ä dick Wutz!“, sagte Mittelstedts übergewichtiger Assistent mit Blick auf den Toten. Der Tote lag vor ihnen auf dem Rücken. Er hatte eine Erektion und war nackt, bis auf die lederne Gesichtsmaske, die Augen, Nase und Mund freiließ. Er lag in einem großen Metallkäfig, der an Eisenketten von der Decke herabhing. Der Tote war fett, etwa 50 Jahre alt und hatte gepflegte Hände. Anscheinend kein Handarbeiter, sondern ein Besserverdiener. Jedenfalls studierte der Assistent neidisch die Getränkeliste, um festzustellen, daß ein hiesiger Puffbesuch eindeutig seine Gehaltsgrenze überschritt. Der Notarzt klappte den Koffer zu und zog die Handschuhe aus.

„Klassischer Fall“, sagte er in allerbestem Hochdeutsch, zu dem ein akademischer Rheinhesse fähig ist. „Pump kabutt, Herzinfakt“

Die Polizeifotografin ging um den Käfig herum, die Leiche fotografierend. „Sie müssen in den Käfig“, sagte der Kommissar, „sonst sieht man auf den Fotos immer die Gitterstäbe.“

Die Fotografin kletterte in den Käfig und schoß Bilder. Der freischwebende Käfig fing an zu schwanken. Die Frau verlor das Gleichgewicht und fiel über den Toten. Auch das noch, dachte Mittelstedt. Der dicke Assistent brüllte vor Lachen. Die Frau kroch wütend aus dem Käfig und gab dem Dicken eine Backpfeife. „Arschloch!“, zischte sie.

„Wer war der Mann?“, fragte Mittelstedt die Domina. Sie zuckte mit den Achseln. „Schtammkunde“, murmelte sie mit besorgtem Gesicht. Die Domina war etwa Mitte vierzig, groß und kräftig. Sie trug einen knallengen Lederanzug, aus dem der Speck quoll und der die großen, melonenförmigen Brüste freiließ, auf die der Assistent immer stierte.

„Der hat sisch am Dellefon immer angemeld unn iss dann mit errer Mask roikomme, weil er nit wollt, daß mern erkennt. Von der Sort

hab isch noch e paar." Sie war nervös und rauchte Kette. „Herr Kommissar. Dess iss nit gut fers Geschäft."
Wahrscheinlich nicht, dachte Mittelstedt. Wahrscheinlich war es nicht gut fürs Geschäft, wenn ein Kunde im Puff tot umfiel.
„Was zum Teufel haben sie denn mit ihm gemacht?"
„Erstmal es Grundprogramm. Peitsche, hääßes Wachs, Stibbel ablecke lasse unn schenne."
Der Assistent kicherte geil. Mittelstedt dachte nach. Er hatte zwar keine Ahnung von dem Kram, wußte aber, daß Sado-Maso-Sex ein boomendes Geschäft war. Er hatte nicht übel Lust, die Domina eine Vorführung am Assistenten machen zu lassen und dabei seine Herzschlagfrequenz zu messen.
„Und sie waren nicht dabei, als er starb?" „Gott bewahr", seufzte die Domina. „Isch war grad nebedra im Schtudio zwä, isch mußt misch um en annern Kunde kimmern. Isch war doch heit nacht allä, weil die Kolleschin nit komme konnt. Die hat grad ihr babbisch Woch."
Mittelstedt sah sie verständnislos an. Die Fotografin half ihm auf die Sprünge. „Babbisch Woch, heißt, daß die Kollegin gerade menstruiert. Sie hat ihre Tage." „Genau", sagte die Domina. „Saach isch doch."
Mittelstedt seufzte. Dieser Mainzer Dialekt mit seinem unerschöpflichen sexuellen Wortreichtum war immer für eine Überraschung gut. Der Assistent gluckste.
„Entfern die Maske!", befahl der Kommissar. Der Dicke öffnete den Reißverschluß der Maske und zog sie vom Kopf. Der Tote hatte ein blau angelaufenes Gesicht mit dicken Hamsterbacken. Zisch, zisch, zisch, machte das Blitzlicht der Photographin. Die Domina stiefelte schweren Schrittes aus dem Raum. Der Assistent starrte auf ihre mächtigen Arschbacken, die der Lederanzug ebenfalls freiließ. Zwischen Studio Eins und Studio Zwei gab es eine Garderobe. Sie kam mit einem Kaschmirmantel wieder. Der Kommissar griff in die Tasche und zog ein großes Portemonnaie heraus.

Auf der Visitenkarte stand:

Dr. theol. Franz-Josef Nierenschläger
Bischöfliches Ordinariat Mainz
Finanzverwaltung

„Huah“, brüllte der Assistent fröhlich. „Des issen Kuttebrunzer!“
„Harry, hol schon mal den Wagen“, befahl der Kommissar. „Wie witzisch“, sagte der Assistent und holte den Wagen. Die Obduktion ergab: Todesursache Herzversagen, mitverursacht durch die langjährig kombinierte Einnahme von Herzmedikamenten, Viagra, Koks und zuviel Alkohol.
Die Schlagzeilen lauteten:
Hochrangiger Mitarbeiter des bischöflischen Ordinariats tot im Bordell aufgefunden.“
Das grölende Gelächter lautete:
„De dode Kuttebrunzer im Sado-Maso-Käbbisch!“
Während rund um den Dom betretenes Schweigen herrschte, ja sogar drei Kirchenaustritte vermeldet wurden, schrieben einige Fassenachter schnell ihre Büttenreden um. Der tote Pfaffe im Puff, das versprach für die diesjährige Kampagne ein paar Brüller extra.
Nierenschläger jedenfalls wurde still und einsam in einem billigen Fichtensarg zu Grabe getragen. Weder die Kirche, noch seine politischen Freunde wollten mit einem Pfaffen und Spendensammler in Verbindung gebracht werden, der im Puff gestorben war.

Politik war teuer, am teuersten waren Wahlkämpfe. Alle Parteien waren große Geldfressmaschinen. Vorne mußte man viel Bimbes hineinstecken, damit hinten solche Parolen herauskamen wie „Kinder statt Inder“ oder „joggen mit Joschka“. Wie zur Fassenacht rumpelten Politiker auf großen Motivwagen durch die Städte, um bunte Luftballons und Anstecker auf die Straße zu werfen. Redenschreiber verlangten Geld für schönes Geschwätz, Meinungsforschungsinstitute forderten Kohle für hirnrissige Umfragen, Werbefirmen wollten Unsummen für bescheuerte Wahlplakate. PR-Berater bestimmten das Idealgewicht ihrer Politiker, untersagten ihnen öffentlich zu rauchen, suchten die passende Frisur zur Krawattenfarbe aus und verboten klare Aussagen. Bei all dem

Unfug sollten sie „Profil“ haben und „Inhalte“ vermitteln. Deshalb bastelten Werbefritzen teure „Imagekampagnen“ für „politische Querdenker“, was immer das sein sollte. Das gemeinsame Motto aller hochbezahlten Wahlkampfmanager lautete: Verpackung ersetzt Inhalt. Der ganze Irrsinn war eigentlich nicht zu bezahlen. Dazu reichten weder Wahlkampfpauschalen noch Mitgliedsbeiträge aus. Deshalb gab es Spenden. Wenn man der SBD, der sozialbolidischen Bardei Deutschlands, drei Millionen Mark spendete, bekam man als Gegenleistung ein Grab direkt neben einem SBD-Bundeskanzler reserviert. Für sechs Millionen Mark bekam man vielleicht sogar die Knochen des alten Burschen, um sie in die Vitrine zu stellen. Meistens aber spendeten Unternehmer Geld an Parteien, um wirtschaftspolitische Vorteile zu kaufen. Für 20 Millionen konnte man von der SBD die Genehmigung zum Bau einer vollidiotischen Müllverbrennungsanlage kaufen, wobei ein Teil des Schmiergelds in den privaten Taschen gieriger Genossen verschwand.
Die KDU, die konservativ-demokratische Union, hatte sogar ein Spendensystem entwickelt. Ein Unternehmer gab einem mehr oder weniger vertrauenswürdigen Spendensammler Geld. Schwarz, bar, ohne Quittung. Der Spendensammler übergab das Geld mehr oder weniger vollzählig auf einer Autobahnraststätte an einen Wirtschaftsprüfer. Der fuhr die Kohle nachts in die Schweiz und verteilte den Bimbes auf diverse Geheimkonten. Dieses ausgeklügelte Spendensystem funktionierte bis 1999. Damals saß der Geschäftemacher und Parteispender Karl-Heinz Autor im Bolles. Seine politischen Freunde ließen sich verleugnen und behaupteten, den Knacki entweder gar nicht zu kennen oder nur selten aus großer Entfernung gesehen zu haben. Autor wurde deshalb so sauer, daß er bestätigte, dem ehemaligen KDU-Schatzmeister Kaisler-Lieb eine Million und Schrolfgang Häuble 100000 Mark gegeben zu haben. Zunächst ging es um die Lieferung von 40 Fuchspanzern nach Saudi-Arabien. Wie üblich bei solchen Geschäften, hielten alle möglichen Leute die Hände auf, um den klobigen Füchsen auf die Sprünge zu helfen. Da hatte ein Staatssekretär 3,8 Millionen Schmiergeld bekommen, weshalb

er sich blitzartig auf die Philippinen absetzte, wo er noch heute gesucht wird. Da hatte eine ehemalige Staatssekretärin für schlappe neun Millionen Mark einen Beratervertrag abgeschlossen, weshalb die schlaue Frau auch heute noch in Deutschland lebt. Verantwortliche Funktionäre logen, verschleierten, hatten große Gedächtnislücken oder versteckten sich hinter dem breiten Rücken des dicken Ehrenvorsitzenden, der für alles verantwortlich sei. Ganz dreist stellte sich die hessische KDU an. Die hatte fleißig 20 Millionen in der Schweiz gebunkert und konnte sich gar nicht erklären, woher die Kohle kam. In einem Anfall von politischem Rinderwahnsinn faselte ein edler Graf Bimbes etwas von „anonymen jüdischen Vermächtnissen“ daher. Da sprang Ministerpräsident Roland Bocuse in die Bresche. Natürlich war er unschuldig und wußte von nichts, gelobte aber im Fernsehen „brutalstmögliche Aufklärung“, um einen falschen Rechenschaftsbericht vorzulegen, was er dann als „Irrtum“ bezeichnete; was ja mal vorkommen kann.

Der wirkliche Schaden für die Partei bestand weniger darin, daß prominente Schwarzgeldschieber zurücktreten mußten und ein paar politische Freundschaften zu Bruch gingen. Der Schaden bestand in dem verheerenden Eindruck, den die Affäre auf spendenwillige Unternehmer machte. Wer der Partei heimlich Geld spendete, wollte nicht, daß sein Name und die Summe in der Öffentlichkeit genannt wurden. Nicht alle Arbeitnehmer wählten KDU und der Betriebsrat fragte sich dann, wieso eigentlich Weihnachtsgelder gekürzt wurden, wenn andererseits genug Kohle da war, um einem Parteifunktionär die Taschen vollzustopfen. Außerdem war dann der regionale SBD-Vertreter beleidigt, weil sein Verein leer ausging. Und, sobald das in der Zeitung stand, fragten Journalisten, ob es für diese Spenden auch entsprechende Gegenleistungen gab.

Noch abschreckender war das lustige Durcheinander der KDU-Finanzverwaltung. Wirtschaftsprüfer Highrauch sagte etwas anderes als Kaisler-Lieb aus. Wie die Kinder stritten Häuble und die ehemalige Schatzmeisterin Blaumeiser vor Gericht um die Frage, wer denn nun tatsächlich die 100000 in bar entgegengenommen hatte. „Ich wars!“ „Nein, ich wars!“ Ein

professioneller Geldeintreiber, intern Spendenmüller genannt, hatte nicht nur üppige Provisionen kassiert, sondern zum Dank für seine ehrenwerten Dienste auch noch Abfindungen in Höhe von mutmaßlich 2,3 Millionen DM. Weil er aber immer wieder Spendenbimbes in die eigene Tasche gesteckt hatte, verklagte ihn die KDU auf „Betrug und Untreue“, weshalb er 12 Monate brummen mußte. Ein hessischer KDU-Schatzmeister hatte einfach 1,2 Millionen Parteigelder privat verbraten, weil er ein großer Pferdeliebhaber war und ein eigenes Gestüt wollte. Kaisler-Lieb fand dann irgendwann eine Million auf seinen Konten, ohne zu wissen, woher sie kam. Er nehme aber an, daß es eigentlich für die Partei gedacht war, sagte er.
Soll ich, so fragten sich viele Unternehmer, solchen Stümpern mein sauer verdientes Geld spenden? Diese wichtige Frage stellten sich auch Unternehmer in Mainz. Kaum ins Grab geschaufelt, entfleuchte der Geist des toten Pfaffen und begann, zu rumoren.

Drei Wochen vor Rosenmontag klopfte ein Kunde an die Tür des Detektivbüros Karl Napp und Herbert Dickmilch, Nachforschungen aller Art: Untreue, Unterschlagung, Industriespionage weltweit. Karl Napp, Herbert Dickmilch und Dackel Rudi saßen im Büro und arbeiteten konzentriert am Text für die Büttenrede der Polizeifassenacht. Das Büro lag im Keller eines Mietshauses. Es war Karls ehemaliger Partykeller, genannt „Blaue Lagune“ und sah auch genau so aus. Der Kunde war ein junger, schüchterner und etwas weltfremd wirkender Mann mit Nickelbrille. Und dieser Mann war schwul. Es war ihm sichtlich unangenehm, mit einem Detektiv zu sprechen, der die Ausstrahlung eines heterosexuellen Hausmeisters verströmte.
„Ich heiße Mathias Schmitt, studiere katholische Theologie und war der Freund von Franz-Josef Nierenschläger.“
„Vun dem geile Kuttebrunzer, der sisch im Puff dotgebumst hat?“
„Ja genau“, sagte der angehende Pfarrer.
Karl, Herbert und Rudi sahen ihn verständnislos an. Ein Pfaffe, der im Puff tot umfiel, das konnte ja sein. Aber das konnte eben nicht sein, wenn der Pfaffe schwul war.

„Franz war bisexuell", erläuterte der Student. „Bisexuell und sadomasochistisch veranlagt. Ich war ihm zu sanft. Deshalb betrog er mich mit harten Lederjungs und ging in Sado-Maso-Studios." „Ja", sagte Karl neugierig, „unn weider?" „Ich glaube, daß Franz ermordet wurde. Ein paar Tage vor seinem Tod hat er mir gesagt, daß er anonym bedroht wurde und ich denke, daß..." „Moment emal", mischte sich Herbert ein. „Warum hasde des dann nit de Bolizei gesaacht?"
Schmitt, gequält: „Ich kann nicht zur Polizei gehen! Ich will katholischer Priester werden und wohne im Priesterseminar. Franz hatte Angst. Wahrscheinlich vor seinen politischen Freunden. Er war Schatzmeister im Verein zur Rettung des christlichen Abendlandes. Das hat irgendwas mit KDU-Parteispenden zu tun und ich denke, daß Franz....Vielleicht hängt auch jemand von der Kirche mit drin, wegen Franzens unchristlichen Lebensgewohnheiten, aber ich denke eher, daß...." „Denkste des jetzt odder määnste des odder wääste wass?" „Ich denke, daß...."
Die Geschichte wurde immer wüster. Als Schmitt fertig war, hatten Napp und Dickmilch einen neuen Fall. Furchtlos, wie rheinhessische Frohnaturen nun mal sind, nahmen sie sofort die Ermittlungen auf. Das heißt, erst einmal schlossen sie das Büro. Es war Feierabend.
Mathias Schmitt war mittelgroß, unsportlich-magerer Figur und selbstquälerischer Natur. Er gehörte zu jenen Menschen, die sich für die katholische Kirche entscheiden und daran verzweifeln. Er fraß an der Krippe der Kirche und kritisierte diejenigen, die ihn fütterten. Er war schwul UND wollte Pfarrer werden, durfte aber ersteres nicht zugeben, wenn er zweiteres werden wollte. Das ging nicht. Ein tägliches Elend. Diese Atmosphäre unterdrückter Sexualität und heimlicher Verhältnisse im Priesterseminar kotzte ihn an. Der ganze katholische Dienstbetrieb war ein einziges Spießrutenlaufen für ihn. Er sah nichts als Ärsche und Schwänze. Viele waren schwul, manche gaben es zu, manche taten es heimlich, manche hätten es gern getan, aber alle leugneten es öffentlich.

Mit dem Gang des schuldbewußten Katholiken, der weiß, daß ihn keine Beichte von seinen Sünden entlasten kann, womit er sich schon beinah zum Protestanten erniedrigte, schlich Mathias Schmitt durch die kalte Mainzer Januarnacht nach Hause ins Priesterseminar. „Oh Gott", murmelte er. „Was habe ich getan?"

„Die Schwuchtel war bei einem Schnüffler und geht jetzt heim", meldete der Mann mit dem Handy. „Zu wem?" „Nach Hause ins Priesterseminar. Heim ins Körbchen!" „Idiot! Ich will wissen, zu welchem Detektiv er gegangen ist!" „Detektei Karl Napp und Herbert Dickmilch", meldete der Beobachter.

Der Auftraggeber schwieg einen Moment. Wenn dieser Mathias Schmitt zu einem Privatdetektiv ging, konnte die Angelegenheit mit Nierenschläger gefährlich werden. Andererseits: Detektive mit diesen Namen konnten doch nicht gefährlich sein, oder?

„Also was jetzt ?", fragte der Mann mit Handy. „Beobachten!" „Wen?", fragte der Beobachter. „Schmitt oder Napp?" „Beide!", zischte der Auftraggeber. „Was denn noch alles", sagte der Beobachter, nachdem er das Handy ausgeschaltet hatte. Eine ganze Woche lang hatte er einen schwulen, katholischen Theologiestudenten beobachtet. Als ob das nicht langweilig genug wäre, sollte er jetzt auch noch einen stinklangweiligen Detektiv beschatten, dessen Name Karl Napp lautete. Napp wohnte im ersten Obergeschoß. In einem katastrophal eingerichteten Wohnzimmer flimmerte die Glotze, davor des Detektivs Glatze. Und daneben dessen Frau, die gerade bügelte. Das alles war genau zu beobachten, weil die Frau gerade die Vorhänge bügelte.

Egal, dachte der Beobachter wütend. Alles war vorbereitet. Der Sprengstoff, die Zeitzünder, die Bekennerschreiben. Niemand würde die Mission aufhalten. Keiner. Weder ein schwuler Möchtegernpfarrer, noch ein Karl Napp und schon gar kein Pit Bierheimer.

Karl wurde schwindelig. Schwule Priesterseminaristen, bisexuelle Manager des bischöflichen Ordinariats, Parteispenden, Mord. „Dess iss en ganz digger Hund", brummelte er. „Da gehts um Sex,

Geld, Relischion unn Bolidig!“ „Unn es beste iss“, sagte Erna, „daß de vun alle vier Sache kä Ahnung hast!“
Ganz gegen seine Gewohnheit sagte Karl lange Zeit nichts, sondern dachte nach. Gut. Von Sado-Maso-Sex hatte er keine Ahnung. Das stimmte. Von Geld auch nicht. Seit er Erna kannte, regelte sie alle Finanzangelegenheiten. War auch besser so. Dann überdachte er seine Beziehung zur Religion. Karls Verhältnis zur katholischen Kirche war angenehm unverkrampft. Wie so viele Mainzer, glaubte er „eher wenischer“ an Gott, war aber gut katholisch. Er ging sogar regelmäßig zur Kirche. Bei Hochzeiten, Beerdigungen und Taufen. Ansonsten hielt er katholische Priester für jede Sauerei fähig. Das kam daher, weil Ernas ältester Bruder seit Jahrzehnten im bischöflichen Ordinariat als Zivilangestellter arbeitete. Karl kannte die ganzen Geschichten von versoffenen Pfarrern, die ihre Entziehungskuren in einer als Kloster getarnten Klinik absolvierten. Er wußte auch, daß es eine katholische Alimentenstelle gab, von der ledige Mütter in Mainz anerkennend sagten: „Die Kersch zahlt fer moin uneheliche Bangert besser als wie die Army fers Kind vun moiner Schwester.“
Er kannte auch die Geschichte von dem ehemaligen Pfarrer, der kirchliche Gelder veruntreut hatte und heute friedlich mit seiner Haushälterin zusammenlebte, weil man nicht die große Presseglocke läuten wollte. Und natürlich gab es da die Dreckgeschichten. Etwa vom ehemaligen Chorleiter, der sich aus Gesundheitsgründen eine Sauna in die Wohnung bauen ließ, damit er dort umso besser die kleinen Knaben angrapschen konnte. Von solchen verbrecherischen Perversitäten abgesehen, wollte Karl nicht päpstlicher als der Papst sein. Es juckte ihn nicht besonders, wenn katholische Pfarrer heimliche Verhältnisse zu erwachsenen Frauen oder Männern hatten. Und daß es in Deutschland mehr schwule Pfarrer als Friseure gab, pfiffen alle Spatzen von den Kirchendächern. Das bestätigte auch sein Schwager: „Wääßte Karl, in de Kersch isses wie bei de Marine odder de Fremdelegion. En Haufe Schwule, abber käner derfs zugebbe.“
Karl überdachte sein Verhältnis zu Schwulen. Auch da kam er nicht weiter. Gegen Schwule hatte er genau so viel oder wenig wie gegen

Nichtschwule. Das bestätigte ihm auch immer wieder sein schwuler Metzger und Kegelbruder. Der hatte nämlich seinen Gesellen und Liebhaber adoptiert, weil er der Meinung war, daß „homosexuelle Ehe genau son Kokolores sinn wie hederosexuelle. Iss doch alles worscht. Die änzische, die was devon habbe, des sinn die Anwält. Die verdiene dann an de Scheidung. Unn wääßte aach, warums homosexuelle Ehe gibt? Weil de halbe Bundesdaach nur aus Jurisde beschteht, deshalb! Metzger jedenfalls sitze wenisch im Bundesdach. Die misse schaffe unn habbe kä Zeit fer son dumme Quatsch! Die misse Fläschworscht verkaafe, anschtatt schlau babbele! Unn außerdem bin isch Fünfefuffzisch unn moin Gesell kann nit nur schaffe unn Buchführung mache, der hatt aach en geile Arsch! Wenn der soi Ledderhose anzieht, sieht dess aus wie e frisch Quellworscht in de Pell. Äfach geil!"
Es war 20 Uhr. Nachrichten flimmerten über den Bildschirm. Auf der Mattscheibe prangte das gepuderte Gesicht des hessischen Ministerpräsidenten. Mit der routinierten Dreistigkeit des politischen Medienprofis bügelte er alle Fragen zu seiner persönlichen Verantwortung am Spendenskandal ab.
„Bolidiger", sagte Karl, rülpste und ging pinkeln. Beim Strullern überdachte er seine Beziehung zur Politik. Karl ging alle vier Jahre wählen und je nach Anlaß und Gemütszustand schwankten seine Stammtischparolen zwischen ganz links und ganz rechts, wobei er meistens mehr oder weniger die Mitte traf. Er kam aus einer Arbeiterfamilie, die seit Urzeiten SBD wählte. Als kleiner Polizist und Beamter war er sogar Parteimitglied gewesen. Bis zu jener Nacht in den siebziger Jahren, als der Streifenpolizist Napp eine Fahndung durchführte, wobei ihn beinahe ein besoffener SBD-Funktionär über den Haufen fuhr. Der Bursche benahm sich wie Graf Koks vom E-Werk, weil er der Skatbruder vom Bürgermeister war und der Tennisfreund vom Polizeichef. Karl trat ihm ans Schienbein und nahm ihn wegen Beamtenbeleidigung fest. Jedenfalls bekam er am nächsten Tag wegen Majestätsbeleidigung einen Riesendeckel von ganz oben, weshalb er aus der Partei austrat. Und seitdem stieg sein Blutdruck, wenn sich irgendein SBD-Funktionär als Freund des kleinen Mannes aufblies. Karl

öffnete eine neue Flasche Wein und mischte ein Glas mit Mineralwasser zu einer schmackhaften Weinschorle. Karl trank. Plötzlich sah er vor seinem geistigen Auge eine Zeitungs-schlagzeile: „Mainzer Privatdetektiv klärt Mord an hochrangigem Mitarbeiter des bischöflichen Ordinariats und deckt bundesweiten Parteispendenskandal auf!"
Karl gab sich einen Ruck. Sicherheitshalber tat er, was er immer tat, wenn er nicht mehr weiter wußte. Er fragte Erna. „Erna, was määnsden Du dadezu?" Erna meinte: „Isch mään, daß Du nit so viel saufe sollst!"
Karl schenkte sich noch einen ein. Schließlich aber, legte sie ihr Bügeleisen zur Seite und äußerte sich zur Sache. „Zu allererst mußde dem Schmitt sei Angabe iwwerpriefe. Des häßt: Du mußt ganz vorne afange!"
Karl dachte an Schmitts Erzählungen. Ganz vorne stand Franz-Josef Nierenschläger. Angeblich hatte der tote Kuttenbrunzer eine Schwester. Außerdem hieß Nierenschläger nicht Nierenschläger, sondern Fickeisen, ein in der Pfalz gar nicht so selten vorkommender Familienname, den der Tote aber schon als junger Priester abgeändert hatte, weil ihm sein richtiger Name bei einer kirchlichen Karriere im Weg stand. Karl zog seinen Notizzettel mit Schmitts Angaben zu Rate und blätterte im Autoatlas. 67319 Ullmeet war ein kleiner Ort in der Pfalz. Karl rief seinen Kompagnon Herbert an. „Herbert! Mir fahrn morsche frieh in die Palz!" „Alles rodscher", sagte Herbert und war sofort begeistert. Pfalz. Das hörte sich nach Schlachtfest, Saumagen, großen Portionen und Getränken für wenig Geld an.

Hans-Peter Müller, genannt Brezelmüller, war im Terminstreß. Erstens war er der Pate der Mainzer Handkäsmafia. Das war eine lustige Vereinigung von Lokalhonoratioren aus Wirtschaft, Politik und Sonstigem. Gemeinsam betrieben sie fröhliche Geschäfte nach dem beliebten Mainzer Motto „mer kenne uns, mer helfe uns". Zweitens war er der Vorsitzende eines Fassenachtsvereins. Drittens saß er im Vorstand des 1. FSV Mainz 05. Viertens mußte er ein wichtiges Geschäft erledigen, bevor er nach St. Moritz in den

Skiurlaub fuhr. Gegen 18 Uhr traf er sich mit wichtigen Leuten. Dr. Grieser von der Mainzer KDU, Norbert Schulte von der SBD.
Aus wirtschaftspolitischen Gründen war Brezelmüller Mitglied bei beiden Parteien. Der dritte wichtige Mann war der leitende Angestellte eines Altenheims. Jenseits der offiziellen Ausschreibung ging es um die Vergabe eines kommunalen Auftrags. Brezelmüller legte 100000 Mark in abgezählten Scheinen auf den Tisch.
„Dein Angebot ist 50000 Mark teurer als der billischste Anbieter", sagte Nobby besorgt. SBD-Parteimitglied Brezelmüller zuckte mit den Achseln. „Na und? Dann geb ich eben ein Angebot ab, das noch billiger ist. Schlag ich dann hinterher wieder drauf. Unvorhersehbarer Mehraufwand, geprüft durch unabhängigen Gutachter." Genosse Schulte war beruhigt.
Grieser: „Die Schpende muß aber geschtückelt werden." KDU-Parteimitglied Brezelmüller zuckte mit den Achseln und zeigte auf den Mann vom Altenheim. „Das macht Schorsch."
Grieser und Schulte teilten den Haufen ehrlich. 45 Mille für die KDU, 45 Mille für die SBD. Schorsch, auch ein vertrauenswürdiger Mann mit zwei Parteibüchern, nahm Spendenquittungen und trug kleine Beträge ein. Dann zückte er eine Liste mit den Bewohnern des Altenheims und unterschrieb jeweils mit ihren Namen. Anscheinend hatte er Übung, jedenfalls beherrschte er alle Unterschriften. Das übrige Geld steckte er in die Tasche. Zehn Prozent Aufwandsentschädigung war der übliche Tarif.
„So", sagte Brezelmüller und setzte sich eine Narrenkappe auf. „Und jetzt fahren wir auf die Generalprobe der Fassenachtssitzung. Helau!"
Alle Herren setzen sich die Kappen auf. Zu viert quetschten sie sich in Brezelmüllers knallroten Porsche und fuhren los.

Generalprobe. Der Mann in der Bütt kam zum Schluß des närrischen Beitrags.
„..der Schröder issen gude Mann,
weil er arsch gut redde kann.
Er babbelt so alsfort von große Dinge

unn dreht Knöpp, isch kanns euch singe
Mit rhedorisch großer Iwwerzeuschungskraft,
fiehrt er Kriesch, schmeißt Bombe unn schteht voll im Saft
ihm zur Seide der Herr Fischer
macht indernational e guud Figur,
dess iss ganz sischer.....“

Oben auf der Tribüne unterdrückte „Fläschworschttoni“ ein Gähnen. „Isch hab schon emal besser gelacht“, murmelte er zum Vorsitzenden. „Ich auch“, flüsterte Brezelmüller und rückte die Narrenkappe gerade. „Aber ich muß auf den alten Hutsimpel Rücksicht nehmen. Ich will seine Firma kaufen. Also muß der in der Bütt sagen dürfen, was er will.“ „Isch verschteh, großer Vorsitzender“, sagte Toni.

Daß der Fassenachtsverein für die große Sitzung probte, hieß noch lange nicht, daß man die Halle heizte. Es war saukalt, die Aktiven der „Määnzer Blunzegard 1931 e.V.“ froren sich die Ärsche ab. Besonders die Funkenmariechen bibberten vor Kälte. „Mama, isch hab ganz kalde Bää.“ „Schoell-Nadinn, Du gehst mir uff die Erbs. Noch ä Wort unn isch haach der uff die Fratz!“ Joel-Nadine hielt beleidigt den Mund und bibberte weiter.

„...drum sach ischs eisch ihr liebe Leit
mit dem griene Pazifismus, dess iss komisch heit.
Früher habbe se all prodesdiert
dorsch die Schtraße sinn se als marschiert
gesche alles warn se, gesche Kriesch unn ibberhaubt
uff die Serbe schmeißense mit Bombe heit...“

Oben auf der provisorischen Bühne waltete der Sprecher seines Amtes. Nachdem der Büttenredner geendet hatte, spielte er einen Tusch vom Band ab. „Dä-Däää, Dä-Däää, Dä-Däää“

Dann griff er zum Mikro. „Ja liebe Narrhinnen und Narrhalesen, des war unser bekannder bolidischer Fassenachter, de Schreiner Franz. Lieber Franz, wir danken Dir, geben Dir ein Weinpräsent von der Firma Speckes mit hääm und verabschieden disch mit einem dreifach donnernden Helau!“ „Helau, Helau, Helau“, riefen die Aktiven. „Narrhallamarsch!“

„Pause!“, rief der Sprecher und schaltete das Mikro ab. Es gab Weck, Worscht und Glühwein, weil es so kalt war. Spendiert war das ganze vom Sprecher und zweiten Vorsitzenden, dem Mainzer Großmetzger und Gastronom Fläschworschttoni. Wie immer saß er zur Rechten seines Freundes, des großen Vorsitzenden Brezelmüller. Die anderen Vorstände waren Hohlblockfriedel, ein Baulöwe, Schwarzer, ein Gerüstbauunternehmer, Dr.Grieser von der KDU und Nobby Schulte von der SBD. Dazu noch ein paar Banker, Ärzte und Sonstige. Aller gemeinsamer Anwalt war erster Schriftführer und alle zusammen bildeten das närrische Komitee. Alle Komiteeler saßen oben auf der Tribüne und hatten Fassenachtskappen auf den wichtigen Köpfen. Brezelmüllers Freundin, eine Brasilianerin, halb so alt wie der Vorsitzende, einen Kopf größer und halb so schwer, saß frierend im Saal und langweilte sich zu Tode. Brezelmüller schlürfte Glühwein und ging das Programm durch. Das eben war erst der zwölfte von 23 närrischen Beiträgen gewesen. Toni fraß sein Fleischwurstbrötchen und fleischbeschaute die frierenden Funkenmariechen.

„Brezelmiller?“ „Was?“

„Iss dir schun emal uffgefalle, daß unser Funkemariescher dorsch die Bank zu dicke Bää habbe?“ Brezelmüller sah kurz zu den Mädchen, besonders zu Joel-Nadine. „Stimmt. Und deine Tochter hat die dicksten Beine!“ „Korze, dicke Schtempel“, stimmte Toni stolz zu. „Ganz wie de Babba.“

Da Toni gerade bei seinem Lieblingsthema war, landete er beim Mainzer Sexskandal.

„Wieso hasden den Beitrach zum geile Määnzer Leihbischof außem Programm geschmisse?“ Brezelmüller: „Weil ich gerade von der Kirche ein Geschäft in der Innenstadt gemietet hab und den Laden daneben auch gerne hätte. Das bischöfliche Ordinariat ist da etwas empfindlich.“ „Isch verschteh“, sagte Toni. Komiteeler wurde man nicht aus Spaß. „Außerdem“, sagte Brezelmüller, „hab ich das ganz dumme Gefühl, daß es in Mainz noch Ärger gibt. Und zwar wegen Nierenschläger. Wenn rauskommt, daß der geile Pfaffe Spenden für

die Partei kassiert hat, können wir auch noch in die Schlagzeilen kommen."
„Da kannste Rescht habbe", seufzte Toni und dachte nach. „Welsche Bardei määnsten jetzt?" „Im Zweifelsfall Beide", zischte Brezelmüller und deutete nach rechts. Rechts saß Grieser. Dann deutete er nach links. Links saß Nobby.
Toni griff zum Mikro. „So meine lieben Narrhinnen und Narrhalesen. Drauße vor de Dür schteht en guude alde Bekannde. Isch saach nur soviel: Wolle mern eroilasse?"
„Isch bin schun drin", sagte der Büttenredner und legte los. Der närrische Beitrag Nummer 13 drehte sich um Boris, Babs und den Samenraub.

Es war vier Uhr nachts. Pit Bierheimer war nicht nur der spezielle Spezi von Franz-Josef Nierenschläger, sondern auch der Mann, der aus seinem Tod Kapital schlagen wollte. Und deshalb sollte er sterben. Der Mörder im Gorillakostüm folgte seinem Opfer lautlos. In seiner Tasche trug er eine Schlinge. Er würde ihm mit der Handkante an den Hals schlagen, die Schlinge zuziehen und ihm zusätzlich das Genick brechen. Schnell und lautlos. Pit Bierheimer torkelte ahnungslos durch den Schneematsch. Er war zugekokst und besoffen. Mühsam lief er nach rechts, stoppte kurz vor der Hauswand, torkelte nach links, bis er auf der anderen Straßenseite stand und dann wieder nach rechts. So, im Zickzack und mit Schlagseite, suchte er den Weg nach Hause. Pit Bierheimer war Anfang dreißig und hatte einen dünnen Hals ohne Muskeln. Sein Genick würde ohne Widerstand knacken. Pit nahm nichts mehr wahr, außer, daß er pinkeln mußte. Er torkelte an eine Hauswand und lehnte die Stirn an das kalte Gemäuer. Nach mehreren Versuchen schaffte er es, den gepircten Penis aus der Kleidung zu schälen und an die Hauswand zu strullern. Jetzt, dachte der Mörder und ging auf ihn zu. Aber jetzt kam eine Traube besoffener und kostümierter Menschen um die Ecke.
„Ääner geht noch, Ääner geht noch noi!", sang die Menge. Es war ein schlapper Gesang, laut, falsch, ohne Taktgefühl. Die Menge hielt. „Wo gehn mer jetzt noch hie?", lallte eine Schtimme.

Der Gesang erstarb und die Menge beratschlagte, wo es jetzt noch etwas zu trinken gab. Andere lehnten ab, einer rief mit dem Handy lallend ein Taxi. Noch einer sah den pissenden Mann und stellte sich daneben. Der Mörder verdrückte sich in eine Ecke und wartete. Plötzlich eine schrille Frauenstimme: „Andy! Der hat mer an die Quetsch gegriffe!“ Andy hörte auf zu pinkeln, raste seiner Frau zu Hilfe und schlug wahllos in die Menge. „Andy!“, schrie die Frau. „Dess war de Falsche!“
Zu spät, Andy hatte schon zwei umgehauen und stürzte sich auf den dritten. Da er in der Dunkelheit den Übeltäter nicht ausmachen konnte, schlug er auf alle ein. Ein Freund kam ihm zur Hilfe, zu Unrecht Geschlagene schlugen zurück. Schreien, Fluchen, Kreischen. Dann ging in der totenstillen Fußgängerzone ein Fenster auf und irgendjemand schrie nach der Polizei wegen Ruhestörung. Unten tobte eine besoffene Schlägerei mit dem zugekoksten Pit Bierheimer als Zuschauer. Pit lachte wirr und fragte sich, was das für ein Film sei. Andy schlug, trat und biß um sich wie ein Wilder. Das lustige dabei war, daß er als Biene Maja kostümiert war. Allerdings waren inzwischen die Flügel abgerissen, ein Fühler war abgeknickt und das gelb-schwarze Trikot mit Blut verschmiert, weil er im Eifer des Gefechts mit der Faust gegen eine Hauswand geschlagen hatte. Der Gorilla machte sich aus dem Staub. Die besoffenen Fassenachter hatten Pit Bierheimer das Leben gerettet, vorläufig jedenfalls.

Erster Tag der Ermittlungen im Fall Fickeisen, 7 Uhr.
Karls Kompagnon Herbert Dickmilch war ein ehemaliger Polizeikollege, 65 Jahre alt, Single, Hobbyjäger, Hundefreund und Frühaufsteher. Er saß in seinem grünen Opel und hupte.
„Kall moi Drobbe!“, fluchte Karl, sauste nach unten und riß die Autotür auf. „Biste depp odder was! Was machste dann fer Lebe! “ Weiter kam er nicht, weil sich der Dackel auf Karls Knöchel stürzte, um seinen Herrn zu verteidigen. „Dreckvieh!“, brüllte Karl und trat nach dem Hund. „Lässt de wohl moin Hund in Ruh!“, empörte sich Herbert.

„Macht eisch vun de Gass, ihr Hutsimpel!“, brüllte Erna aus dem Fenster.
„Alles rodscher“, meinte Herbert und fuhr los. Herbert war ein miserabler Autofahrer. War er schon immer gewesen. Schon damals, als sie zusammen Polizeistreife gefahren waren. Bis zu jenem glorreichen Tag, als sie nachmittags den Streifenwagen besoffen in den Graben gesetzt und ihre restlichen Polizeitage im Innendienst verbracht hatten. Herbert ging dann in Frühpensionierung und Karl quittierte den Dienst, weil seine Frau ein Zwölffamilienhaus geerbt hatte. Dort hatte er eine Zeit lang den Hausmeister und Besitzer in Personalunion gespielt, bis er aus lauter Langeweile ein Detektivbüro eröffnete. Herbert war mit eingestiegen. Eine Kasette mit Volksmusik eingelegt, den Innenraum mit Zigarrenrauch vernebelnd, kurvte Herbert ruckartig durch Mainz und schimpfte über sämtliche Verkehrsteilnehmer, die ihm in die Quere kamen. Es war Januar, stockdunkel, kalt und glatt. Zwischendurch hustete er, öffnete das Fenster und spuckte grünbraunen Auswurf nach draußen. Immer, wenn er schimpfte, bellte Rudi aus Solidarität mit seinem Herrn mit. Weil es eh keinen Sinn hatte, über Herberts Fahrstil zu diskutieren, nahm Karl einen Schluck aus Herberts Flachmann und steckte sich eine Zigarre in den Mund. Er versuchte nachzudenken.
„Idiot!“, brüllte Herbert, als er jemand die Vorfahrt nahm.
„Wau! Wau!“, bellte Rudi.
Herbert: „Haste de Plan im Sack?“
Karl: „Audobahn Rischdung Alzey, bei Wörrschtadt reschts ab uff die Be 420 unn irschendwo hinner Lauderecke links in die Prärie!“
Gegen acht wurde es langsam hell. Wenigstens etwas. Aber je ins weiter sie ins Innere der Pfalz fuhren, desto weniger war gestreut und desto höher gings in die Berge. Herberts Opel schlingerte und rutschte über die nordpfälzische Hügellandschaft. Hier war die Luft besser, es war kälter als in Mainz und glatter. Dünner Schnee lag über den Feldern. Was ihnen auffiel, war die Tatsache, daß sämtliche Ortsschilder von Kugeln durchlöchert waren. Anscheinend hatte hier jeder ein Gewehr und ballerte in der Gegend herum. Als der Flachmann leer war, machten sie

Pinkelpause. Herbert, Karl und Dackel Rudi strullerten an einen Baum. Herbert: „Also äns iss sischer. Wenn nur die Hälft vunn dem schtimmt, was de Schmitt gesacht hat, dann kenne mir berühmt wern.“ „Genau“, sagte Karl, schüttelte die Nudel aus und tropfte sich auf den Schuh. Als sie zurück ins Auto kamen, war die Landkarte weg. Karl hatte sie unter den Aschenbecher zwischen die Sitze gelegt, Herberts Zigarre war heruntergefallen und hatte ein Riesenloch in die Karte gebrannt. Irgendwo in diesem Loch lag Ullmeet. Aber wo?
„Du bist doch en Hutsimpel mit deine Scheißschtumpe!“
„E Landkart“, berichtigte Herbert souverän, „e Landkart lescht mer nit unner de Aschebescher!“
Herbert überholte vor einer Kurve einen Laster, geriet ins Schlingern und fädelte gerade noch rechtzeitig rechts ein, bevor er frontal mit einem entgegenkommenden Auto kollidierte.
„Arschloch!“, rief Herbert, weil ihm der LKW-Fahrer dahinter den Vogel zeigte. „Resch disch nit uff unn guck uff die Gass!“, befahl Karl. „Alles rodscher, Herr Bolizeiobberhauptwachtmeister!“ „Gradaus unn im nächste Ort reschts“, kommandierte Karl souverän. Insgeheim hoffte er auf ein Schild, das den Weg nach Ullmeet wies. Er hoffte vergeblich. Sie waren in jenem Teil der Nordpfalz, den die Einheimischen mitleidig die „alt Welt“ nannten, weil hier die Zeit stehengeblieben war. Durch die Dörfer fahrende Autos mit fremden Kennzeichen wurden von den Eingeborenen mißtrauisch beäugt und das mit Recht. Im besten Fall handelte es sich um gutverdienende Städter aus dem Rhein-Maingebiet, die sich billig einen alten Bauernhof kaufen wollten. Die Sorte Nachbarn, die unbedingt aufs Land wollen und dann prompt einen Prozeß anstrengen, weil der Misthaufen nebenan zu sehr nach Kuhscheiße stinkt. Jedenfalls verfuhren sie sich gründlich. Als sie die Hauptstaße eines Dorfes hinaufgurkten, sahen sie einen großen Hausgiebel, von dem die Farbe abgeblättert war. Anscheinend 1945 hastig überstrichen, sah man ein einzigartiges zeitgeschichtliches Dokument. „Wählt Hitler“, stand da zu lesen, weil allmählich die demokratische Farbe abblätterte. Mittlerweile setzte Schneetreiben ein. Ein paar Orte weiter quälte Herbert den Opel eine schmale,

nicht gestreute Straße hoch, bis es nicht mehr ging. Die Räder drehten durch, der Wagen rutschte rückwärts. Rudi bellte, Herbert fluchte und Karl schloß die Augen. Als er sie wieder öffnete, hing der Opel schief im Straßengraben. Endstation.
„Unn weider?“, fragte Karl.
„Wär alles nit passiert, wenn Du Hutsimbel nit die Landkart unner de Aschebescher gelescht hättst.“ Karl: „Babbel nit so dumm! Haste dann kä Schneekedde debei?“ „Die hab isch moim Kumbel ausgeliehe. Der hat nämlich e Jacht am Dunnersbersch unn kää Schneekedde. Dem soi Dochder iss nämlisch in Schiurlaub gefahrn unn hat dem Alde soi Schneekedde mitgenomme. Deshalb hab isch dem moi Schneekedde gebbe, damit er.....“
Karl fluchte und fummelte mit dem Handy herum. Vergeblich. Kein Empfang. Das Schneetreiben wurde immer dichter. Rudi fing an zu jaulen, weil es kalt wurde. Um sie herum war Totenstille. Dicke weiße Schneeflocken regneten lautlos zur Erde und bedeckten den Opel mit einem romantischen weißen Kleid. Aber dann keimte Hoffnung auf. Ein Geräusch.
„Da kimmt en Tragdor!“
Es war ein offener Traktor von Porsche, Baujahr 1954. Hinter dem Traktor hing ein kleiner Viehanhänger, der liebevoll mit einer wärmenden Filzdecke abgedeckt war. Unter der Filzdecke stand eine wollüstige Sau, die zum Eber gefahren werden wollte. Auf dem Traktor saß ein dick vermummter und gut gelaunter Bauer. Auf dem Sitz links neben ihm saß seine dick vermummte, gut gelaunte Enkelin. Auf dem rechten Sitz saß sein schlecht gelaunter Schäferhund. Somit waren alle Plätze auf dem Traktor besetzt.
Der Bauer war 79 Jahre alt. Er hatte nur noch einen Arm und ein halbverbranntes Gesicht. Mit der geballten Erfahrung eines Mannes, der drei Jahre Panzer gefahren und viele Jahrzehnte Traktor, hielt er an und peilte die Lage. Die Straße war glatt und zugeschneit. Er stand auf einem Hügel. Die Straße ging den Hügel herunter ins Tal und mit einer gesalzenen Steigung wieder einen Hügel hoch. In der Mitte des Zielhügels hing ein gescheitertes Auto im Straßengraben. Daneben standen zwei Männer und winkten. Der Bauer fuhr los, gab erst Vollgas und kuppelte dann den Gang aus.

Ausgelegt für 16 kmh Höchstgeschwindigkeit, beschleunigte der Traktor auf 45 Kilometer pro Stunde. Der Bauer stieg aus dem Sitz und klemmte das Lenkrad zwischen die Knie. Die Kraft seines einen Armes reichte nicht, um das Lenkrad mit dem ausgeschlagenen Fahrwerk ruhig zu halten. Seine Mütze flog vom Kopf.
„Urrrääääähhh!“, brüllte der alte Landser, daß der Sau das wollüstige Grunzen verging. „Urrrrääähhh!“, schrie das Mädchen begeistert den alten russischen Schlachtruf mit. „Wooouuuhhh“, heulte der Hund, dessen Ohren im Fahrtwind flatterten.
„Was is dann des fer en Verrickte?“, fragte Karl entgeistert.
Herbert zuckte mit den Achseln. Beide machten das Dümmste, was sie in dieser Situation machen konnten. Sie stellten sich mitten in den Weg und hoben als Anhalter die Daumen.
Der Bulldog donnerte den Berg herunter und den Hügel herauf. Der Bauer wuchtete wieder den großen Gang hinein und gab wieder Vollgas. Die Enkelin lachte begeistert. Karl und Herbert sprangen zur Seite, damit sie nicht überfahren wurden. Der Bauer konnte nicht anhalten. Sie hängten sich an den Viehanhänger. Herbert, obwohl älter doch geschickter, hangelte sich den Hänger hoch und ließ sich hineinfallen. Er fiel genau in die Schweinescheiße, der grunzenden Sau vor die Füße. Karl, weniger geschickt, griff zwar den fahrenden Hänger, geriet aber ins Straucheln. Er ließ sich ein paar Meter auf dem Bauch hinterherziehen und ließ los. Mit Ach und Krach und durchdrehenden Rädern schaffte es der Traktor den Berg hoch. Dackel Rudi hechelte kläffend und Detektiv Karl fluchend den Berg hoch. Oben angekommen hielt der Bauer an.
„Obba! Du bisch subber!“, brüllte die Enkelin begeistert. Karl war weniger begeistert, als er den Hügel hochkeuchte. Herbert auch nicht, als er sich die Schweinescheiße abkratzte. Rudi noch weniger, als ihn der Schäferhund zerfleischen wollte.
Mit 79 hat man wenig Lust, auf das dumme Geschwätz eines 65jährigen zu hören und sich das kindische Getue eines 55jährigen mit Handy ohne Empfang anzutun. Irgendwann machte der Bauer eine Vollbremsung. Karl, Herbert und Rudi fielen über die Sau, die aus Wut über den ungebetenen Besuch in Karls Bein biß.

„Dummi Sau!“, brüllte Karl. Die Sau grunzte wollüstig. Sie krochen aus dem Viehtransporter. „Dos vidanje“, grinste der Bauer und bog ab in einen Feldweg zu irgendeinem Hof mit Eber.
Karl, Herbert und Rudi standen einsam in der verschneiten Landschaft. Nach zehn Minuten Fußweg erreichten sie mit acht durchgefrorenen Füßen ein zerschossenes Ortsschild. Ullmeet. Die drei Besucher wurden mißtrauisch beäugt. Man sah deutlich, wie sich die Vorhänge bewegten.
Eine alte, von Arbeit krummgearbeitete Frau, die den Schnee vor der Tür kehrte, wies ihnen den Weg. Auf der anderen Dorfseite, einen Kilometer außerhalb, lag ein einsames Gehöft.
„Josef Fickeisen 1844“, stand auf dem Türsturz.
Rudi war sofort Feuer und Flamme. Hier roch es nach Blut. Die Wutz wurde geschlachtet. Mit einem Strick um das Hinterbein justiert, wurde die arme, erbärmlich schreiende Sau von fluchenden Zweibeinern über den Hof gezerrt und geschoben, bis sie mit dem Strick an einem parkenden Traktor befestigt wurde. Weil der alte Metzger seinen Bolzenschußapparat vergessen hatte, mußten zwei todesmutige Kandidaten die arme Sau links und rechts an den Ohren festhalten, derweil der Metzger breitbeinig mit der Axt ausholte. Bumm, machte es dumpf, als das stumpfe Ende der Axt auf die Stirn der Sau krachte, weshalb sie betäubt in die Knie ging. Gute Metzger brauchen dafür nur einen Schlag. Der Metzger legte die Axt weg und nahm das Messer. Damit stach er der Sau in den Hals. Schwallweise schoß das Blut aus dem Schweinehals. Die Frau kniete mit einer Schüssel davor und fing das Blut auf. Die Sau lag auf der Seite und zuckte mit den Füßen. Der Metzger stellte einen Gummistiefel auf die Sau, nahm die obenliegende Vorderhaxe und führte sie im Kreis. Damit pumpte er das restliche Blut aus dem Schweineblutkreislauf. Immer schwächer wurde der Schwall, der sich in die Schüssel ergoß. Die Frau fing an zu rühren. Damit es nicht gerinnt, muß man das Blut rühren, bis es Blasen schlägt. Das gibt Blutwurst. Sie waren drei. Bauer, Bäuerin und Metzger. Bauer und Bäuerin schleppten eine große Aluminium-wanne bei. Sie zerrten die tote Sau hinein und goßen eimerweiße heißes Wasser darüber. Der Metzger kippte ein borstenlösenden

Pulver dazu und dann schabten alle drei mit kleinen, scharfen Schabern die Borsten von der Sau. Der Blutgeruch lockte alle Katzen aus der Umgebung an. Gierig die Mäuler leckend, versammelten sie sich im Halbkreis und starrten auf den dampfenden Schweinefleischberg. Dackel Rudi, wie immer in gnadenloser Selbstüberschätzung, schätzte die Situation falsch ein und versuchte Katzen zu jagen. Ruckzuck hatte er eine blutige Nase und suchte mit eingeklemmtem Schwanz Schutz zwischen Herberts Beinen.

„Hä,Hä,Hä“, lachten Bauer, Bäuerin und Metzger. Endlich kümmerte sich jemand um die Besucher.

„Was iss? Wollener helfe schaffe?“

Herbert, mit ländlichen Gepflogenheiten vertraut und von der Aussicht auf frisches Wellfleisch beflügelt, war nicht abgeneigt. Karl schwätzte dumm dazwischen. „Mir komme aus Määnz unn unser Audo leit da hinne im Schausseegrabe unn...“ Die Bäuerin schnitt ihm das Wort ab. „Mer hänn kä Zeit, eier Audo aussem Grawe zu ziehe!“ Mißbilligend taxierte sie die Beiden. Ihre Sicht der Dinge war einfach, aber nicht verkehrt. Körperlich arbeitende Menschen achtete sie als ihresgleichen, dem Rest der Menschheit begegnete sie mit Mißtrauen. An Karl Napps Händen zum Beispiel sah sie eindeutig, daß es sich hier um einen Faulenzer handelte, der noch obendrein aus einer Stadt kam. Ein „Schtädter“ also.

Emma Lesoin, in pfälzisch gesprochen Lesswing, geborene Fickeisen, war 60 Jahre alt und von stämmigem Körperbau mit kräftigen, schwieligen Händen. Ihre großen Füße steckten in wuchtigen Gummistiefeln. Emma spendierte zwei alte Latzhosen, zwei Paar Stiefel und sagte: „Allehopp!“

Der Metzger nahm ein scharfes Messer und bohrte einen Durchgang zwischen Knochen und Sehnen der Hinterbeine. Mit S-Haken an einer Querstange befestigt und mit dem Frontlader hochgezogen, baumelte die Sau mit dem Kopf nach unten in der Luft. Der Metzger schlitzte den Schweinebauch von oben nach unten längs auf. Karl hatte die ehrenvolle Aufgabe, die herausquellenden, dampfenden Gedärme aufzufangen. Er stolperte über ein Stück Dünndarm und fiel in den Dreck.

„Hä,Hä", lachte der Metzger über den ungeschickten Städter. Herbert der Hobbyjäger stellte sich geschickter an. Zwischendurch und häppchenweise rückte Emma mit Informationen über ihren toten Bruder heraus. Dabei machte sie aus ihrem Herzen keine Mördergrube. „Moi Bruder war e schoiheilischer Kuddebrunzer!" Entsprechend seinen minderbemittelten Fähigkeiten wurden Karl nur die niedrigsten Arbeiten zugeteilt. Der Metzger krempelte in der Schlachtküche die Ärmel hoch und tauchte bis über die Ellenbogen in die Wanne mit Leberwurst hinein. Er manschte sie kräftig durch und hustete zum Gotterbarmen, wobei immer wieder Asche von seiner Zigarre in die Wurst fiel.
„Was soll isch dann jetzt mache?", fragte Karl.
„Därm butze!", befahl der Metzger. Karl putzte Därme.
Dabei nahm er den Darm zwischen Daumen und Zeigefinger und drückte die Scheiße heraus. Anschließend spülte er den Darm mit einem Wasserschlauch aus, um die Scheißereste zu entfernen, bevor frische Wurst hineingefüllt werden sollte. Ihm froren die Finger fast ab, aber er strengte sich an, weil ihm klar war, daß Wurst aus dem Darm scheiße schmeckt, wenn sie mit Verdauungsresten vermischt ist. In der Wurstküche entwickelte sich bei Wein und Schnaps eine entspannte Atmosphäre. Bis sich Karl zweimal in den Finger geschnitten und einen Fuß mit kochend heißem Wasser aus dem Wurstkessel verbrüht hatte, fügten sich Emmas Erzählungen zu einem lebendigen Bild des verstorbenen Franz-Josef Fickeisen, alias Nierenschläger zusammen.
Emma und der fünf Jahre jüngere Franz-Josef waren die einzigen Kinder der redlichen Bauern Emil und Amalie Fickeisen. Angefangen hatte alles in der Schule. Im Gegensatz zur älteren Schwester, die Schule als notwendiges Übel begriff, war der kleine Franz-Josef seit der ersten Klasse ein Überflieger und Streber, der ausnahmslos Einsen hatte, außer in Sport. Seine größte Stärke aber war Religion. Dauernd hing „es Fränzje" bei seinem Religionslehrer, dem katholischen Ortspfarrer rum, ließ sich dort erbauliche Geschichten erzählen und nahm Bücher mit nach Hause. Überhaupt war er sehr fromm und las leidenschaftlich gern. Im Gegensatz dazu stand sein himmelschreiendes Desinteresse für alles, was mit

Ackerbau und Viehzucht zu tun hatte. Auf dem Bauernhof war er keine Hilfe, im Gegenteil, seine Schwester mußte frühzeitig für zwei arbeiten. Auch deshalb, weil sich ihr Bruder noch ungeschickter anstellte, als er war. Am liebsten war er krank, lag mit Leidensmiene im Bett und las Bücher. Der alte Fickeisen verzweifelte an seinem nichtsnutzigen Sohn, aber was sollte er tun? Sicher war, daß aus dem „iwwerzwersche Babbsack“ alles mögliche werden konnte, mit Sicherheit aber kein ordentlicher Bauer. Deshalb war der Alte auch gar nicht unfroh, als er den unnützen Fresser loswurde, weil der schlaue Franz-Josef auf Vorschlag des Ortspfarrers mit einem Stipendium in einem katholischen Internat verschwand. Franz-Josef war also fortan nur noch an den Wochenenden und in den Schulferien zu Hause. Wenn er dann da war, gingen seiner Schwester drei Dinge auf die Nerven. Erstens seine ausufernde Frömmelei, zweitens seine körperliche Arbeitsunlust und drittens seine heftigen pubertären Gefühlsregungen. Franz-Josef ließ sich nicht nur vom Pfarrer angrapschen und schielte beim Baden nach jugendlichen Männerärschen. Als er vierzehn war, erwischte sie ihn mit der Haushälterin des Pfarres im Heu, ganz abgesehen davon, daß er wahllos den Dorfmädchen hinterherjagte und von einer Nachbarin Prügel bezog, weil er vor ihrem Schlafzimmerfenster gelauert hatte. Er war also frühzeitig auf beiden Ufern zu Hause. Nach dem Abitur, das er mit Bravour bestand, ging er nach Mainz, um katholische Theologie zu studieren, weshalb er noch seltener nach Hause kam. Emma blieb daheim und heiratete einen protestantischen Bauernsohn aus dem Nachbardorf, was nötig war, weil Fickeisen Senior bei einem Arbeitsunfall vom eigenen Trecker zerquetscht worden war. Entsetzt kam der angehende Pfaffe nach Hause und beschwor sie, auf keinen Fall einen Protestanten zu heiraten, er wollte ihre Seele retten. Emma warf ihm seine ganze Faulheit samt katholischer Heuchelei an den Kopf, warf ihn hinaus, trat aus Trotz zum anderen Glauben über und wurde protestantisch. Seitdem hieß sie Lesoin, weil ihr Mann ein entfernter Nachfahre von französischen Hugenotten war, was in der Pfalz öfters vorkommt. Und seitdem hatte sie ihren bigotten Bruder nur noch zweimal gesehen. Einmal auf der Beerdigung ihrer Mutter, wobei sie aber nicht mit ihm gesprochen hatte und bald darauf vor Gericht, als sie ihm das Erbteil auszahlen mußte. Aber da hatte sie erst recht nicht mit ihrem Bruder geredet.

„Unn jetz iss der Kuddebrunzer dot!“, sagte Emma und legte große Portionen auf die Teller. „Aha“, sagte Karl schmatzend und stopfte sich Wellfleisch in die Hamsterbacken Herbert stürzte sich auf die leckeren Schweinenierchen. „Haste eischentlisch kä Kinner, die der helfe?“ Emma antwortete mit einem vernichtenden Blick. „Doch isch honn e Bu. Awwer der schdudiert in Berlin Geschichde, der will a nix schaffe, sondern Professor Brotfresser werre!“

Emmas Mann beteiligte sich kaum an dem Gespräch. Er trug einen dicken Verband um den Kopf, anscheinend hatte er eine schmerzhafte Ohrenentzündung. Er hörte nichts. „Muß der nit emal zum Arzt?“, fragte Karl. Emma winkte ab. „Wer werd donn mit so eme alde Esel noch zum Dogder gehe!“

Weil das Schneetreiben immer dichter wurde, spendierte Emma eine Übernachtung auf dem Bauernhof mit Doppelzimmer und Vollpension. Karl fragte vorsichtig: „Wie lang dauert dann so e Wutzeschlachderei?“ „Bis die Schlachtkich gebutzt iss, werds schunn äns odder zwää Uhr nachts.“

Karl stöhnte und wollte zuhause anrufen. Emma hatte aber kein Telefon. „Brauch isch net. Wer was vun mer will, der soll herkumme!“

Karls Handy hatte keinen Empfang. Er stapfte in den Hof. Immer noch kein Empfang. Er kämpfte sich durch den Schneesturm und stolperte den Berg über dem Dorf hoch. „Erna, isch bins. Isch bin mittem Herbert in de Palz. Do werd grad die Wutz geschlacht. Alles zugeschneit. Isch muß ibber Nacht bleibe unn...“ dann riß die Verbindung wieder ab. Auf dem zugefrorenen Bach rutschte er aus und fiel auf sein Handy, das er in die Hosentasche gesteckt hatte. Handy kaputt, Steiß geprellt. „Leck misch am Arsch“, stöhnte er. Karl hatte durchaus Verständnis dafür, daß Emmas Bruder vom kalten Bauernhof in den warmen Schoß der Mutter Kirche geflüchtet war. Dort mußte man nur reden, anstatt zu arbeiten. Auf

dem Rückweg sah er zufällig ein Auto. Es fuhr weg. Merkwürdigerweise hatte es ein Mainzer Nummernschild.
„Es Schaffe hosch du a net erfunn!“, stellte Emma feixend fest. Karl stöhnte. Diese altertümliche Maschine zum Wurstdosenverschließen brachte ihn fast um. Der rechte Arm wurde lahm vom drehen. Herbert grinste und pfiff sich noch einen Schnaps hinein. Gegen fünf Uhr nachmittags gab es frische Frikadellen und danach mußten sie antreten zum Vieh füttern, melken, Stall ausmisten. Rindviecher sind etwas empfindlich gegen fremde Menschen im Stall. Vor allem, wenn sie ungeschickt und hektisch herumfuchteln. Karl war erstens allgemein ungeschickt und hektisch im Besonderen. Die Kuh hatte etwas gegen Karl. So ein Kuhschwanz ist in der Regel mit Scheiße verschmiert. Die Scheiße trocknet auf den Haaren zu kleinen, harten Kotbällchen. Wenn die Kuh damit um sich schlägt, tut es weh, vor allem, wenn sie die Schwanzspitze peitschenartig in ein Menschengesicht schlägt. „Klatsch!“, machte es. Karls Gesicht wurde feuerrot. Blitzartig stürzte er zur Seite. Die Kuh schwenkte kurz den Kopf Richtung Karl und boing, krachte ihm das Kuhhorn in die Rippen. Er bekam keine Luft mehr. Rippenprellung.
„Hä, hä“, lachte Herbert. „Unser Schtädter!“
Zehn Minuten später hantierte er ungeschickt mit der Mistgabel, was ein anderes Rindvieh zum Anlaß nahm, um ihm ans Knie zu treten. Karl jaulte und brach zusammen.
Emma erteilte ihm eine Rüge: „Baß uff, daß de dem Ochs net mit de Gawwel wehmachsch!“
Um 20 Uhr war melken, füttern, misten soweit erledigt. Karl und Herbert sahen aus wie die Oberschweine. Zum Abendessen gab es frische Kotteletts und Bratwürste. Danach stapfte auch der Metzger breitbeinig und frohgelaunt nach Hause. Und wieder gings in die Schlachtküche.

Zweiter Tag der Ermittlungen im Fall Fickeisen. 1 Uhr 30.
Endlich war die Schlachtküche geputzt und aufgeräumt. Feierabend. Karl bekämpfte sein dickes Knie mit Schnaps und fiel neben Herbert ins Bett. Es war ein uraltes Doppelbett, in dem schon

Generationen von Fickeisens gezeugt und gestorben waren. Es war eiskalt und die altertümlichen Daunendecken lasteten kurz und schwer auf der Brust. Entweder hatte man kalte Füße oder einen kalten Oberkörper. Auf jeden Fall schlief er schlecht. Er hatte Schmerzen und Herbert schnarchte zum Gotterbarmen. Um 3 Uhr 30 hämmerte Emma mit der Faust an die Tür. „Uffschteihe! Die Kuh kalbt!"
Karl schleppte sich in den Stall. Im Stall stand eine gebärende Kuh und gab unheimliche Geräusche von sich. „Mit der Kuh schtimmt was net", sagte Emma, krempelte den rechten Ärmel hoch und tauchte in die Kuhscheide. „Dunnerkeil!", ergab die gynäkologische Untersuchung. „Es Kalb kummt hinnersch-dievorrescht!"
Das Kalb lag verkehrt herum in der Gebärmutter, nicht mit dem Kopf, sondern mit dem Hintern zum Ausgang. Eine schwere Geburt, eine endlose Prozedur. Die Kuh konnte nicht mehr stehen und legte sich geschwächt hin. Die Kette klemmte. Emmas Mann trennte die Viehkette durch, damit sich die Kuh nicht strangulierte. Schließlich gelang es der Hebamme nach mehreren Versuchen, einen Strick einzuführen und mit der Schlaufe um die Hinterhaxen des Kälbchens zu befestigen.
„Unn jetzt?", fragte Karl verständnislos. „Zieh!", kommandierte Emma. Karl, Herbert und Emmas Mann zogen an dem Strick. Schließlich kamen die Hinterfüße zum Vorschein. „Feschder!" Die Männer zogen fester, sie zogen wie die Ochsen. Schließlich fielen alle drei in die Kuhscheiße und auf dem Stallboden lag ein lebloses, nasses Kalb. Emma befreite das Maul vom zähen Geburtsschleim und kippte kaltes Wasser ins Ohr des Kälbchens, um den Herzkreislauf anzuregen. Unheimliche Stille im Stall. Anscheinend spürten die 40 übrigen Rindviecher, daß es hier um Tod oder Leben eines neugeborenen Artgenossen ging. Karl stöhnte vor Müdigkeit und Schmerzen. „Reiß disch om Rieme!", fluchte Emma. Karl verstummte und rieb sich lieber das Knie, anstatt den Riemen. Irgendwann rührte sich das Kalb. Es lebte. Sie rieben es mit Stroh trocken und bauten aus alten Brettern ein Kabuff, damit es nicht im Stall herumtorkelte und vielleicht getreten wurde. Um fünf Uhr morgens durften sie wieder ins Bett. Um sechs Uhr morgens

hämmerte Emma mit der Faust an die Schlafzimmertür. „Uffschteihe! Schtall ausmischde!“
Karl torkelte im Tran durch den Stall. Sein Knie war dick geschwollen, die Rippe schmerzte beim schnaufen, der Steiß tat weh und das Methangas nahm ihm die Luft beim atmen. Mit einem turmhoch mit Kuhscheiße beladenen Schubkarren rutschte er aus und fiel in den Dreck. „Schdädter!“, lachte Emma.
Um neun Uhr gab es Frühstück. Dicke, schwere Wurstbrote. Karls Därme rumorten. Emmas Scheißhaus war überhaupt das Beste am ganzen Bauernhof. Vernünftig wie sie war, sah sie überhaupt nicht ein, unnütz Geld auszugeben, weder für eine Toilette im Wohnhaus und schon gar nicht für Klopapier oder ähnliche „neimoderne Ferz“. Das stilechte Plumpsklo war am Stallgebäude angebaut und ein echtes Biotop für fette Jauchewürmer, die von unten nach oben Richtung Arsch krochen, sowie fette Spinnen, die in allen Ecken auf Scheißhausfliegen lauerten. Irgendwo dazwischen hockte der Mensch. Im Winter gab es zwar weniger Getier, dafür pfiff aber der Wind durch alle Ritzen und verleidete einem die Lust an langer Sitzung. Und statt Klopapier gab es nur die regionale Zeitung. Zeitungen sind zum Hintern abwischen ungeeignet. Man bricht dauernd durch das harte Papier und hat dann Kacke am Finger. Außerdem brauchte man die Zeitung auch zum morgentlichen Feueranzünden im Küchenofen. Das Papier war also immer knapp und wer als letzter schiß, war beschissen dran. Dann war die Zeitung aufgebraucht und es gab nur noch die allerletzte Notlösung, nämlich das Zentralorgan des pfälzischen Landwirteverbandes, die Zeitschrift „Feld und Wald“. Leider war diese Fachzeitschrift auf ähnlichem Hochglanzpapier gedruckt wie der „Spiegel“ und wer sich jemals mit dem Spiegel den Arsch abgewischt hat, der weiß, was das bedeutet. Es ist wirklich für den Arsch.
Dann durften sie noch zwei Stunden Schnee schaufeln. Herbert stöberte interessiert durch den Bauernhof. Als Hobbyjäger und Waffenfan war er begeistert über die Hinterlassenschaften der großdeutschen Wehrmacht, die nach dem Modell Schwerter zu Pflugscharen vielfältige Verwendung fanden. Schrauben und Nägel lagen in alten Munitionskisten. Einem Stahlhelm hatte man den

Scheitel plattgeklopft, damit er stehen konnte und den Hühnern als Wassertrog diente. Es gab auch Wagenheber von der Wehrmacht und ein alter Anhängebolzen war eigentlich der Lauf eines ehemaligen Maschinengewehrs. Zur Belohnung für seine Arbeit durfte sich Herbert das Souvenir mit nach Hause nehmen. Der Städter bekam eine Dose Blutwurst geschenkt. Nach dem Mittagessen wurden sie entlassen. Emma zog das Auto mit dem Trecker aus dem Graben und gab beste Wünsche mit auf den Weg. Die Heimfahrt über mittlerweile geräumte Straßen verlief einsilbig. Rudi und Karl stöhnten ob ihrer Wunden. Herbert rauchte Zigarre, hustete astmathisch und schwelgte. Er hatte sich verliebt. Emma war eine Frau nach seinem Geschmack. Eine richtige Seelenverwandte. Schlau wie er war, hatte er bei Emma absichtlich sein Ersatzgebiß liegengelassen, um einen Vorwand zu haben, damit er sie wieder besuchen konnte.
„Määnste, daß der ihrn Alde noch lang macht?“ Karl: „So alde Bauern sinn zäh, die werrn oft uralt. Die Emma kannste friehesdens berschde, wenn de vorneweg fünfeachzisch bist!“ „Dollbohrer!“, sagte Herbert und setzte seinen Freund grußlos zuhause ab. Karl war ein unromantisches Arschloch.
„Wie siehst Du dann aus?“, fragte Erna zur Begrüßung. „Du schtinkst ja wie e alt Wutz!“

„Bolidiger sinn alles Verbrescher!“
Ziemlich schnell landeten sie beim aktuellen Thema. Da sie in einer Wirtschaft saßen, ging es folgerichtig um den Zusammenhang zwischen „Wertschaft unn Bolidig.“
Fläschworschttoni: „Des iss doch nit zu fasse! Die ganz Zeit haste gedengt: Wenn de in die Bolidiger vorne viel Bimbes enoischteckst, dann kimmt hinne aach was debei raus! Unn was kimmt debei raus? So e Arschloch vun KDU-Schatzmeister kaaft sisch vun doim Geld e Geschtüt. Des mußte der mal vorschtelle. E Geschtüüt!“ Hohlblockfriedel Senior stimmte zu: „Genau. Hundsforze kriehsde heit fer doi Schpende!“ „So isses!“, sagte Schwarzer, Chef einer Dachdeckerfirma.

Fläschworschttoni: „Noch en Sauergeschpritzde unn en Rostbrade.“ „Ein was bitte?“, fragte die Bedienung. „Ein Rummschteek mit viel Zwiwwele!“, erläuterte Toni der Bedienung.
„Was e goldisch Schnecksche“, sagte er anerkennend. „En scheene Bobbes hat se“, stimmte Schwarzer zu.
Einmal im Monat trafen sich die Mitglieder der Mainzer Handkäsmafia zum zwanglosen Plausch in einer gutbürgerlichen Weinstube. Da im Moment viele im Skiurlaub waren, die Politiker Krisensitzungen wegen kommunaler Überschuldung abhielten und die Fassenachtsfunktionäre Termindruck hatten, war der Kreis eher klein. Vor allem fehlte der Pate. Brezelmüller hatte sich mit seiner brasilianischen Geliebten, die er offiziell als Sekretärin eingestellt hatte, in den Porsche gequetscht und war nach St. Moritz gefahren. Tonis Handy klingelte, er sprach, steckte das Handy ein und grölte in die Weinstube: „Haha. Des war unser Führer, de Brezelmiller. De Porsche schteckt im Schnee fest, unn soi Schnecksche friert im Nerz dermaße, daß er en Hubschrauber beschtellt hat, der se ibber de Paß nach Moritz fliescht!“ „Hoho“, grölte die Runde anerkennend.
Schwarzer nölte: „Fer des Geld, des wo er fer den Nerz ausgebbe hat, dadevor hätt er sisch aach e ordentlisch Audo kaafe kenne!“
Schwarzer war eben ein Hutsimpel und hatte keine Ahnung. Brezelmüller war 50 Jahre alt, fett und reich. Er hatte Spaß daran, seine 25jährige Freundin samt Nerz nach St. Moritz einzufliegen. Außerdem hatte er sein Geld selbst verdient und es freute ihn, in St. Moritz neben steinreichen Idioten zu stehen und zu wissen: Ohne Geld bist Du ein armes Arschloch, aber wenn ich stier bin, dann bin ich immer noch Brezelmüller. Und seine Freundin dachte: Es ist saukalt hier, aber wesentlich besser als in den Favellas, wo meine sieben Geschwister leben. Aber solche hochfliegenden Gedankengänge waren Schwarzer völlig fremd. Schmatzend schlang Toni das Rindfleisch in den Rachen. Anschließend fraß er zum Nachtisch einen Handkäse und schüttete Sauergespritzten hinterher. Damit spülte er auch Ärger herunter.
„Isch saach eisch was! Was moi Verkäuferinne in de Metzjerei jeden Daach mit dem Be Es Eh mitmache, des geht uff kä Kuhhaut

mehr! Wenn isch jeden Daach hinner de Thek schtehe mißt, isch dät schunn um neun Uhr de erste Kunde dodschlaache!"
Toni hatte einige Metzgereien und viel Erfahrung. Bei egal welchem Fleischskandal hatten gesundheitsbewußte Verbraucher nichts besseres zu tun als unschuldige Metzgereiverkäuferinnen zu terrorisieren.
„Wassen Schwachsinn", maulte Toni abschließend und übergab das Wort an den Ehrenvorsitzenden der Handkäsmafia. „Was määnsden Du dadezu?"
Hohlblockfriedel mampfte seinen Hackbraten. „Isch bin jetzt 73 Jahr alt. Mir iss dess worscht, ob da BeEsEh drin iss odder nit. De Arzt hat mir nämlisch generell verbodde, Fleisch zu esse."
„Der war gut", sagte Toni und bestellte noch eine Runde.
Hohlblock Senior war ein Bauunternehmer vom alten Schlag. Sein Sohn hatte ihn vor drei Jahren zwangspensioniert, weil der Senior nach guter alter Sitte dem Lehrling einen Besenstiel auf dem Rücken zertrümmert hatte, weil der dreiste Stift den Hof nicht ordentlich kehrte. Solche altbackenen Methoden zur Mitarbeitermotivation seien völlig unzeitgemäß, hatte der Richter gesagt und den Alten wegen vorsätzlicher Körperverletzung angeklagt. Seitdem beobachtete der Senior grummelnd die modernen Zeiten. Er war ein Relikt aus den guten alten Tagen, als der fröhliche Berufsmainzer Jockel Reinecke und seine alleinregierenden Genossen die Geschicke der Stadt gelenkt und sich ein Denkmal in Form des häßlichsten Rathauses Deutschlands gesetzt hatten. Hohlblockfriedel Senior schwelgte: „Wenn de frieher Hilf vun de Bolidig gebraucht hast, dann bisde uffs Rathaus gange und hast dem Genosse gesacht, was de gern häddst. Unn de Genosse hat der gesacht, was er dadevor will. Dann hasde mitm Genosse e Fläschworscht gefresse unn e paar Halbe gesoffe. Dadenach biste mit em ins Puff gange, damit er soin Schpaß hat. Gut, des warn alles Schpese, abber e halb Jahr schpäder is des Geschäft ohne Anstand übber die Bühn gang Hinnerher haste dem Bolidiger nochn Familieurlaub an de Costa Bravo schpendiert. So war des frieher. Alles Ehremänner!"

„Mach kä Ferz“, sagte Toni. Als das Gewäsch von alten Zeiten! Die guten alten Zeiten waren vorbei. Mainzer Lokalpolitiker waren inzwischen genauso austauschbar wie überall. Toni imitierte den abwesenden KDU-Funktionär Grieser:
„Unsere Fraktion, meine verehrten Damen und Herrn, rischdet den wirtschaftsbolidischen Focus...“
„Genau!“, stimmte Schwarzer zu: „Genau so übberzwersch redde die heit, nur damit se ebbes gebabbelt habbe, ohne was konkredes zu saache.“
Aber das war ja nicht alles. Lokalpolitiker drechselten heutzutage nicht nur niveauvolle Sätze, sie waren auch persönlich anspruchsvoller. Mit Weck, Worscht und Woi war keine persönliche Beziehung mehr herzustellen. Mindestens mußte man in die „Drei Lilien“ einladen. Und mit einer feuchtfröhlichen Sause durch die Neutorstraße war es auch nicht getan. Ganz abgesehen davon, daß es dort kaum noch eine Bar gab. Und ein Costa-Bravaurlaub war ebenfalls unter ihrer Würde. Für sich und die liebe Familie forderten sie mindestens einen geschmackssicheren Toskanaurlaub im gehobenen Ambiente. Oder Tauchurlaub auf den Malediven. Außerdem hatten die alleinregierenden Sozis schon lange abgewirtschaftet. Die bankrotte Stadt wurde von einer großen Koalition aus SBD und KDU notstandsregiert. 560 Millionen Schulden drückten derart auf den kommunalen Haushalt, daß man versuchte, städtische Angestellte mit der verlockenden Möglichkeit auf unbezahlten Urlaub zu ködern. Vergeblich, ein Hallenwart aus einem Mainzer Vorort schickte postwendend ein Fax ins Rathaus mit der Frage: „Wovon soll ich Urlaub machen, wenn ich kein Geld bekomm?“
„Unn heit?“, fragte Hohlblock Senior. „Heit iss alles scheiße! Heit habbe mer e große Koalition. Heit mußde disch mit Beide gutschtelle, damit ebbes bassiere dut. Des hääßt, daß de vorne dobbelt oizahle mußt, damit hinne nur die Hälft erauskommt! Große Koalition, des iss alles Kokolores!“
„Wenns des bloß wär“, sagte Toni. „Vor de Wahle komme se unn jammern, weil se kä Geld habbe. Dann gibste was, damit se es Maul halde. Unn fer was hasde geschpend? Damit Millione in de

Schweiz verschwinde. Was mache die mit zwanzisch Millione Schwarzgeld? Wahlplakade klebe?“
„Was die damit mache?“, fragte Schwarzer bitter. „Wenn de die Schpende dem Niereschläscher gebbe hast, dann wääste, was dademit bassiert iss. Der hat unsern Bimbes im Puff dorschgebutzt!“
Toni dachte wehmütig daran, wie oft er mit dem Pfaffen durch die Puffs gezogen war. Womöglich hatten sie gemeinsam Schwarzers Spende verjubelt. Wenischdens ebbes, dachte Toni genüßlich.
In diesem Moment platzte Hohlblockfriedel Junior. Die ganze Zeit hatte er zugehört und innerlich gekocht. Jetzt platzte sein Glas, weil er es wütend auf den Tisch schlug. Er sprang auf, warf einen Hundertmarkschein hin und stampfte wütend nach draußen.
„Was hadden doin Bub?“, fragte Toni neugierig. „Wääß nit“, sagte Hohlblockfriedel Senior. „Vielleicht Mitleifkreisis odder son Quatsch. Letzt Woch isser fuffzisch worn unn wollt nit feiern. Die Fassenachter, de Musickveroin, die Schleimer, die Schulderklopper, alle habbe drauße geschtande, awwer er hat se nit eroigelasse.“
Schwarzer regte sich immer noch auf: „Wääßte, was isch glaab, seit sisch der Kuttebrunzer im Puff dodgemaust hat?“ „Was glaabsde dann?“, fragte Hohlblock Senior. „Isch glaab“, sagte Schwarzer empört, „isch glaab, daß mir hier in Määnz hessische Verhältnisse habbe!“
„Och jo“, sagte Toni und versuchte dabei, nicht zu lachen.

Dritter Tag der Ermittlungen im Fall Fickeisen, 7 Uhr 30
Herbert und Rudi saßen im Büro und dachten scharf nach. Emma konnte ihnen nicht weiterhelfen. Nein, wenn man etwas über den toten Fickeisen erfahren wollte, dann mußte man sich an die kirchlichen, politischen, sexuellen und sonstigen Kontakte hängen, die der tote Kuttenbrunzer in Mainz geknüpft hatte. Herbert blätterte im Telefonbuch und fand die Adresse. Also schrieb er einen Brief. Dann holte er die Post aus dem Briefkasten. Dann kam Karl. Karl fluchte, als er die Stufen ins Kellerbüro hinunterging. Jeder Schritt tat weh. Die geprellte Rippe schmerzte beim reden,

lachen, atmen und scheißen. Nicht weniger der Steiß. Dazu kam das geschwollene Knie und zu allem Überfluß meldeten sich seine Hämorrhoiden. Und Muskelkater hatte er auch. Körperliche Arbeit war nichts für ihn, in keiner Beziehung, noch nie gewesen. Karl nahm ein Kissen, legte es auf das Sofa und setzte sich vorsichtig.
„Setz disch, alder Mann", sagte Herbert und gab ihm sein Schreiben an den Verein zur Rettung des christlichen Abendlandes.
„Sehr geehrte Damen und Herren.
Mein Name ist Ewald Huber. Als pensionierter Polizist und frommer Kirchgänger bin ich erschüttert über die moralischen Zustände in Deutschland. Das gilt sowohl für mein geliebtes Vaterland, als auch ganz besonders für den Zustand der katholischen Kirche. Ich bin Witwer, nicht unvermögend und täte mich freuen, wenn ich in Ihrem Verein gleichgesinnte Menschen finden würde, die mit mir zusammen an der moralischen Erneuerung von Staat und Kirche arbeiten würden. Hochachtungsvoll, E. Huber, Oberhauptwachtmeister a. D. Mommenheim."
„Subber", lobte Karl. „Hätt isch nit besser schreibe kenne."
„Unn dess iss die Post", sagte Herbert.
Karl sah auf ein Din A 4 Blatt ohne Absender mit folgender Drohung: „Lassen Sie die Finger vom toten Nierenschläger!"
Herbert. „Dess kann nur hääße, daß ebbes dran iss an dem, was der Schmitt gesaacht hat. Des häßt, daß uns jemand beobacht. Unn dess hääßt, daß mer uff de rischdisch Schpur lische."
„Also weidermache?" „Unn ob!"
Zuerst war einkaufen angesagt. Karl brauchte Profiausrüstung und zwischendurch medizinische Betreuung. Er schleppte sich ins Auto und hupte, bis Erna herunterkam. Erna hatte keinen Führerschein. Sie brauchte aber ein Geschenk fürs Enkelkind, weil Karls Sohn zu Besuch kam.
Erna: „Was soll isch dem Kind bloß kaafe? Eischentlisch hats ja alles, was es brauch." „Am besde dustes adopdiere. Dess wärs besde fer des Kind." „Babbel kään Scheiß", sagte Erna und stieg bei Karstadt aus. Karl quälte sich zu Dr. Koffmann, dem anerkannten Spezialisten für Enddarmerkrankungen. Danach stieg

Erna wieder zu. An der Hauptpost warf sie den Brief ein, anschließend fuhren sie zu Büro Wahlich. Karl blieb leidend sitzen. Erna stampfte zielstrebig auf einen Verkäufer zu. „Gun Dach! Isch brauch e Dellefon ohne Schnur unn e Fiebtschart!“ Es dauerte eine Weile, bis der Mann verstand, daß die Frau ein Handy und ein Flipchart verlangte.
„Richtig heißt das Flip-Chart!“, sagte er oberlehrerhaft. „Dess iss mir egal“, sagte Erna vorwurfsvoll „Hauptsach iss doch, daß Sie wisse, was ich mään!“
Danach stoppte Karl vor einer Buchhandlung. „Was willst dann DU in erer Buchhandlung?“ „Isch brauch Fachlideradur übber Sado-Maso-Sex.“ „Son Kokolores kannsde selber kaafe“, sagte Erna.
Karl quälte sich aus dem Auto. Wenn er sich einmal im Jahr in eine Buchhandlung verirrte, dann ging er immer in eine bestimmte, weil dort eine ganz bestimmte Frau arbeitete. Es war die Sorte Frau, die allergisch auf einen Mann wie Karl Napp reagierte. Und es war die Sorte Buchhändlerin, die so schön die Nase rümpfen konnte, wenn ein Kunde Konsalik verlangte, was er normalerweise tat. Die Buchhändlerin zog sofort die Mundwinkel nach unten, als sie Karl Napp sah. Mein Gott, wieder dieses primitive Ekel, dachte sie.
„Frolleinsche. Isch such emal was ganz anschpruchsvolles. Isch such Fachlideradur übber Sado-Maso-Sex. Am besde mit schääne Fodos, damit isch mer e Bild vun der Sach mache kann.“
Die Mundwinkel gingen noch mehr nach unten und gleichzeitig die Augenbrauen nach oben.
„Nit was Sie schonn widder denge, haha. Nää. Isch bin Dozent fer vergleischende Sexualwissenschaft an de Uni unn isch hätt aach gern e Quiddung ibber Fachlideradur.“
Die Buchhändlerin sah ihn angewidert an und tat kund, daß man solche Bücher bestellen müsse.
„Frolleinsche“, sagte Karl enttäuscht. „Dann sinn sie abber schlescht sordiert in der Rischdung.“ „Schon möglich“, knirschte das Frolleinsche. „Dann geh isch halt in de Sexschopp um die Eck.“ „Tun Sie das!“
Karl ging drei Straßen weiter in den Sexshop und wurde fündig. Er schleppte große Mengen Fachliteratur zum Auto und fuhr wieder

ins Büro. Dort versuchte er vergeblich sein neues Handy zu programmieren. Karl hatte zwar Elektriker gelernt, war aber selten ungeschickt. Schon immer gewesen. Im Betrieb hatte man ihn nur „Korzschlußkarl“ genannt, weshalb er dann zur Polizei gewechselt war, als er den Gesellenbrief in der Tasche hatte. „Neimoderner Futkram“, fluchte er.
Derweil versuchte Erna nach seinen Anleitungen die Tafel zu montieren. Irgendwann wurde es ihr zu dumm, weil Karl von nichts eine Ahnung hatte, aber alles besser wußte.
„Rutsch mer de Buckel enunner“, sagte sie und ging nach oben. Dann kamen Herbert und Rudi vom Mittagessen. „Rrrripsche mit Kraut, neun Mack achzisch“, rülpste Herbert zufrieden und strich über den dicken Bauch. Er stellte die Tafel auf, spannte Papier ein und Karl malte mit verschiedenfarbigen Filzschreibern Kringel, Pfeile und Namen auf das große Blatt. In der Mitte stand „Fickeisen“ und davon führten Pfeile und Querverbindungen zu „KDU“, „Verein zur Rettung des Abendlandes“, „Ordinariat“, „Schmitt“, „Sado-Maso-Szene“, „eifersüchtiger Liebhaber“ und „Handkäsmafia“.
„Wieso Määnzer Handkäsmafia?“, fragte Herbert.
„Weil die Handkäsmafia übberall die Finger drin hat, wos in Määnz um Geld unn Bolidig geht.“
Karl sah auf das große, vollgekritzelte Blatt. Das hatte er in einem Krimi gesehen. Angeblich sah man dadurch die Zusammenhänge klarer. Hier wurde gar nichts klar. Herbert riß das Blatt ab und schrieb sieben mutmaßliche Tathergänge hin.
1. Fickeisen ist von einem eifersüchtigen Liebhaber -ähnlich wie Schmitt- umgebracht worden.
2. Fickeisen ist von der bisexuellen Sado-Maso-Puffszene erpreßt worden, wollte nicht zahlen und ist von Folterknechten in Lederstrapsen umgebracht worden.
3. Fickeisen hat kirchliche Gelder veruntreut und ist von der Kirche umgebracht worden, weil das Ordinariat einen öffentlichen Finanz- und Sexskandal vermeiden wollte.
4. Fickeisen hat Spendengelder im Puff verjubelt und ist deshalb von der KDU umgebracht worden.

5. Fickeisen hat den Verein betrogen und ist von christlichen Vereinsmeiern umgebracht worden.
6. Fickeisen hat Parteispenden der Handkäsmafia veruntreut und ist deshalb von der Handkäsmafia umgebracht worden.
7. Schmitt schpinnt und Fickeisen ist einfach an Herzkasper abgenippelt.
Karl war beeindruckt: „Warum habbe se disch nit zu de Kripo geholt?"
Herbert: „Hab dreimal en Antrach geschtellt, dreimal habbense misch abgelehnt. Dann hab isch mer gedengt: Leck misch am Arsch." Karl: „So iss mirs aach gange."
„Achtens. Middachesse iss ferdisch", rief Erna. „Du hast doch schun gesse!", sagte Karl. „Unn weider?", fragte Herbert. „Ess isch halt zwämal Middach."
Herbert war groß, fett, wog 120 Kilo und war ein Fresser vor dem Herrn. Es gab Frikadellen mit Bratkartoffeln. Beim Essen erläuterte Karl ausführlich die Prozedur einer Enddarmuntersuchung.
„Also schwul kännt isch nit wern. Schpaß macht dess nit, wenn der jemand middem Finger odder sunstwas im Bobbes rumbohrt."
Erna: „Was hat er dann gesacht, de Dogder?" „Daß isch uffbasse soll, sunst muß er oberiere", schmatzte Karl. „Vor allem soll isch uffem Scheißhaus nit so lang Zeidung lese." „Was hadden des mit Hämoridde zu due?" „Woher soll isch en dess wisse? Bin doch kään Arzt."
Den ganzen Nachmittag studierten Karl und Herbert die umfangreiche Fachliteratur. Grölend mußten sie feststellen, daß es sich bei diesem Sado-Masokram um eine ungeheure Modewelle handelte, die völlig an ihnen vorbeigegangen war. Es war unglaublich. Herbert lachte sich halbtot, als er im Fachorgan „Bizarr" solche Anzeigen las: „Stahlkäfig, 1,5 mal 2 Meter, zerlegbar, umständehalber abzugeben. Preis VHB."
Am ergiebigsten war die Zeitschrift mit dem unverdächtigen Namen „Wochenend", dem Zentralorgan der hetero- homo- und bisexuellen Swingerszene mit hunderten privaten und gewerblichen Anzeigen, in der Regel garniert mit Fotos von männlichen und weiblichen Geschlechtsteilen, ein wenig Lack und Leder drumrum

und Metallringen dran. Eine Sauerei ohne Ende. Jedenfalls notierte Karl viele Adressen und Telefonnummern im ganzen Rhein-Maingebiet. Gegen 18 Uhr hatte Herbert Augenschmerzen und machte Feierabend.
„So des langt. Isch kann kään Bibbcs unn aach kä Schneckscher mehr sehe!" Herbert fuhr mit Rudi nach Hause. Soweit so gut. Dann aber rief Erna, so weit, so schlecht. Erna rief Karl, weil sein mißratener Sohn und seine nicht weniger mißratene Schwiegertochter samt verzogener Enkelin zu Besuch waren. Sein Sohn Karl-Heinz und dessen Frau Moni waren die beiden langweiligsten Menschen, die Karl je in seinem Leben kennengelernt hatte. Beide waren intolerante, grün-alternative Besserwisser. Sie bliesen mit ihrem alten Käfer 14 Liter Blei in die Luft und wollten anderen Leuten das Porschefahren verbieten. Zusammen sperrten sie ihre Katze lebenslänglich in eine Marburger Stadtwohnung und hielten anderen Menschen Vorträge über artgerechte Tierhaltung. Vor allem versauten sie das Kind. Die verzogene Rotzgöre schrie im Sommer wegen erhöhter Ozonwerte solange Zeter und Mordio, bis sie aus Gesundheitsgründen mit dem Auto ins Schwimmbad chauffiert wurde, anstatt Fahrrad zu fahren.
„Hallo Karl", sagte Karl-Heinz Napp-Mahlzahn. Neben ihm saß Monika-Ellen Napp-Mahlzahn, dazwischen die zehnjährige Gwendolin-Virginia Napp-Mahlzahn.
„Gun Dach", grummelte Karl und fläzte sich an den Tisch. Natürlich gab es kein Fleisch. Erna hatte aus Rücksicht auf die Gäste vegetarisch gekocht. Demonstrativ schmierte sich Karl ein fettes Blutwurstbrot von Emmas Bauernhof. Beim Essen erzählte er von seinen Schlachtabenteuern. Ausgiebig verweilte er bei der Schilderung, wie man fachmännisch die Gedärme putzt. Moni und ihr Mann ereiferten sich über die KDU-Spendenaffäre. Jedem anderen hätte Karl hier Recht gegeben. Aber nicht seinem Sohn und Moni. Karl verteidigte die Schwarzgeldschieber der Union.
„Dess iss alles e Kampannje, geschteuert vun de Rode unn Griene!" Moni platzte: „Du bist ein Reaktionär!" „Was ist denn ein Raktinonär?", fragte Gwendolin-Virginia Napp-Mahlzahn. Karl-

Heinz schwieg beleidigt und Moni erklärte ihrer Tochter, was ein Reaktionär sei.
Erna trat Karl unter dem Tisch ans Bein. Zielsicher erwischte sie sein wundes Knie. Karl jaulte auf. Verrat. Erna trat auf die Feindseite über. Zum Kaffee gab es eine Kampfpause mit unverfänglichen Themen. Moni behauptete, daß es eigentlich nicht mehr zumutbar sei, Rindfleisch zu essen, weil ja in England diese BSE-Fälle ausgebrochen seien und es nicht auszuschließen sei, auch in Deutschland...
Karl, der Landwirtschaftsexperte, schnitt ihr das Wort ab: „Wer kä Kuh von eme Ochs unnerscheide kann, der soll aach nit ibber Aggerbau un Viehzucht fachsimbele." „Das ist ja wohl primitiv!", behauptete Napp Junior. „Schtimmt abber", widersprach Karl. „Die wo am wenischsde Ahnung habbe, die kreische immer am laudeste. Da kannste jeden Metzjer odder Bauer fraache!"
Moni beherrschte sich mühsam: „Es ist wissenschaftlich erwiesen, daß die Kreuzfeld-Jakob-Krankheit vom Verzehr BSE-verseuchten Rindfleischs kommt!" „Unn weider?", fragte Karl. „Isch bin jetzt 55 Jahr alt. Bis bei mir Rinderwahnsinn ausbrischt, bin isch vorneweg 75. Bis dort hie hab isch so viel Alzheimer, daß mir des bißje BeEsEh grad egal iss!" „Alzheimer", behauptete Moni, „bekommen manche Menschen auch schon mit 50!" Das konnte Karl nicht auf sich sitzen lassen. „Ibberhaupt. Wer son Käs isst wie Grünkernbrätlinge unn trotzdem fett werd, der soll doch ruhisch soi, wenn annere Leit Blutworscht esse. Vun dem Körnerfraß krieht mer ja e Figur wie en Rollbrade ohne Kordel."
Moni war 30 Jahre alt und fing an, mopsig zu werden, weil sie zu faul war, sich zu bewegen, aber gerne Süßigkeiten naschte. Du fettes, sexistisches Schwiegervaterarschloch, dachte sie.
Erna kam ihr zuhilfe. „Babbel kän Scheiß. Guck disch selber emal im Schpieschel an. Siehst ja aus wie e zugehängt Reitschul."
„Erstens", berichtigte Karl sachlich, „bin isch en Mann unn zwäddens dreißisch Jahr älder!" „Pfft", sagte Erna. „Mit dreißisch hasde aach schon en Ranze unn genau so en Wutzekopp wie heit gehabt!" „Na unn! En Mann ohne Bauch iss en Krüppel!"

Um einen Eklat zu vermeiden, wechselte man das Thema. Napp Junior erzählte von seinen politischen Erfolgen in der Marburger Grünenfraktion. Sein besonderes Engagement galt der Umbenennung von kriegsverherrlichenden Straßennamen. In jahrelangen politischen Kämpfen hatte er erreicht, nicht mehr in der „General Blücherstraße“ zu wohnen, sondern in der „Anette von Droste- Hülshoffstraße“. Dumm war nur, daß seine Nachbarn überhaupt kein Verständnis dafür hatten, ihre Visitenkarten ändern zu müssen und dauernd diesen ellenlangen Straßennamen zu schreiben. Eine Nachbarin hatte Napp Junior als „bornierten Vollidioten“ bezeichnet und ihm eine Backpfeife verpaßt, weil sie ein alternatives Reisebüro führte und jetzt weder Post noch Kunden den Weg zu ihr fanden, da sie vergeblich die gute alte Blücherstraße suchten. Und irgendjemand hatte ihm die Reifen zerstochen und eine Fensterscheibe eingeworfen.
Karl gickelte vor Schadenfreude. „Selber schuld. Hättst ja wenischsdens Josephine Mutzenbacherallee odder sowas nemme kenne!“
Moni wurde wütend. Das sei ja wohl unterste Schublade und vor dem Kind und überhaupt.
Karl bekam einen roten Kopf: „Wääßt Du ibberhaupt, wer General Blücher war?“
Moni wußte es nicht. Wahrscheinlich irgend so ein frauenfeindlich-rechtslastiges-Ekel-Alfred-Arschloch wie ihr Schwiegervater. Karl wußte auch nicht, wer General Blücher gewesen war. Mutmaßlich ein honoriger Kriegsheld, der nicht geduldet hätte, daß sein mißratener Sohn so eine keifende Beißzange in die Familie gebracht hätte. Erna glättete die Wogen, indem sie Käsekuchen servierte. Karl änderte seine Taktik. „Unn außerdem“, sagte er schmatzend, „solang Du die Fieß unner moin Disch schtrecke dust, kannste disch ruhisch e bißje benemme.“
Das war ein Fehler. Erna, wütend: „Karl! Jetzt gehste zu weit. Des Haus hab ISCH geerbt.“
Eins zu Null für Erna. Erna hatte das Zwölffamilienhaus geerbt, in dem sie lebten. Nur deshalb konnte Karl damals den Polizeidienst quittieren und jetzt den Privatdetektiv spielen. Grummelnd ging er

zu Bett. „Erna, kimmste mit ins Bett?“ „Nä!“ „Aach gut“, behauptete Karl und ging.
Moni: „Er wird immer schlimmer!“
Napp Junior widersprach: „Stimmt nicht, so war er schon immer.“
Ohne Karl konnte Moni ungestört von ihrer neuesten Marotte schwärmen, der esoterisch-biodynamischen Mutter-Kind-Therapie mit angeschlossenem Kreativkurs und afrikanischem Trommelseminar in der Toskana. Es war grausam.
Erna gähnte. Wozu, fragte sie sich, wozu studieren eigentlich junge Leute, wenn so ein Blödsinn dabei herauskommt? Moni litt unter der deutschen Modekrankheit, jeden Furz, den sie ließ, zu einem pseudointellektuellen Ballon aufzublasen, um sich und anderen Menschen größtmöglichen geistigen Tiefgang vorzutäuschen. Anstatt zu sagen, „ich gehe einmal die Woche töpfern, weils mir Spaß macht“, sagte sie: „Töpfern ist Ausdruck meiner individuellen Lebensphilosophie und meines ganzheitlichen Bewußtseins. Da kann ich aus dem Bauch heraus ein Stück weit zu mir selber finden und bla,bla,bla.“
Moni war Sozialpädagogin. Eigentlich sollte sie sich um arbeitslose Jugendliche kümmern, was Moni natürlich nicht tat. Da sie zur „Projektleitung“ gehörte, wälzte sie die Arbeit geschickt auf die untergeordneten Kollegen ab. Während ihrer Arbeitszeit war Moni hauptsächlich damit beschäftigt, ihren „Denkspeicher“ mit sozialpädagogischen Phrasen zu füllen, damit sie bei häufigen „Teamsitzungen“ schöne „Thesenpapiere“ zur Diskussion stellen konnte, mit denen neue „Module“ auf „Plattformen“ gestellt wurden, die dann „ganzheitliche Synergieeffekte“ ergaben. Privat machte sie eigentlich das gleiche. Sie war meinungsführendes Mitglied in unzähligen Initiativen, Arbeitskreisen und Krabbelgruppen. An Elternabenden in der Grundschule war sie berüchtigt dafür gewesen, solange über unwichtigen Scheiß zu diskutieren, bis die alleinerziehende Mama und Schichtarbeiterin vor Müdigkeit einfach einschlief, weil es sie einen Dreck interessierte, ob sich der Elternstammtisch einmal die Woche in der Kneipe treffen oder abwechselnd zu Hause, wobei man selbstgebackenen Kuchen mitbringen sollte.

Erna gähnte gelangweilt und schaffte es, das Gespräch auf die Enkelin überzuleiten, woran sich auch ihr Sohn beteiligte. Napp Junior passte ideal zu seiner Frau. Als Lehrer an einer Gesamtschule hielt er gerne großspurige Vorträge über soziale Chancengleichheit. Deshalb hatte er auch seine Tochter auf eine höhere Walldorfschule geschickt, wo sich engagierte Lehrer liebevoll um ihre Zöglinge kümmerten. Er selbst machte sich das Berufsleben etwas einfacher. Er mauschelte mit seinem Stufenleiter und übernahm nur fünfte Klassen aus mehrheitlich guten und pflegeleichten Schulkindern. Der neuen Kollegin, die noch keine Lobby hatte, der jubelten sie gemeinsam alle Problemfälle unter. Lehrer sind halt so.
Als sich Karl-Heinz und Moni angeregt über die Frage unterhielten, ob Gwendolin zum Geburtstag einen Computer oder ein pädagogisch geeignetes Aufklärungskinderbuch bekommen solle, hatte Erna genug. Sie erinnerte sich an Schulspeisung, gestrickte Strümpfe und gestopfte Unterhosen, sonntags Butterbrote mit darübergestreutem Zucker und samstags eine Zinkwanne in der Küche, in der zuerst fünf Kinder gebadet wurden und wenn das Wasser dreckig war, die Mama, zum Schluß der einbeinige Papa, der beim Baden auf seinen Beinstumpf zeigte und den Kindern erklärte: „Da hat mer so en Lump von Russ es Bää abgeschosse."
Ganz nebenbei wurde man in solchen Verhältnissen prima aufgeklärt. Zeugung und Hausgeburt ihrer beiden jüngsten Brüder hatte Erna hautnah mitbekommen. Und immer, wenn die Eltern nebenan stöhnten und das Bett quietschte, wetteten klein Erna und ihr älterer Bruder darum, ob es jetzt noch ein Brüderchen oder ein Schwesterchen werden sollte. Erna hatte genug. Sie ging ins Bett.
„Karl?"
„Was?"
„Isch geb der selden rescht, abber manschmal haste rescht. Die Zwää habbe was an de Erbs!"
„Sach isch doch! Bleibt die Bagasch noch lang hier?"
„Morsche frieh fahrn se widder nach Marbursch."
„GOTT- SEI- DANK!"

Hohlblockfriedel Junior hatte die Faxen dick. Endgültig. Deshalb steuerte er den dicken Benz in die Rheinstraße, parkte mit einer Vollbremsung und stürmte wütend ins Parteibüro. Wie überall, wurden auch die Mitarbeiter der KDU-Landesgeschäftsstelle in Mainz mit Protesten, Beschwerden und Beschimpfungen überhäuft. Der berühmte kleine Handwerker zum Beispiel war empört darüber, daß ihm das Finanzamt das Fell über die Ohren zog, wenn er seine Steuererklärung zu spät abgab, geschweige denn seine Einkommensverhältnisse verschleierte, während seine politischen Interessenvertreter anscheinend fröhlich Schwarzgeld in die Schweiz verschieben durften. Die Telefone standen nicht still, die Faxe quollen über, auf den Schreibtischen stapelten sich Protestbriefe. Den braven Parteiarbeitern klingelten die Ohren. Besonders unangenehm war es, wenn die Protestler persönlich in der Zentrale aufkreuzten. Friedel allerdings war der unangenehmste von allen. Wie ein wildgewordener Gorilla fuchtelte er mit den Armen und brüllte: „Isch will moi Geld zurick!"
Die Parteimenschen zogen die Köpfe ein. Der Gorilla knallte einen Zeitungsausschnitt auf den Schreibtisch und brüllte: „Dem Lumbehund hab isch zwäähunnertdausend Mack gebbe, damit alles glatt geht!"
Die Sekretärin las die Nachricht vom Tod eines Mitarbeiters des bischöflischen Ordinariats.
„Unn dess hab isch jetzt devon!", schrie der Gorilla.
Die Sekretärin sah auf den zweiten Zettel: „Baustop in Mainzer Innenstadt, sensationelle archäologische Funde aus dem 2. Jahrhundert nach Christus."
Abermals brüllte der Gorilla: „Isch will moi Geld zurick, odder isch laß eisch alle hochgehe! Ihr Verbrescher!" Hilflos zuckte die Sekretärin mit den Achseln, was sollte sie auch tun.
„Verbrescher!!", brüllte der Gorilla und knallte die Tür hinter sich zu. „Moi sauer verdiendes Geld im Puff dorschbutze!", hörte die Frau noch.
Hohlblockfriedel hatte in einem Anfall von Größenwahn beschlossen, rechtzeitig vor Einführung des Euro, seine ganze Kohle samt Schwarzgeld in ein Riesenprojekt zu investieren. Es

ging um den Bau eines protzigen, neumodernen Einkaufszentrums, mitten in der Mainzer Innenstadt. Clou der Sache war, daß seine eigene Firma an den Bauarbeiten beteiligt war. Er wollte also nicht nur kräftig als Investor, sondern auch noch am Bau verdienen. Wozu hat man schließlich politische Verbindungen? Es war ja auch nicht so, daß er seine politischen Verbindungen überschätzt hätte, das nicht. Es war vielmehr so, daß er die historische Dimension des Baugrunds unterschätzt hatte. Das Dilemma war auch nicht zu erwarten gewesen, weil das geschichtsträchtige Areal im Krieg gründlich zerbombt und in den fünfziger Jahren neu bebaut worden war. Allerdings herrschte in den Fünfzigern akute Wohnungsnot und man machte damals weniger Aufhebens um archäologische Funde.

„Scheff?“, rief damals der Polier. „Was issen los?“, brüllte der Chef. „Da unne im Dreck sinn e paar alde Knoche unn Scherbe vun de alde Römer odder sowas.“ „Halt doi Maul, mach Bedong dribber, isch geb en Kasde Bier aus!“ „Alles klar Scheff!“, sagte der Polier und goß Betonfundamente über die alten Römer.

Heute aber war das anders. Kaum waren die Fünfzigerjahretrümmer weggeräumt, da warf auch schon ein Denkmalschützer sein Leben in die Waagschale, indem er in die Baggerschaufel sprang und einen Baustopp durchsetzte. Was dann zum Vorschein kam, waren sagenhafte Relikte aus der römischen Epoche von Mainz. Man fand, einzigartig in Deutschland, einen Isistempel aus dem 2. Jahrhundert nach Christus. Die Fachwelt war begeistert und Hohlblockfriedel bekam jedesmal einen Schreianfall, wenn er sah, mit welch unendlicher Langsamkeit des Seins begeisterte Archäologen mit Pinsel und Schaber stundenlang hantierten, um einen zerbrochenen Krug freizulegen. Währenddessen standen die Baufirmen däumchendrehend daneben, stellten den Bauherren astronomische Rechnungen und die Banker fingen an, nervös zu werden. Fast täglich berichtete die Presse von neuen, sensationellen Funden und allmählich wuchs die Zahl der Baukritiker zu einer Bewegung heran. Sowohl Fachleute als auch Laien waren der Meinung, daß es zwar viele deutsche Städte mit großen, häßlichen Einkaufszentren gäbe, aber nur eine Stadt mit einem Isistempel.

Das Ding, zu einem archäologischen Park ausgebaut, wäre eine touristische Sensation, mit der die Stadt auch noch in 200 Jahren Geld verdienen könne. Die Baustelle wurde ein Politikum. Die verzweifelten Bauherren, Millionenverluste vor Augen, liefen Sturm. Vergeblich, die politischen Wellen schlugen längst über die Stadt hinaus auf Landesebene. Die Landesregierung zeigte Interesse am Erhalt des einzigartigen Kulturdenkmals. Unklar, wie immer die Form, mehr noch die Finanzierung. Die ganze Sache blieb monatelang in ungeklärter Schwebe. Und deshalb, wen wunderts, verlor Friedel, seinen Ruin vor Augen, die Nerven und forderte von der Partei das Geld zurück, das er Nierenschläger gegeben hatte.
„Ist er weg?", fragte der Parteichef.
„Ja!", sagte die Sekretärin empört. Es ging ihr entschieden gegen den Strich, den Kopf für Dinge hinhalten zu müssen, die sie nicht verbrochen hatte. Der Parteichef sah das ähnlich. Seit Nierenschlägers Tod häuften sich merkwürdige Anfragen, Anspielungen und Beschwerden, aus denen er den schwerwiegenden Verdacht entnehmen mußte, daß der altgediente Spendensammler Nierenschläger nicht ganz sauber gearbeitet hatte. Belege? Unterlagen? Fehlanzeige! Nierenschläger hatte bar und ohne Quittungen gearbeitet.
Die rheinland-pfälzische KDU war ohnehin ein bemitleidenswerter Haufen. Seit Jahren stolperte sie mit farblosen Spitzenkandidaten von einer Wahlniederlage in die nächste. Und jetzt das! Auf keinen Fall wollte die Partei mit dem toten Pfaffen in Verbindung gebracht werden. Und auf keinen Fall wollte der Parteichef selbst im Dreck wühlen und sich die Hände schmutzig machen. Er suchte jemand, der die Mainzer Verhältnisse gut kannte, aber als Gegenleistung für die Abwendung eines Skandals keine allzu großen Forderungen stellen würde. Da fiel ihm jemand ein. Grieser!

„Das Wort hat der Schtadtverordnete Grieser."
Dr. Grieser, Fraktionsvorsitzender der KDU im Mainzer Stadtrat, schnappte seine Notizzettel und ging zum Rednerpult. Auf der Zuschauertribüne langweilte sich eine Besuchergruppe aus siebzehnjährigen Berufsschülern zu Tode. In den kommunalen

Parlamentssitzen fläzten sich zeitungslesende Demokratiefunktionäre. Griesers Reden waren berüchtigt. Es waren regelmäßig gelungene Beiträge zu steigender Politikverdrossenheit und sinkender Wahlbeteiligung. Grieser war Mainzer, 45 Jahre alt und ein typischer Vertreter der bundesdeutschen Null-Bock-Generation. Noch nie im Leben hatte er daran gedacht, etwas anderes zu werden als Berufspolitiker. Als sich seine jugendlichen Altersgenossen noch für Fußball und frisierte Mofas interessierten, saß Grieser schon ordentlich angezogen bei der Parteijugend in der ersten Reihe. Seine gesammelten Lebenserfahrungen beschränkten sich auf Schule, etwas Jurastudium und sehr viel Parteimief. Grieser hatte eine lange, unsportlich-schlaksige Figur mit Speck um die Hüften, einen sauberen Scheitel und gepflegte Finger, die nie im Leben mit körperlicher Arbeit in Berührung gekommen waren. Dazu war er auch zu ungeschickt. Privat konnte er keinen Nagel in die Wand schlagen und vor seiner ersten Grundsteinlegung hatte er den Polier gefragt, was das für ein komisches Ding sei. Es war eine Kelle. Nixdestotrotz hielt er gerne großartige Reden, in denen er sich zum politischen Anwalt des „mittelschtändischen Handwerks“ aufschwang. Grieser konnte eigentlich nur zweierlei; Phrasen dreschen und Worthülsen drehen. Routiniert laberte er hinter dem Mikrofon sein gestelztes Blech herunter.
„...Unsere Fraktion, meine verehrten Damen und Herren, rischtet den sozialbolitischen Focus vorwiegend auf die Förderung ergebnisorientierter Projekte, um mittels Vernetzung kompatibler Module gezielt auf die Schaffung wirtschaftsbolidischer Synergieeffekte zur Entschärfung des sozialen Brennpunktes Zwerschallee hinzuarbeiden. Und isch denge, es ist Fakt, daß bla, bla, bla....“
Grieser spulte seinen Text herunter und machte Kunstpausen, damit die Kollegen Beifall klatschen konnten, derweil die politische Konkurrenz mehr oder weniger originelle Zwischenrufe hören ließ, was die Siebzehnjährigen auf der Tribüne umso mehr langweilte. Die Lehrerin mußte ihre ganze pädagogische Überzeugungskraft aufwenden, um klingelndes Handygebimmel zu unterbinden und verhinderte mit Mühe, daß Papierflieger und Tampons in die Parlamentssitze regneten. Grieser redete sein Blech zu Ende und

trat ab. Zurück in seinem Büro, atmete er durch und hörte die Mailbox vom Handy ab. Die KDU-Landesparteispitze rief ihn. Es sei dringend.

Am vierten Tag der Ermittlungen im Fall Fickeisen tat sich gar nichts, weil Karl Napp und Herbert Dickmilch keinen Bock und keinen Plan hatten.
Erna Napp übte für die Weibersitzung. Sie feilte mit höchster Konzentration an ihrem Fraa-Babbisch-Kostüm und dem Text. Da fiel ihr ein, daß ihre Mieterin, Frau Schtolte, um eine Karte für die Sitzung gebeten hatte. Erna stampfte zu Schtoltes und klingelte.
Dr. Heribert Schtolte feilte gerade mit höchster Konzentration an seiner Kritik. Heribert war beruflich Redakteur und aus innerer Berufung Wachtmeister bei der Geschmackspolizei, er war Restaurantkritiker. Heribert war gelernter Germanist. Als Student hatte er auf einem verstaubten Schweizer Dachboden eine vergilbte Postkarte mit folgendem Text gefunden:
„Meine Hämorrhoiden grüßen Deinen Tripper. Viele Grüße, Hermann."
Schtolte blies die alte Postkarte zu einer 400 Seiten dicken Doktorarbeit auf. „Über den Einfluss der Hämorrhoidalproblematik auf das Spätwerk Hermann Hesses", hieß das bombastische Machwerk. Ähnlich geschwollen waren auch seine Restaurantkritiken. Schtolte förderte diesen globalen Einheitsfraß auf gehobenem Preisniveau mit mindestens zwei Sternen. Vier Gänge inclusive „Dialog der Früchte", abgerundet durch eine überdimensionale Käseplatte, in deren Mitte ein mikroskopisch kleines Stück Münsterkäse verschüchtert seiner Bestimmung entgegenstank. Außerdem war er bezahlter Agent der Rheingauer Weinmafia, die sich auf Kunden spezialisiert hatte, welche gerne teure Etiketten bezahlen und oberschlau über Wein reden, anstatt ihn zu saufen. Schtolte war auch führendes Mitglied im „Mainzer Förderkreis für Rotwein- und Zigarrenkultur." Da saßen dann immer die ganzen Wichtigtuer, nippten Rotwein, pafften dicke Zigarren und Schtolte drechselte dazu salbungsvolle Sätze. Sein großer Traum war es, irgendwann in der Juri zu sitzen, die so einen

Unfug wie den „deutschen Weinkulturpreis“ verlieh. Jedenfalls erreichte er auf der restaurantkritischen Phrasenskala regelmäßig die volle Punktzahl. Und deshalb schrieb er:
„Dieser 82er Grand Crue Chateau Laflütte tapeziert noch im Abgang vollmundig den Gaumen, streichelt mit edlen Tabakaromen die sensibilisierten Knospen, verdichtet die geschmacklichen Synergieeffekte zu einer geradezu mediterranen Gesamtkonzeption und.... “, da klingelte es.
Schwer genervt öffnete Dr. Schtolte die Wohnungstür, schielte über die Brille hinweg und erschrak dermaßen, daß ihm die Pfeife aus dem Mund fiel. Vor ihm stand die Vermieterin, Erna Napp. Erna trug alte Turnschuhe, Strümpfe mit Laufmaschen, eine rosa-grün gestreifte Kittelschürze und die furchtbarste Perücke seit Erfindung des künstlichen Haupthaares.
„Ei Guude Herr Schtolte! Isch wollt nur die Kart fer die Weibersitzung vorbeibringe.“ „Danke Frau Napp. Da wird sich meine Frau aber äh, freuen.“
Schtolte nahm entgeistert die Karte und schloß die Tür. Mit Erna Napp sprach er nur, wenn es sich absolut nicht vermeiden ließ. Eine weitergehende Kommunikation mit Napps hielt er für weit unter seiner intellektuellen Würde.
„Arrogander Depp“, murmelte Erna und ging zu Karl.
„Haste schunn gehert? Die Fraa Schtolde geht mit uff die Weibersitzung.“ „Viel Schpaß“, sagte Karl. „Da kannste aach gleisch en Goldfisch mitnemme. Son Goldfisch hat mindestens genausoviel Humor unn verschteht vorneweg genausoviel Schpaß.“
Karl konnte weder Herrn, noch Frau Schtolte leiden. Es waren zwei echte Bildungsbürger, die grundsätzlich Etikette mit Inhalt verwechselten. Ganz furchtbar fanden sie ihre Muttersprache, diesen ordinären rheinhessischen Dialekt. Um sich von ihrer ach so provinziellen Umgebung abzuheben, sprachen sie nur vornehmes Fichhochdeutch. Das heißt, sie ersetzten jedes vulgäre sch durch ein elegantes ch. „Ich esse prinzipiell kein Fleich, sondern nur Fich.“
Frau Schtolte arbeitete irgendetwas sauwichtiges beim Zweiten Fernsehen Deutschlands, weshalb sie ausnehmend viel Wert auf

das legte, was sie als „kultivierte Lebensart“ bezeichnete, was immer das sein sollte. Wenn sie in einer Boutique einkaufte, legte sie mit gewichtiger Miene ihre ZFD-Visitenkarte auf die Theke, in der selbstverständlichen Erwartung, daß sie deshalb Prozente bekäme.
Herr Schtolte war Redakteur bei irgendeiner überflüssigen Hochglanzzeitschrift für „Weinkultur und gehobene Lebensart“. Aus der Tatsache, daß sie ab und zu ein Buch lasen oder auf Vernissagen herumlungerten, leiteten sie die intellektuelle Berechtigung ab, anderen Leuten Vorträge über Geschmack und Niveau zu halten. Alles, was ihrem sehr eingeschränkten Geschmacksempfinden widersprach, hielten sie grundsätzlich für „oberflächlich“, wenn nicht gar für „primitiv“.
Gemeinsam strahlte das Ehepaar Schtolte soviel natürliche Lebensfreude aus wie zwei eingetrocknete Fabrikbrötchen, weshalb sie von Karl auch folgerichtig „Knack und Back“ genannt wurden. Das erstaunliche an Knack und Back war aber, daß sie ein gemeinsames Kind hatten, einen zehnjährigen Sohn. Karl und Erna hatten sich schon oft die Köpfe darüber zerbrochen, wie die Beiden zu einem Kind gekommen waren. Die Vorstellung, daß Knack und Back so etwas vulgäres taten wie miteinander zu „berschte“, lag jenseits aller menschlichen Vorstellungskraft. Erna hatte getippt, daß das Kind durch künstliche Befruchtung gezeugt worden wäre. Aber diese These hatte Karl strikt abgelehnt, weil man dazu nach seiner Vorstellung einen Ständer benötigte. Und Knack mit einem ordinären Ständer, das war fast so unvorstellbar, wie Knack und Back beim „kachele“.
Erna: „Isch kann mir beim besde Wille nit vorschtelle, wie dess aussieht, wenn die mitenanner feile.“ „Sowas mache die aach nit“, brummte Karl. „Die berschte nit mitenanner, die dischbediern höchstens ibber Sexualidät. Unn dess aauch noch sche langweilisch unn niwovoll.“
Die Art und Weise, wie Knack und Back zu einem Kind gekommen waren, war also eines der letzten ungelösten biologischen Rätsel der Menschheit.

Daß ausgerechnet Back alias Marianne Schtolte auf eine Weibersitzung ging, hatte wissenschaftliche Gründe. Sie hatte Deutsche Volkskunde, Germanistik und Kunstgeschichte studiert. Durch die guten Beziehungen ihres Papas, des SBD-Funktionärs Nobby Schulte, hatte sie einen gutbezahlten Halbtagsjob beim ZFD bekommen. Und jetzt wollte sie endlich ihre Visitenkarte mit einem Doktortitel aufwerten. Deshalb bastelte sie an einer hochgeistigen Forschungsarbeit.
„Teilnehmende Beobachtung im Rahmen der empirischen Sozialforschung am Beispiel des Mainzer Karnevals unter besonderer Focussierung frauenspezifischen Rollenverhaltens", oder so ähnlich nannte sich der Unfug.
„Und Du willst da wirklich hingehen?", fragte Knack entsetzt Sie wollte. Sie verkleidete sich sogar stilsicher als adelige Dame im Rokoko. Mit Reifrock, Perücke, Fächer und braunem Schönheitsleberfleck auf der weißgepuderten Backe. Frau Doktor phil. von Schtolte in spe bewaffnete sich mit einem Diktiergerät samt Notizblock und belästigte Frau Babbisch mit dummen Fragen. „Aus welchen sozialen Schichten kommen denn die Frauen überwiegend." Erna: „Vor allem aus solsche Schischde, die wo Schpaß habbe wolle." „Und welche frauenspezifischen Themen werden da konkret behandelt?" „Ei, des iss wie bei Arte. Mir mache da immer so e Art Themeabend über die Kerle. Erstens gehts um die Mauserei im Allgemeine, zwäddens die Berschderei im Besonnere, driddens die Feilerei im Spezifische unn ibberhaupt. Es geht um de Unnerschied zwische Männer unn Fraue."
„Aha", sagte Frau Schtolte todernst.
Wie es der Zufall wollte, landeten Erna und die Wissenschaftlerin ausgerechnet an einem Tisch mit Rosie und noch ein paar gestandenen Kegelfrauen. Der ganze Saal war von 300 angetrunkenen Weibern bevölkert, die immer lustiger wurden, je mehr sie tranken. Frau Schtolte war erschüttert von soviel Fröhlischkeit. Entsetzt hörte sie zotige Witzen an, über die sie nicht lachen konnte. Angewidert mußte sie zusehen, wie enthemmte Frauen den männlichen Bedienungen an die Ärsche fassten. Die Brüller des Abends waren zwei groteske Blondinen mit

ausgestopften Riesensilikonbusen, die zwischen den größeren Nummern auftraten.
Blondine Eins: „Saachemal, wie issen dein neie Schtescher?“
Blondine Zwei, wichtigtuerisch: „Moin neie Freund issen Agademiger!“ „Unn weider, was issen da dran so besonnerst?“ „Der hat en Penis!“ „Penis? Was issen des?“ „Des iss wie en Schwanz, nur klänner!“
„Huuaahh“, grölten 299 Weiber, kreischten schrill und stampften rhytmisch Beifall. Nur eine Dame grinste gequält, entgeistert von diesem unbeschreiblichen Ausmaß an primitivster Vulgarität.
„Prost, Du Schpaßmacher!“, sagte Rosie. Süßsauer lächelnd stieß Frau Schtolte mit an. Als sie auf die Toilette flüchtete, bekam Erna sofort einen Rüffel.
„Saachemal, was haste dann da fer e bleed Schneck mitgebracht. Da vergeht äm ja de Schpaß am Lebe, wenn isch seh, wie die guckt. Die guckt so, wie moi Dochder.“
Eine Kegelschwester, die als Sekretärin im Fachbereich Soziologie seit Jahrzehnten soziologisch erschütternde Akademikerquerelen aus nächster Nähe beobachtete, fragte folgerichtig:
„Schtudiert doi Dochter Soziologie?“ „Viel schlimmer, Psychologie. Die hat selber schwer was an de Erbs, kriescht persönlisch nix uff die Reih, määnt abber, daß se dann annere Leit helfe kann, die wo eschte Probleme habbe!“
Zur Halbzeit kam der vorläufige Höhepunkt. Das weibische Komitee hatte ein paar Stripper engagiert. Jetzt brachen aber alle Dämme. Wie die Furien stürzten sich kreischende Weiber auf die nackten Stripper. Zwei wurden sogar auf der Toilette vernascht. Mitten im Tohuwabohu verließ Frau Schtolte fluchtartig den Saal. Sicher war, daß sie nie mehr im Leben eine Weibersitzung besuchen würde und noch sicherer war, daß Erna Napp bei ihr völlig unten durch war. Deshalb verpasste sie auch das Beste, Ernas großen Auftritt.
„Fraa-Ba-bbisch!“, grölten die Frauen im Chor und klatschten in die Hände. „Fraa-Ba-bbisch!“
Fraa Babbisch kam und beherrschte das Publikum. Die Art und Weise, wie sie im Kittelschurz mit Putzeimer, Besen und Lappen

hantierte, forderte Brüllorgien heraus. Auf Knien mit dem Arsch zum Publikum rutschte sie putzend und schimpfend über die Bühne, zeterte über alle Männer der Welt, goß einen halben Eimer Wasser über die vorderen Reihen und riß dabei Zoten, daß die Bretter bebten. Irgendwann, gegen Ende der Nummer, stützte sie sich breitbeinig auf den Putzbesen und himmelte endlos lange Sekunden ein großes Poster von Mick Jagger an. Erna war auch im richtigen Leben ein fanatischer Jaggerfan. Liebevoll staubte sie ihn ab und schmachtete: „Ach Mick, wenn Du nit soviel Falde im Gesicht hättst, von Dir dät isch mer die Bichs mit Mahagoni ausschlaache lasse!“

Der erste Bombenanschlag ging gründlich daneben. Um 8 Uhr 30 betrat der Bombenleger das große Bordell am Mainzer Hauptbahnhof. Er trug zur Tarnung Brille, Perücke und einen falschen Bart. Im Puff arbeitete gerade die Frühschicht, um aufgeregte Morgenständer zu beruhigen. Im 2. Stock ging er mit einer möglichst harmlos aussehenden Frau aufs Zimmer. Dann klingelte sein Handy. Er bat sie, das Zimmer zu verlassen. Sie ging auf den Flur und dachte: Wahrscheinlich ruft sein Chef gerade an. Im Zimmer gegenüber stand die Tür offen, weil die Kollegin gerade frei war. Sie stand im Flur und rauchte. „Du hast doch en Freier?“ „Der telefoniert gerade.“ „Hähä“, lachte die Kollegin. „Das ist bestimmt seine Frau und jetzt kriegt er keinen mehr hoch.“
Sie wetteten um 20 Mark. Nach zwei Zigaretten ging die Tür auf und der Freier ließ bitten. Es war zwecklos. „Ich kann nicht“, sagte er. „Ich hab eben mit meiner Frau telefoniert.“ „Kann vorkommen“, sagte die Hure höflich. Der Mann gab ihr trotzdem 100 Mark, zog die Hose hoch und ging. Sie zahlte der Kollegin 20 Mark. Die Kollegin war schon länger im Geschäft.
Der Mann verließ das Puff. Er hatte nicht telefoniert, sondern die Bombe mit Zeitzünder unter dem Bett befestigt. Er raste mit dem Auto zur Hauptpost nach Wiesbaden. Von dort schickte er ein Fax an das Puff. Auf dem Fax stand:
DIE HUREREI IST SÜNDE UND EIN SCHANDMAL IM AUGE DES HERRN. UM 10 UHR SPRENGEN WIR DIESEN

HÖLLENPFUHL IN DIE LUFT, UM GOTTES ERDE VOM AUSWURF DES SATANS ZU BEFREIEN:
DIE ASSASSINEN GOTTES.
Aber das Fax ging nicht durch. Nach dem zehnten Versuch gab er auf. Wütend zerknüllte er das Papier und warf es auf den Boden. Dann fiel ihm ein, daß er nur ein Exemplar des Bekennerbriefes geschrieben hatte und deshalb keine weiteren Bekennerfaxe verschicken konnte. Also mußte er anrufen. Aber dazu mußte er sich einen Stimmenverzerrer vor den Mund halten. Deshalb fuhr er zu einer Telefonzelle. Sie funktionierte nicht. Die nächste Zelle war besetzt, bei der dritten gab es keine Parkmöglichkeit und die vierte funktionierte nur mit Telefonkarte. Der Bombenleger wühlte hektisch in seinem Geldbeutel und schob die Karte ein. Da war es schon 9 Uhr 30. Der Bombenleger hielt sich den Stimmenverzerrer vor den Mund und rief im Puff an, aber keiner ging ans Telefon. Der Bombenleger wurde nervös. Um 9 Uhr 20 war der Puffportier von einer Frau gerufen worden, weil ein Freier nicht den vollen Preis bezahlen wollte. Der Portier überzeugte den Mann mit dem rhetorischen Argument: „Bezahl odder isch haach der uff die Fratz. Du Puffmusiker!“
Der Mann zahlte blitzartig. Der Portier blieb noch da, um das Videogerät neu einzustellen. Viele Zimmer hatten Videogeräte, um die Freier mit Pornos aufzugeilen. Der Puffportier fingerte ein wenig an Knöpfen herum und schwatzte viel mit der Frau. Derweil war unten kein Papier im Fax und das Telefon nicht besetzt.
Der Bombenleger war am Verzweifeln. Schließlich rief er bei der Mainzer Polizei an. Er wurde in die Warteschleife gehängt. Kein Wunder, am Telefon saß „Binger Hansi“ und telefonierte. Binger Hansi hieß Binger Hansi, weil er aus Bingen kam. Er war so etwas wie der inoffizielle Mainzer Polizeipressesprecher, weil er während seiner kompletten Dienstzeit seit 30 Jahren nichts anderes tat, als sich um Dinge zu kümmern, die ihn nichts angingen. Als Hansi endlich an den Apparat ging, war die Telefonkarte des Bombenlegers fast verbraucht. Der Bombenleger vergaß seinen Bekennertext und brüllte hektisch ins Rohr.

„Schnell! Bombenalarm. Um 10 Uhr fliegt das Puff am Bahnhof in die Luft!“ „Moment emal“, sagte Hansi überrascht, aber die Telefonkarte war alle, die Verbindung riß ab. Der Bombenleger überlegte kurzzeitig, ob er eine neue Karte kaufen und noch einmal bei der Polizei anrufen sollte. Aber er wußte nicht, wie schnell die Polizei nachvollziehen konnte, von welcher Zelle der Anruf kam. Deshalb ließ er es bleiben.
Kommissar Mittelstedt, Kripo Mainz, saß in seinem Büro und blätterte in seinem Urlaubskatalog. Mittelstedt war 60 Jahre alt und nach 40 Jahren Polizeidienst wollte er in seinem Urlaub möglichst wenig Menschen sehen. An Fassenacht flüchtete Mittelstedt grundsätzlich aus Mainz. Diesmal fuhr er zum Skiwandern in die Berge an einen Ort ohne Lift und garantiert ohne Skibar, wo 400 Besoffene beiderlei Geschlechts „Anton aus Tirol“ grölten und sich am nächsten Morgen fragten: „Was? Mit diesem Mensch habe ich heut nacht geschlafen?“ Vor dreißig Jahren hatte Mittelstedt dasselbe getan und es genossen. Jetzt aber wollte er seine Ruhe. Er würde stundenlag einsam einen Berg hochwandern, dann eine Stunde die Aussicht genießen, danach mit dem Ski abfahren und sich anschließend im Zimmer seiner Pension einschließen. Darauf freute er sich. Bis um 9 Uhr 48 die Tür aufging, sein dicker Assistent hereinwalzte und brüllte.
„Scheff! Bombealarm im Gresi Sexy!“
Polizeistreifen rasten zum Puff, gaben Alarm und sperrten die Bahnhofstraße ab. Per Lautsprecher wurden die umliegenden Häuser geräumt. Hinter der Absperrung drängelten sich sofort hunderte neugierige Zuschauer, einige frierende Huren und ein paar verschämte Freier. Pünktlich um 10 Uhr ging die Bombe hoch. Es knallte, die Fensterscheibe des Zimmers im 2. Stock flog nach draußen, dann brannte es. Die Feuerwehr löschte schnell, Personenschaden gab es keinen. Zurück blieben ein verwüstetes Zimmer, widerlicher Brandgeruch, neugierige Lokalreporter und ratlose Menschen. Mittelstedt fand, daß der Bordellwirt „eher wenischer“ zur Aufklärung beitrug. Er sah aus wie Bordellwirte aussehen müssen. Er war groß, hatte breite Schultern, lange Dauerwellenlocken und war mit kiloschwerem Goldschmuck

behängt. Nein. Feinde hätte er keine, er sei nicht bedroht worden, er hätte keine Schulden im Milieu und eine feindliche Übernahme des Bordells stünde auch nicht bevor.
„Haben Sie denn irgendeine Ahnung, wer das gewesen sein könnte?“, fragte Mittelstedt. „Feminisde, relischiöse Fanadigger, was wääß isch“, brummte der Mann wütend. Mittelstedt widersprach: „Solche Leute hinterlassen gewöhnlich Bekennerbriefe.“ „Odder son Depp, der käner hochkriegt!“, zischte der Bordellwirt. „Was määnste dann, wieviel Hure- unn Frauehasser jeden Daach ins Puff gehe!?“ „Dann werden wir die Frauen fragen, ob ihnen irgendein Freier aufgefallen ist, der sich merkwürdig benommen hat.“ „Middelschtedt!“, sagte der Bordellwirt. „Hier komme jeden Daach minnesdens fuffzisch Freier ins Puff, die was an de Erbs habbe unn sisch komisch benemme!“
Die Polizisten fragten trotzdem die Frauen. Es war schwierig. Viele verstanden und sprachen wenig deutsch. Viele waren auch nicht wild darauf, mit der Polizei zu sprechen. Womöglich die ganze Bandbreite von freiwillig bis gezwungen. Freischaffende Vollzeithuren, Huren im Nebenjob, was niemand wissen durfte, falsche Pässe, Scheinheiraten, befristete Aufenthaltsgenehmigungen, klassische Zuhältersituationen, nackte Zwangsprostitution. Mittelstedt hinterließ Visitenkarten und versprach, für Dolmetscher zu sorgen. Den Rest besorgte die Spurensicherung und der Bordellwirt. „Mir es Geschäft kabuttmache wolle! Wenn isch den hinnerhäldische Bombelescher verwisch, dann schneid isch em de Bachmacher in Scheibe ab unn lass en die eischene Kligger fresse!“
„Lassen Sie sich nicht zu unüberlegten Handlungen hinreißen“, sagte Mittelstedt möglichst ernsthaft.

Die beiden Mainzer Lokalzeitungen warteten am nächsten Morgen mit furiosen Schlagzeilen auf.
„Mysteriöser Bombenanschlag auf Mainzer Bordell in der Bahnhofstraße.“
Sie vermuteten Machtkämpfe im Milieu und spekulierten auf die üblichen Mafiabanden im Prostitutionsbereich. Albaner, Angels,

Frankfurter, Hamburger, Jugoslawen, Mannheimer, Marokkaner, Polen, Rheinhessen, Russen, Türken.
Der Bordellwirt setzte ein Kopfgeld aus und verstärkte den Sicherheitsdienst. Die Frauen waren natürlich nervös. Manchmal gab es häßliche Szenen. Wenn sich ein Freier irgendwie komisch benahm, bekam er ruckzuck was „uffs Mäppsche". Jedenfalls sank der Umsatz. Die Spezialisten meldeten Mittelstedt, daß es sich bei dem Sprengstoff um ein osteuropäisches Produkt gehandelt habe. Mittelstedt hatte das ungute Gefühl, daß er sich seinen Fassenachtsurlaub abschminken könne. Der Bombenleger war enttäuscht, als er Zeitung las. Erstens mußte beim nächsten Anschlag mehr Sprengstoff verwendet werden. Und zweitens, das war sehr viel wichtiger, mußte die PR-Arbeit verstärkt werden. Pressemäßig, so schwor er sich, würde es beim nächsten Anschlag aber richtig knallen.

„Uff", stöhnte er erleichtert, als in der Zeitung keine delikaten Neuigkeiten standen. Der SBD-Kommunalpolitiker Norbert Schulte, genannt Nobby, war nervös. Seit Nierenschlägers Tod schlief er schlecht. Jeden Morgen sah er besorgt in die Zeitung, ob nicht irgendwelche postumen Enthüllungen über Nierenschlägers Privatleben auftauchten.
Nobby war Beamter, SBD-Politiker und Fassenachtsfunktionär in der zweiten Generation. Mit Neunzehn ließ er sich über Papas Beziehungen zum Kreiswehrersatzamt untauglich schreiben, damit er nicht Zivildienst oder Bundeswehr erleiden mußte. Mit Anfang zwanzig hatte Nobby lange Haare und klopfte sozialistische Sprüche, damit er bei den JUNGEN SOZIALBOLIDIGERN im Vorstand landete. Wenn er damals in der Kneipe den Revoluzzer spielte, konnte er prima Vorträge über die unterdrückten Massen halten und gleichzeitig die Bedienung schikanieren, weil der Rotwein angeblich Kork hatte. Allerdings achtete er darauf, die Klappe nicht allzu sozialistisch aufzureißen, um kein Parteiausschlußverfahren zu riskieren oder gar vom Papa enterbt zu werden. Nach dem Studium ließ er sich sofort die Haare schneiden, damit ihn sein Papa in der Stadtverwaltung unterbringen konnte,

wo es Nobby bis zum Betriebsrat schaffte. Er übte sogar, Bier aus der Flasche zu trinken, um sich die Stimmen seiner proletarischen Kollegen zu sichern. Das war eine wichtige Fähigkeit, zumal er sich gerne als hemdsärmeliger Freund des kleinen Mannes aufblies. Dabei konnte er durchaus den Eindruck erwecken, als würde er nach Feierabend mit dem Fahrrad durch die Werkssiedlung fahren, Pfennigbeiträge kassieren und sich die Sorgen der Genossen anhören Nobby achtete peinlich genau darauf, jeder Wählergruppe nach dem Mund zu reden. Je nach Zuhörer vertrat er parteilinke oder parteirechte, fortschrittliche oder konservative Positionen. Studenten wurden mit anderen Versprechen geködert als Rentner, mit Arbeitern und Angestellten redete er anders als mit Unternehmern, den Gewerkschaftern versprach er am 1. Mai das Gegenteil wie der SBD-Mittelstandsvereinigung einen Tag vorher. Manchmal versprach er auch allen gleichzeitig alles. Nobby beherrschte das ganze politische Funktionärsrepertoir vom jovialen Schulterklopfer bis zum eloquenten Dampfplauderer, der „im besten Sinne Gudenbergs die globale Wettbewerbsfähischkeit des Medienschtandorts Mainz sischern und durch zukunftsweisende Weischenschtellung für die ganze Reschion im Hinblick auf den ZFD-Medienpark den Herausforderungen des beginnenden dridden Jahrdausends energisch entgegendritt."

Ganz besonders stolz war Nobby nämlich auf seine persönliche Glanzleistung. Er saß im „roten Freundeskreis" des Lerchenberges, um erfolgreich parteinahe Fernsehbürokraten solchen mit Fachkompetenz vorzuziehen. Außerdem hatte er schon vor Jahren in Mainz-Drais über Strohmänner einen Haufen Ackerland gekauft. Beim Bau des Medienparks würde er das Schnäppchen seines Lebens machen. Aber auch so hatte Nobby sein Schäfchen im Trockenen. Er war Dezernatsleiter, besaß ein Häuschen in der Toskana und seine erwachsenen Kinder waren versorgt. Um sich nicht dem Vorwurf der Vetternwirtschaft auszusetzen, hatte er sie bei ZFD und IHK untergebracht, anstatt bei der Stadtverwaltung. Auch sonst war Nobby auf der Höhe der Zeit. Als es In wurde, nahm er ab, beteiligte sich jedes Jahr am Gutenbergmarathon und rauchte nicht mehr in der Öffentlichkeit. Erbsensuppe und

Würstchen aß er ohnehin nur, wenn Wahlkampf war. Ansonsten hatte er den „Feinschmecker“ abonniert, seine intellektuelle Lieblingslektüre war die Zeitschrift „Schöner Wohnen“ und im Fachorgan „Alles über Wein“ fahndete er ständig nach aristokratischen Tropfen mit schönen Etiketten.
Aber in einer Hinsicht war Nobby doch ein echter Trendsetter. Schon vor zwanzig Jahren hatte er seiner heimlichen Liebe für Lack, Leder, Stiefel und Sado-Maso-Sex gefrönt. Damals hatte er sich mit seinen lustigen Kumpanen aus Mainzer Politik, Fernsehwelt und Kirche im legendären Puff, im „Rotköpfchen“ ausgetobt. Dort hatte er auch Nierenschläger kennengelernt und seitdem war der Kontakt nie mehr abgerissen. Und jetzt war Nierenschläger tot. Und seit er tot war, gab es Gerüchte. Irgend jemand würde durch die Stadt laufen und damit drohen, Namen zu nennen. Deshalb waren alle nervös. Die ganze Mainzer Rotköpfchenfraktion. Der einzige, der nicht nervös war, war der bekannte ZFD-Showmaster. Der war nämlich vor kurzem gestorben. Aber Nobby lebte. Und er machte sich ernsthafte Sorgen um seinen guten Ruf als seriöser Politiker und Ehemann. Weder Wähler noch Genossen waren mehrheitlich soweit, einen sado-masochistischen Puffgänger als SBD-Funktionär zu akzeptieren. Möglicherweise würden dann auch die Genossinnen von der SBD-Frauenvereinigung auf die Barrikaden gehen, der antisexistische Arbeitskreis der Partei, die Arbeitsgruppe Christen in der SBD und die Schirmherrschaft im Verein gegen sexuelle Ausbeutung der dritten Welt konnte er sich dann auch abschminken. Ganz abgesehen davon, was Gattin und Tochter dazu sagen würden. Und natürlich das Gelächter in der Stadt. Nobby konnte sich lebhaft vorstellen, wie er an einem Wahlstand Erbsensuppe verteilte und irgendein Witzbold würde grölen: „Hey, Nobby! Isch find ja grüne Schtrapse mit rode Reitschtibbel am geilste. Du aach?“
Als es an der Tür klopfte, verscheuchte Nobby seine trüben Gedanken und legte die Zeitung weg. Jetzt war Bürgerstunde. Der Besucher zückte sofort seinen Parteiausweis.
„Ei Guude. Isch bin seit verzisch Jahr Genosse unn seit vier Jahr Opa. Moi Dochder wart schunn länger als ä Jahr uffen

Kinnergardeplatz fer moi Enkelsche. Kann mer da nix mache? Bolidisch, mään isch?“
Nobby hörte seinem Wähler zu und versuchte ernst zu bleiben. Nebenbei schielte er auf die Uhr und dachte nach. Es war jetzt 9 Uhr morgens und er hatte Termine bis 21 Uhr mit offenem Ende. Alles in allem ein Fünfzehnstundentag. Nobby war seit 25 Jahren Funktionär. Und da er noch nie etwas anderes gemacht hatte, fehlte ihm auch jeglicher Vergleich und Bezug zu anderen Bereichen. Aber genau wie seine ähnlich strukturierten Politkollegen, zog er solche Vergleiche. Und wenn er diese Vergleiche zog, maß er sich natürlich immer an Managern. Die arbeiteten zwar auch 15 Stunden am Tag, bekamen aber zum Beispiel 500000 Mark im Jahr, anstatt wie er sehr viel weniger. Selbst als Gewerkschaftsfunktionär würde er mehr verdienen. War das gerecht? Nein, sagte sich Nobby. Und wie immer in solchen Momenten spielte er mit dem Gedanken, „in die Wirtschaft zu gehen“. Da er nicht Jura studiert hatte, hatte er nicht die Möglichkeit, aufgrund seiner politischen Beziehungen nebenbei eine Kanzlei zu führen. Aber auch so standen ihm die üblichen Möglichkeiten offen. Zum Beispiel konnte er aufgrund seiner politischen Verbindungen Frühstücksdirektor bei irgendwelchen kommunalen, staatlichen, halbstaatlichen oder sonstwie parteinahen Unternehmen werden. Oder er konnte aufgrund seiner politischen Verbindungen mit Firmen Beraterverträge nach Art von Frau Agnes Brürland-Hüning abschließen, wenn auch nicht in dieser Höhe. Diese und ähnliche Möglichkeiten hatten zwar rein gar nichts mit freier Wirtschaft zu tun, waren aber mit sehr viel weniger Zeitaufwand und mehr Geld verbunden als die politische Ackerei. Nobby kannte einen einzigen Politkollegen, der tatsächlich das Risiko auf sich genommen hatte, ohne das soziale Netz politischer Verbindungen Geld zu verdienen. Der liberale rheinland-pfälzische Politiker Hans-Otto Schtoll hatte einen Juwelierladen überfallen und dafür mehrere Jahre gebrummt.
Solche Gedanken kamen Nobby immer in der Bürgerstunde. Aber danach waren sie auch wieder weg. Pünktlich um 10 Uhr 15 eröffnete er gemeinsam mit Grieser die nagelneue Abteilung einer sozialen Einrichtung. Es ging darum, eine Abteilung auf

Landeskosten pressewirksam zu eröffnen, um dann später zwei kommunal finanzierte Einrichtungen ohne Presse zu schließen. Erst redete die Projektleiterin, dann Grieser, dann Nobby, dann drängten sich alle drei auf das Pressefoto und anschließend gabs Häppchen. Nobby schlang sein belegtes Brötchen hinunter, betrieb etwas sozialpolitischen Smalltalk und hetzte zum nächsten Termin. Gemeinsam mit Grieser eröffnete er einen nagelneuen Kindergarten, der teils mit städtischen, teils aus Landesmitteln, teils von der Kirche bezahlt wurde. Erst redete Nobby, dann redete Grieser, dann redete der Landespolititiker, dann der Kirchenvertreter und dann drängelten sich alle auf das Pressefoto. Anschließend rasten Nobby und Grieser ins Rathaus zur Sondersitzung wegen der Mainzer Schwimmbadmisere. Die Mainzer regten sich auf, weil es aus kommunalem Geldmangel nur noch ein einziges Freibad für 180000 Menschen gab, aber anscheinend genug Kohle da war, um für 120 Millionen einen protzigen Theaterneubau hinzustellen, damit irgendwelche Griesers und Nobbys in den Pausen kulturpolitische Statements abgeben konnten. Nach dieser Sitzung verschwand Nobby kurz in seinem Büro, weil ihn Hohlblockfriedel dringend sprechen wollte. Friedel war sauer. Er hatte einen dicken Hals und den obersten Hemdknopf geöffnet, damit die Schlagader mehr Platz hatte.
„Nobby! Es iss mir scheißegal wie! Schaff den Bauschtillschtand aus de Welt odder isch geh zu de Zeidung! Wenn isch wesche dene Scheißarschäoloche bankrott geh, dann reiß isch eisch mit! Dess hab isch aach de Kollesche vun de KaDeUh gesaacht! Isch laß misch nit länger verarsche! “
Nobby verfluchte Hohlblockfriedel, nachdem er gegangen war. Nierenschlägers Tod war eine Katastrophe. In jeder Beziehung. Über seine Beziehungen zur Handkäsmafia hatte der tote Pfaffe auch Spenden für die SBD gesammelt, wenn es darum ging, daß beide Parteien ein Projekt fördern sollten. Anschließend kam die Sondersitzung zum Baustillstand in der Mainzer Innenstadt. Nobby hätte den grünen Abgeordneten erwürgen können. Der Mensch redete irgendeinen Scheiß von wegen historischer Bedeutung dieser römischen Funde, kulturpolitischer Verantwortung und blabla.

Natürlich kein Wort darüber, wie das ganze Brimborium zu finanzieren sei. Um 21 Uhr nickte Nobby im Theater ein und verschlief den Rest des Premierenstücks. Seine Frau weckte ihn. „Bravo", rief Nobby, klatschte Beifall und drosch noch ein paar kulturpolitische Statements.
Anschließend schleppte er Akten mit ins Bett, schlief darüber ein und träumte schlecht. Zuerst war der Traum schön. Nobby, Nierenschläger und die anderen suhlten sich in Lack und Leder. Plötzlich ging die Tür auf. Der SBD-Frauenverband stürmte herein, zeigte mit dem Finger auf den nackten Nobby und eine Horde Lokalreporter von AZ und RZ erschoßen ihn mit einem Blitzlichtgewitter aus Fotoapperaten, gierigen Fragen und gehässigen Kommentaren.

Fünfter Tag der Ermittlungen im Fall Fickeisen, 16 Uhr.
Karl ging zu Rosie in die Bar „Chez Cherie" und bestellte ein Bier. Es herrschte gepflegter Nachmittagsbetrieb. Rosie thronte hinter der Theke und beschäftigte sich mit einem Kreuzworträtsel. Aus den Boxen summte Musik. Erst stöhnte Jane Birkin „Sche täm", dann behauptete Gottlieb Wendehals „da fliegen gleich die Löcher aus dem Käse." In der Ecke saß ein Barmädchen vor einem Piccolo und hielt die Hand ihres Freiers. Der Abteilungsleiter vom Bauamt sülzte ihr die Ohren voll und jammerte über sein anstrengendes Tagewerk. Bis 12 Uhr mittags hatte er mit Hilfe seiner Sekretärin sage und schreibe 11, in Worten elf dienstliche Telefonate führen müssen und anschließend noch zwei wichtige Außentermine wahrgenommen, bis er endlich um 15 Uhr dreißig in der Bar angekommen war. Das Mädchen schaffte es interessiert zu wirken und dachte: Mein Gott, du Schwätzer. Wie hält deine Frau nur seit 22 Jahren dieses Gelaber aus?
Rechts neben Karl an der Theke hielten sich zwei stadtbekannte Vertreter für Bauelemente und Fenster an einer Whiskyflasche fest. Mit großer Überzeugungskraft übertrumpften sie sich gegenseitig mit Schilderungen lukrativer Geschäftsabschlüsse. Links neben Karl an der Theke lungerten drei Besoffene herum. Hinter ihm an der Wand saßen zwei Barmädchen, mampften Pizza und lästerten

leise über Stammgäste. Karl lauschte mit Hingabe den hochgeistigen Ergüssen der drei Säufer. Säufer Nummer Eins, anscheinend der Wortführer, leitete die Diskussion: „In des Gresi Sexy kannste ja nit mehr noigehe.“ Nach etwa drei Sekunden Denkpause, antwortete Säufer Nummer Zwei: „Mach Sache.“ Säufer Eins: „Wenn isch ders sach. Da gehn Bombe hoch unn nix als wie Auslännerinne schaffe da.“ „Hm“, sagte Säufer Zwei und sank mit dem Kopf auf die schweren Unterarme. Säufer Drei, anscheinend noch fitter, klinkte sich ein: „Ja, unn wo gehste dann jetzt immer hie?“ „Isch geh nach Finthe in de Swinger-Club. Der Lade hat Niwo!“ „Och jo“, sagte Säufer Zwei bleischwer. Säufer Eins: „Warste de aach schunn in dem Swingerclub?“ Säufer Drei bemühte sein Hirn, bekam eine Fehlmeldung und meldete: „Was iss dann en Swingerklub?“ „Hoho“, brüllte Säufer Eins triumphierend durch die Bar. „Der Hutsimbel wääß noch nit emal, was en Swingerklub iss!“

Karl hörte aufmerksam zu, wie Säufer Eins mit Lautstärke drei seinem Saufkumpel über den Kopf des eingeschlafenen Säufers Nummerr Zwei hinweg Sinn und Inhalt eines Swingerclubs erklärte. „En Swingerclub issen Puff, wo aach Fraue hiegehe, wenn se berschte wolle. Meistens sinn dort abber mehr Kerle als Fraue. Desdewesche iss fer Fraue de Oitritt kostelos unn.....“

Rosie saß regungslos hinter der Theke, kaute gelangweilt Kaugummi und löste ihr Kreuzworträtsel. Karl blickte auf seine lange Liste. Sorgfältig getrennt nach privaten und gewerblichen Anzeigen, hatte er eine ellenlange Liste von inserierenden Dominas, Sado-Maso-Studios und Swingerclubs im Rhein-Main-Gebiet erstellt. Wenn er die alle abklappern wollte und ihnen ein Foto des lebenden Nierenschläger in Strapsen, von Mathias Schmitt selbstlos zur Verfügung gestellt, unter die Nase halten und sie zum Reden bewegen wollte, hätte er ein Lebenswerk vor sich und würde ein Vermögen ausgeben müssen.

„Loff mi tender“, sülzte Elvis aus den Boxen, als der Bauamtmensch endlich mit dem Mädchen die Treppe hochging. „Isch hab frische Handüscher obbe hingelescht“, sagte Rosie und gab einen Zimmerschlüssel aus.

Derweil reklamierte Säufer Eins: „Gibts heit aach was zu gucke?“
„Mata Hari“, rief Rosie.
Gemächlich aß eins der Mädchen seine Pizza fertig, schnappte eine alte Federboa und stiefelte auf die Tanzfläche. Martha Hartmann, so hieß sie richtig, tanzte die Mata-Hari-Nummer. Erotischer Höhepunkt der Vorführung: Ein Gast durfte ihr von hinten den BeHa öffnen. Zielsicher deutete Mata Hari auf den Harmlosesten von allen, Säufer Eins. Es war ein Reinfall. Nummer Eins stolperte zuerst die Stufen zur Tanzfläche hoch, fiel hin und schaffte es nicht, den BeHa aufzuhakeln. Es war eines dieser hochkomplizierten Dinger mit mehreren Haken.
„Wass fer en Depp“, murmelte Rosie. „Huahh!“, brüllten die Vertreter vor Lachen. Mata Hari mußte sich selbst ausziehen. „Was e Schlamp!“, sagte Säufer Eins und schlich wie ein geprügelter Hund zurück an die Bar.
Derweil sich Rosie den Kopf über den Namen eines Flusses in Sibirien mit zwei Buchstaben zerbrach, verlor Säufer Nummer zwei, eigentlich der Schlauste von allen, beim Pinkeln den Überblick. Verwirrt darüber, daß er versehentlich in der Damentoilette gelandet war, fiel er in brunzende Legasthenie. Anstatt den Toilettendeckel zu heben, sich die Hose aufzuknöpfen, in die Schüssel zu pinkeln und den Abzug zu betätigen, betätigte er zuerst den Abzug, klappte dann den Deckel zu, pinkelte in die Hose, öffnete anschließend den Latz und wankte dann, den Schniedelwutz fröhlich schwenkend, in die Bar zurück. Rosie unterbrach gelassen ihr Kreuzworträtsel.
„Jetzt langts abber! Was glaabt en Ihr, wo Ihr hier seid. In de Bahnhofswertschaft odder was?“ Säufer Drei bekam es mit der Angst zu tun und zahlte. Säufer Eins und Drei nahmen Nummer Zwei in die Mitte und dackelten ab. „Alles Schlampe!“, lallte Säufer Drei. „Alles Idiote!“, sagte Rosie. „Die gehn ins Puff, suche abber eischentlisch e anner Mama.“
Übergangslos widmete sie sich wieder dem geheimnisvollen sibirischen Fluß. Gegen 17 Uhr gab sie entnervt auf und fragte um Hilfe. „Ob“, sagte Karl. „Der Fluß häßt Ob. Isch wääß dess, weil moin Pedder in russischer Gefangenschaft war un Sibirie so gut

kennt, wie e Filzlaus ihrn Bär." „Ob", wiederholte Rosie, malte den Fluß mit Bleistift ins Kästchen und verglich ihn mißtrauisch mit dem gesuchten Querwort, um zu prüfen, ob das auch stimmte. Es stimmte. Es passte nämlich zu Alabama, einem Bundesstaat der USA, was Rosie wußte, weil sie schon einmal einen Liebhaber aus Alabama hatte.
Karl zückte das Foto von Nierenschläger. „Saach emal, kennst de den Borsch?" Rosie sah auf das Foto. „Ei logisch kenn isch den. Alle guude Hurn kenne den."
Volltreffer! Aufgeregt ging Karl pinkeln. Rosie hängte sich sofort ans Telefon und rief „Wackel-Otto" an. „Oddo! Isch bins, die Rosie. Du glaabst nit, wer hier iss. Doi Neffe, de Subberdedegtiv Karl Napp. Unn der will wisse, ob isch de Fickeise kenn." „Warum?" „Wääß isch doch nit." „Quetsch en aus!" „Mach isch." Karl kam zurück, Rosie stellte noch ein Bier hin. Aber sie konnte nicht reden. Plötzlich marschierten ein paar Herren vom Wehrbereichskommando IV ein und wollten sich einen romantischen Abend machen. Vollbeschäftigung. Alle Mädchen, auch Rosie, mußten an die Front.
„Heit abend hab isch frei. Komm doch so um 22 Uhr zu mir hääm."

„Verdammte Pressebrut!"
Der Ehrenvorsitzende der KDU sah mürrisch aus dem Fenster. Seinen Ruhestand als verdienter Politiker und gefeierter Staatsmann hatte er sich anders vorgestellt. Vor seinem Bungalow lauerte Tag und Nacht ein sensationsgeiler Pressemob. In Presse, Funk und Fernsehen wurde die Partei als mafiöse Bande von Schwarzgeldschiebern unter dem Kommando des dicken Oberpaten dargestellt. Diese ganze Parteispendenaffäre war ein Witz. Was für eine Heuchelei! Als ob nicht jeder Zeitungsleser seit der Flickaffäre wüßte, wie sich Parteien finanzieren! Als ob es da prinzipielle Unterschiede zwischen KDU und SBD gäbe! Ausgerechnet die scheinheiligen Kollegen von der SBD verlangten im Untersuchungsausschuß, daß er Spendernamen nennen sollte. Und jeder Furzjournalist von jedem Furzblatt meinte im Moment, seinen Senf zum aktuellen Thema dazugeben zu müssen. Am

schlimmsten war die angeblich seriöse Presse und vorneweg dampfte das Flaggschiff der deutschen Pressefreiheit.
Der Ehrenvorsitzende sei ein mieser Charakter und hätte nur deshalb jahrzehntelang an der Spitze gestanden, weil er sich ein Geflecht von persönlichen Beziehungen und Abhängigkeiten geschaffen hätte. Was für Dummschwätzer! Als ob man Chefredakteur beim Miroir werden könnte, ohne sich so zu verhalten! Als ob man auch nur Vorsitzender vom Karnickelzuchtverein werden könnte, ohne sich so zu verhalten! Und dann der Gipfel des Vorwurfs: Als Ministerpräsident hätte er in feuchtfröhlicher Runde Mitarbeiter gezwungen, „de Aff zu mache", also auf den Tisch zu springen und einen Schimpansen nachzuäffen. Was zum Teufel geht es so einen Schmierfink an, welchen harmlosen Unfug Besoffene treiben? Und sowas nannte sich „politischer" Journalismus!
Aber noch schlimmer als die Presse waren die sogenannten Parteifreunde. „Du Lügner!", schrie der Ehrenvorsitzende in den Fernseher, als ein jüngerer KDU-Politiker heimtückisch versicherte, daß er mit den Parteifinanzen nie etwas zu tun gehabt habe. Das sei ausschließlich die Sache der Zentrale und des Chefs gewesen. Noch vor kurzem hatte er sich unterwürfig für den Bimbes bedankt, um seinen Landeswahlkampf zu führen. Eher früher als später, so schätzte der Ehrenvorsitzende, würden ihm die „Parteifreunde" den Dolch in den Rücken bohren, um ihr eigenes Fell zu retten. Diese rückratlosen Kreaturen, diese Umfaller! Wahrscheinlich bekamen sie jeden Morgen Fracksausen, wenn ihre bescheuerten „Imageberater" aufgeregt die neuesten „Meinungsumfrageergebnisse" vorlegten.
Überhaupt. Seit dem altersbedingten Abgang der Flakhelfergeneration ging die Politik darnieder. Jetzt waren die Mediendemokraten am Zug. Die windschnittigen, kamerawirksamen Selbstdarsteller. Solche Leute wie sein Nachfolger als Regierungschef. Der konnte im tiefen Brustton großer Bedeutung daherreden, ohne etwas zu sagen und wurde dafür gefeiert. Er, der Ehrenvorsitzende, war für solche inhaltslosen Reden von der Presse immer geschlachtet worden. Und der zugezogene Alibibayer war

auch nicht besser. Kostümierte beim politischen Aschermittwoch seine dünnen Beinchen mit Lederhosen, trank Pfefferminztee aus dem Maßkrug, stellte sich ans Pult und versuchte große Sprüche im Stil von Franz-Josef selig zu klopfen. Wie ein Schaf im rhetorischen Wolfspelz!
Vollends lächerlich wurde Politik in der Generation der Fünfundvierzigjährigen. Das war nur noch peinlich. Wie Marionetten hingen sie an den Fäden ihrer PR-Berater. Ferngesteuerte Kunstprodukte einer Mediengesellschaft. Wie Popstars aus der Retorte rannten sie ihrem „Image“ hinterher und trauten sich nicht mehr öffentlich zu rauchen oder den dicken Bauch in die Kamera zu halten, aus lauter Angst, irgendwelche Wählergruppen zu vergraulen. Diese neumodernen Politiker waren ja verlogener als Fußballer, die aus Angst vor Presse und Fans nicht mehr mit dem Ferrari vorfuhren, wenn sie drei Spiele verloren hatten. Und dann noch der Anspruch „Querdenker“ zu sein! Und diese duckmäuserische Schäbigkeit von ertappten Dieben, die mit öffentlichen Bußübungen ihre Freiflüge auf Steuerzahlerskosten in die Bundeskasse zurückzahlten. Erbärmlich! Jeder Franzose lachte sich kaputt, wenn er hörte, aus welchen Gründen deutsche Politiker zurücktraten. Und dann diese Pfeifen im Wahlkampf! Grausam. Beim feierlichen Spatenstich wußten sie nicht, wie man eine Schaufel hält. Die konnten noch keine zwei vernünftige Sätze mit dem Metzger reden, bei dem sie einkauften. Aber dann wollten sie vom Maurer und vom Metzger gewählt werden! Kein gestandener Unternehmer, der etwas auf sich hielt, würde solchen Pfeifen Millionen spenden. Denen nicht!
Weil er gerade in Stimmung war, stellte sich der Ehrenvorsitzende seine politischen Nachfolger in einer anderen Zeit vor. Als zwangsrekrutierte Hitlerjungen im März 1945. In einer langen Kolonne müßten sie mit geschulterten Panzerfäusten durch eine zerbombte Stadt Richtung Front laufen. 15 Jahre alt. Der lange dünne, picklige Friedrich April in einer viel zu kurzen Uniform. Daneben der schnaufende dicke, kurzsichtige Roland Bocuse. Weit und breit keine Kamera, vor der sie sich spreizen konnten. Nur

Zerstörung, Angst, Hunger und Durchfall, weil sie aus lauter Verzweiflung Viehrüben gefressen hatten. Und dann...
Aber nein, dachte sich der Ehrenvorsitzende und verscheuchte seine Erinnerungen. Das war die Arroganz eines alten Politikers Jahrgang 1929 und ungerecht gegenüber der jüngeren Generation; diesen Wohlstandsbürgerkinderchen. Was ihn aus seinen Betrachtungen riß, war ein Anruf aus Mainz. Feixend hörte sich der Ehrenvorsitzende das hochnotpeinliche Problem der rheinland-pfälzischen KDU an. Großzügig nannte er ihnen einen alten Weggefährten, der näheres über Nierenschläger wußte. Und wenn er gerade dabei war, tat er das, was er am Besten konnte. Er blieb am Telefon. Er instruierte seine Anhänger, überzeugte die Zweifler, drohte den Umfallern.
Entscheidend, sagte sich der Ehrenvorsitzende, entscheidend ist, was hinten herauskommt. Auch für solche Volksweisheiten war er immer belächelt worden. Aber es stimmte. Und genau deshalb würde er vor dem Untersuchungsausschuß keinen Spendernamen nennen. Keinen einzigen! Im Gegenteil. Er würde auf öffentliche Spendentournee gehen und den Luftpumpen zeigen, was eine Harke ist. Jetzt erst recht. „Die Beer iss noch lang net geschält", sagte er grimmig. „Awwer isch schäl se."

Fünfter Tag der Ermittlungen im Fall Fickeisen, 20 Uhr.
„Informand Eins", wie ihn Karl wichtigtuerisch nannte, war vom Grundbuchamt. Der Mann kam aus Mainz-Gonsenheim, hieß Becker, war der Sohn eines Obstbauern und mußte eigentlich nichts arbeiten, weil er seine Obstwiesen verkauft hatte und schon lange Bauplatzmillionär war. Da er aber, wie so viele Gonsenheimer, sehr neugierig war, arbeitete er weiterhin auf dem Grundbuchamt, weil er so erfahren konnte, welche Häuser und Grundstücke anderen Leuten gehörten. Und Becker wollte sich mit Karl unbedingt in der „Zitrone" treffen, einer jener neumodernen Mainzer In-Kneipen. Natürlich aus purer Neugier. „Ausgereschnet in die Zitrone", meckerte Karl und nahm zur Verstärkung Herbert mit. Mißmutig überquerte er die Rheinstraße und stand vor dem neuesten Auswuchs stadtplanerischen Modewahns. Um ja keinen Trend zu

verpassen, war hier ein riesiges Einkaufs- und Amüsierzentrum entstanden, das „Malakoff-Center". Irgendeine Kontrollbehörde interessierte sich brennend dafür, warum die Stadt das Grundstück so billig an die Betreibergesellschaft verschenkt hatte. Karl sah in das Schaufenster eines Dessousgeschäfts. „Herbert, guck emal. Da kannste en paar korze Unnerhose fer 500 Mack kaafe." Herbert zuckte mit den Schultern. So ein Unfug interessierte ihn nicht. Bei ihm war von Oktober bis April lange Unterhosensaison und die kaufte er preisbewußt im Raiffeisenshop. Ein paar Meter weiter, am Winterhafen, sollten dann später die passenden Käufer für diese Unterhosen angesiedelt werden. Man plante dort exklusive Eigentumswohnungen mit romantischem Rheinblick. Gerüchteweise waren die schönsten Wohnungen allerdings schon vergeben. Die Mainzer Lokalfürsten aus Politik und Wirtschaft hätten sich ihre Vorrechte gesichert. Außerdem bauten die Wiesbadener auf dem anderen Rheinufer etwas ähnliches, nur viel schneller. Die potentiellen Unterhosenkäufer würden also eher drüben einziehen, anstatt hier. Zwischen diesen Luftschlössern und dem Malakoffcenter thronte dann ein Glaspalast im Frankfurter Großkotzbaustil und dahinter befand sich, als gastronomischer Beweis für die fortgeschrittene Wiesbadenerisierung der Mainzer Gesellschaft, die „Zitrone". In der Zitrone traf man immer viele Mainzer, die sich für ihren Dialekt schämten, weil sie furchtbare Angst hatten, vor ihren Wiesbadener Freunden als provinzielle Fleischwurstfresser zu erscheinen. Deshalb stellten sie ihr mondänes Niveau unter Beweis, indem sie mit kritikloser Begeisterung jeder noch so hirnrissigen urbanen Modewelle hinterherrannten. Ob das jetzt Stadtmarathon war oder Sado-Maso-Sex, spielte keine Rolle, Hauptsache es war in. Was diese ganzen Menschen ohne Mut zum eigenen Geschmack hierher zog, war der unbedingte Wille, up to date zu sein und die Hoffnung, mit Gudrun Landgrebe oder Klaus Theo Gärtner in einem Raum gesehen zu werden. Alles in allem war es die Sorte Bistro-Cafe-Restaurant, wo Männer sehr viel Zeit auf der Herrentoilette vorm Spiegel verbringen. Nicht, um sich nach dem Pinkeln besonders sorgfältig die Hände zu waschen, sondern, um mit urinbetröpfelten Fingern

solange durch die Haare zu fahren, bis die David-Beckham-Frisur wieder akkurat sitzt, um diesen modischen Hauch von gepflegter Verwegenheit auszustrahlen. Herbert mit seinen ausgebeulten Breitbandcordhosen, Hosenträgern und dem grünen Jägerhütchen passte ausnehmend gut hierher. Der Türsteher sah ihn an wie ein Stück Scheiße und gab widerwillig den Eingang frei. Mühsam bahnten sie sich den Weg durch adrette Menschenmassen, die ihren Körpergeruch mit Unmengen Gel, Deo und Parfüm zuschütteten, bis sie den Grundbuchheini fanden. Er saß an einem Tisch bei drei modebewußten Pappnasen, die sich ohne Rücksicht auf ihre Figuren in diese stilbewußten Siebziger-Jahre-Hosen mit Schlagbein gezwängt hatten.
„Ei Guude!“, sagte Karl mürrisch. „Haste schunn emal uff die Kart geguckt?“, fragte Becker. „Hier kost en Sauergeschpritzde sibbe Mack. Des mußde der emal vorschtelle. Sibbe Mack fer en Null Komma drei Lidder Sauergeschpritzde!“ Karl: „Hätt isch der gleisch saache kenne. Sauf halt so en bunde Cocktäl fer was wääß isch wieviel.“
Karl hatte keine Lust zu stehen. Außerdem war es unerträglich, diesen Pappnasen zuzuhören. Es waren zwei Frauen und ein Mann. Wenn Karl etwas nicht leiden konnte, dann diese typische Mischung aus öffentlich-rechtlichem Dünkel, veredelt mit dümmlicher Arroganz auf Gebührenzahlerskosten. Ganz Mainz stöhnte unter dieser Landplage von Mensch. Es gab nichts schlimmeres als diese unendlich wichtigen Fuzzis vom Fernsehen, die großspurig mit ihren Visitenkarten strunzten, weil da „Redakteur“ oder „Aufnahmeleiter“ draufstand.
Aufnahmeleiter: „Gestern haben wir im Westerwald gedreht, das war vielleicht ein Kaff, sag ich euch. Diese Hinterwäldler wissen ja noch nicht einmal, wie man einen Capuccino zubereitet.“ Dame Eins: „Unglaublich!“ Dame Zwei: „Mein Gott, wie provinziell!“
Karl: „Son dumme Quatsch. Außer beim Zet-Eff-De wääß jeder Depp, daß mer im Westerwald kään Kaputschino beschtellt, sondern große Biere! Schtimmts?“ Herbert nickte und verseuchte den Platz mit Zigarrenrauch: „Jeder Depp wääß des!“

Die drei schwiegen beleidigt. Karl arbeitete zielsicher weiter. „Frolleinsche, kenne Sie den schunn? Was macht en schwule Rescheworm, wenn er in e frisches Saladbeet kimmt?“ Die drei schüttelten pikiert die Köpfe. Karl, brüllend: „Er schmeißt erst emal alle Schnecke naus!“ „Huah!“, brüllte Becker. „Iss der gut!“
Der Gonsenheimer legte mit dem Witz vom Überfall auf die Samenbank nach. Das reichte. „Was für Prolls!“, sagten die Drei und zogen ab. Endlich gab es Platz zum sitzen. Napp spendierte zwei Sauergespritzte, soff derweil selbst zwei und erhielt dafür einige Kopien. „Also wenn de misch frachst“, meinte der Grundbuchheini, „iss der Veroi en ziemlisch reische Veroi. Dem gehern jede Menge Häuser, Grundschtücke unsoweider.“ „Aha“, sagte Herbert erstaunt. „Ibberhaupt“, meinte der Grundbuchheini. „Des iss en komische Veroi. Letzt Woch war aach schunn emal jemand bei uns, unn wollt wisse, was dem Veroin eischentlisch alles gehert. De alte Schatzmeister wär geschtorbe unn jetzt häddese kään Ibberblick mehr übbers Veroinsvermösche.“
Das allerdings war eine interessante Information. „Wie hat er dann ausgesehe, de neie Schatzmeister?“ „Des war e Sie! E derrie Fraa um die verzisch. E rischdisch Gaasereff.“

Fünfter Tag der Ermittlungen im Fall Fickeisen, 22 Uhr.
Rosie wohnte in einer adrett aufgeräumten Wohnung. Und anscheinend war sie auch schon Oma. Jedenfalls wiegte sie zwischen ihren großen Brüsten liebevoll ein Kleinkind. „Iss moi Engelkind. Iss des nit e goldisch Krott?“ „Unn wie“, sagte Karl begeistert, obwohl für ihn alle kleinen Kinder gleich aussahen und gleich viel Lärm machten. Herbert verkniff es sich, einen neuen Stumpen anzustecken. „Die Mudder iss uff ääner Fassenachtssitzung“, erläuterte die Oma. „Also“, kam Karl zur Sache. „Du kennst den dode Kuddebrunzer?“ „Ei logisch“, sagte die Großmutter und herzte das Kind, das voller Begeisterung ihre großen Brüste begrapschte. „Moi guud Bobbelsche“, fügte sie hinzu, meinte aber das Kind.
„Des war de greßte Puffgänger vun ganz Määnz! Jedenfalls de greßte, den isch kennegelernt hab, unn isch hab einische

kennegelernt. Den kenn isch schunn, seit isch damals beim Wackel-Otto geschafft hab. Manchmal hat er gleisch zwä Mädscher mit hoch genomme, manschmal isser aach mit eme Kerl komme, un die habbe sich dann zwää, drei Mädscher fer die ganz Nacht reserviert. Der hats nämlich mit Kerle unn Fraue getribbe. Am liebste gleischzeidisch. Unn wie isch dann im Rotkäppsche geschafft hab, da war er Schtammkunde, zusamme mit de annere Herrn aus Bolidig, Kersch, Fernseh unn sunstwas. Da war als was los!“
Rosie war babbellaunig und erzählte von den alten Zeiten. Es war zum Schreien. Rosie war eine gute Erzählerin mit phänomenalem Gedächtnis und dem Blick für Details. Sie erzählte, wie Brezelmüller und Fläschworschttoni nachts den Lokalpolitiker solange bearbeiteten, bis er noch im Puff den Zuschlag für irgendein krummes Geschäft gab und nackt auf dem Bierdeckel den Rahmenvertrag skizzierte. Wie der besoffene Sozi, zwei Mädchen im Arm, über die Frauenbewegung herzog. Wie der konservative Familienpolitiker beim politischen Frühschoppen etwas schneller über christliche Familienwerte schwadronierte, um rechtzeitig im Puff zu sein, wo der zugekokste Nierenschläger auf der Bühne life eine Vorstellung gab. Wie der ZFD-Showmaster beleidigt war, weil ihn der Ortsbürgermeister Dingsbums in der Sauna nicht erkannte und sich auf seinen Stammplatz setzte. Wie der nackte Referendar vor dem nackten Landesrichter aufstand und ihn förmlich siezte, weil beiden die Begegnung peinlich war. Wie der Bauunternehmer und der Oberregierungsdingsbums um die Wette vögelten. Und der beliebte ZFD-Sportreporter das lustige Treiben vor grölendem Publikum wie ein Rennen kommentierte. Und immer wieder Nierenschläger, der Lokalrunden springen ließ und deftige Theatereinlagen gab.
„Bisde eischentlisch selber noch im Geschäft?“ „Nä“, sagte die Großmutter. „Des mache moi Mädscher.“ „Ibberhaupt gar nit mehr?“, insistierte Karl. „Nur ab un zu“, wiegelte die Oma ab. „Abber nur fer moi alde Schtammkunde.“
Rosie wiegte das Kind, das sich so ungeheuer wohl an Omas Brust fühlte, sanft in den Schlaf und erzählte weiter. Wo sich Fickeisen in den letzten Jahren herumgetrieben hatte, wußte sie auch nicht.

Wahrscheinlich in der boomenden, bisexuellen Swinger-Sado-Maso-Szene, aber da kenne sie sich nicht so aus.
„Mer verliert sisch ja so schnell aus de Aache unn sieht die alde Kolleschinne immer seldener.“
Schließlich rückte sie mit der Adresse von einer Ingrid, Künstlername Natascha heraus, 10 Jahre jünger, von ihr damals angelernt und heute dicke im Dominageschäft. Das sei aber auch die Einzige, von der sie wüßte, daß sie vielleicht weiterhelfen könne. Schließlich hatten alle drei drei Flaschen Wein gesoffen, worüber es halb Zwölf war und die Tochter kam. Die Tochter war eine Enttäuschung auf der ganzen Linie. Sie war ein mageres, biederes, zänkisches, schlechtgelauntes Wesen von geschätzten 25 Lebensjahren, das meckernd ihre lustige Verkleidung in die Ecke feuerte, dann ihre Tochter von Omas Brust nahm und zeternd im Schlafzimmer verschwand. Herbert fragte sich, wie eine solch nette Großmutter eine derart langweilige Tochter hervorbringen könne.
„Iss die immer so grebisch?“, fragte Karl. Rosie zuckte mit den Achseln. „Wäääßt doch, wie die junge Leit heut sinn! Zuerst wolle se e Kind, mache monadelange Schwangerschaftsvorbereidungs-kurse und veranschtalde Mordsuffzüsch. Abber wenns Kind uff de Welt iss, dann beschwern se sisch, daß se dorsch dess Kind in ihrer freien Persönlischkeitsentfaldung oigeschrängt wern. Uff de Arbeit habbe se Berufsschtreß unn in de Freizeit habbe se Freizeitschtreß. Im Moment habbe se grad Beziehungsschtreß. Die gehe sisch gescheseidisch mit ihre dumme Ferz so uff die Makron, daß se grad e Beziehungspaus mache. Da iss ääner so bleed wie die anner.“
Karl seufzte mitfühlend. Die Situation erinnerte ihn an Karl-Heinz und Moni. Die beiden waren auch so unsensibel und belästigten unschuldige Großeltern mit ihren eingebildeten Problemen.
„Los komm“, sagte die Großmutter und stieß Karl an. Karl nickte, fing an, sich auszuziehen und stumpte Herbert an. „Mach disch nackisch“, befahl sie. „Hose runner!“ Karl fing den riesigen BH auf und zog ihn hastig an. Herbert hakte den BH auf Karls speckigem, haarigem Rücken zu und stopfte ihn vorne mit Zeitungspapier aus. Sah klasse aus. Karl Napp in Strapsen, Lederrock und mit einem knallroten Body. Sogar Rosies hochhackige Schuhe Größe

42einhalb passten. Dann zog sie Herbert an, setzte Perücken auf die dicken Köpfe und fing an, den Herren die Visagen zu schminken. „Unn los gehts!“, schlug sie dem blonden Herbert auf den Rücken. Karl stöckelte auf Pfennigabsätzen hinter ihnen her.
„Unn do wackelt de Dom“, grölte Herbert. „Unn do wackeln die Bääm“, brüllte Karl. „Heit geht de Bischoff noch lang nit hääm“, krakeelte Rosie und zerrte sie in eine Kneipe. „Zum Hafeneck“ hieß der Schuppen und das Motto des Abends „nuttig und tuntig“.
Die Luft in der Kneipe war schneidend dick. Aus den Lautsprechern dröhnten Disco- und Fassenachtsschlager, betrunkene Menschen brüllten, lachten, tanzten, sangen und knutschten. Ein schöner Abend. Immer wieder zerrte Rosie Herbert auf die Tanzfläche, fasste ihm an den Arsch und grölte ihm ins Ohr: „Ach Herbertsche! Wenn de zeh Jahr jinger wärst, dann dät isch disch fresse.“
Drei Stunden später hätte sie ihn auch gefressen, aber da war alles zu spät. Herbert hing wie ein nasser Sack auf einem Hocker mit dem Rücken zur Wand. Neben ihm lehnte der rothaarige Wirt, im selben Zustand. „Kannste vergesse!“, lallte Karl. Er sah nur noch verschwommen und hielt sich an Rosie fest. Rosie seufzte, bestellte ein Taxi und schleppte die Beiden ins Auto. Gegen fünf Uhr morgens wurden sie zu Hause abgesetzt, wo Karl das tat, was er immer tat, wenn er so besoffen war. Er pinkelte in den Vorgarten, verlor seinen Schlüssel, sang schmutzige Lieder und klingelte das ganze Haus wach. Als sich Frau Schtolte aus dem zweiten Stock beschwerte, brüllte Karl „Aldie Schnersch!“ und hob seinen Rock hoch. Frau Schtolte drohte mit Polizei. Schließlich zerrte ihn Erna zeternd ins Haus und sperrte beide in den Keller.

Sechster Tag der Ermittlungen im Fall Fickeisen, 13 Uhr.
Als sie erwachten, war klar, daß sie heute nicht zu geistiger Höchstform auflaufen konnten. Dazu waren sie zu zerfleddert. Außerdem war Erna sauer. Empört telefonierte sie mit ihrer Schwiegertochter, um brühwarm von Karls nächtlichen Aufzügen zu erzählen.

„...Im Minirock. Schtrack vollgesoffe. Unn dann hat er noch de Fraa Schtolte aussem zwädde Schtock soin Bibbes gezeischt. Was solle dann die Leit denge?“
Karl saß, immer noch im Mini auf dem Sofa, kratzte sich den dicken Schädel, trank literweise Mineralwasser und dachte nach. Versuchte er jedenfalls. Weit kam er nicht, weil Erna herunterkam. „Guckt eisch emal an. Wie Ihr ausseht. Wie die allergreßte Tunde, die wos ibberhaupt gibt. Nää! Sowas!“
Herbert wollte das Büro verlassen, bis ihm auffiel, daß er mit zerlaufener Schminke und Strapsen schlecht aus dem Haus konnte. Zeternd brachte ihm Erna ein paar von Karls Klamotten. Für ihren Mann ebenfalls. Um alles in der Welt wollte sie vermeiden, daß er in diesem Aufzug durch das Haus schlich. Im Haus ging längst das Gerücht um, daß Karl schwul sei und zweifelhafte Männerbekanntschaften in sein Büro schleife, wo sie dann der Teufel weiß was anstellen würden. Daran war Erna schuld, weil sie nach guter Mainzer Hausbesitzertradition Wert auf seriöse, soll heißen möglichst spießige Mieter legte. Mit dem Stumpen im Mund, Karls viel zu engen Trainingshosen und verlaufener Schminke im Gesicht, tappte Herbert durch die Stadt und suchte sein Auto. Fassenacht, dachte sich Herbert, wenn ihn Leute komisch ansahen, Fassenacht iss halt Fassenacht. Am Auto fiel ihm auf, daß er keinen Autoschlüssel hatte. Herbert dachte nach. Im Minirock konnte auch kein Schlüssel sein. Der Minirock hatte keine Tasche. Also lag der Schlüssel womöglich bei Rosie in der Wohnung. Herbert traute sich nicht, zu Rosie in die Wohnung zu gehen. Sein Gebiß fehlte nämlich auch. „Feife“, nuschelte Herbert und klopfte ans Hafeneck. Tatsächlich ging die Tür auf. Der rothaarige Wirt und die blauhaarige Wirtin räumten gerade die Trümmer weg.
„Ei Guude“, sagte der herumstolpernde Wirt. „Haft Ihrf moi Gebif gefehe?“ fragte Herbert. Die Wirtin deutete in einen zugerotzten Aschenbescher. Dort lagen Gebiß und Autoschlüssel. „Fupper“, sagte Herbert erfreut und trank mit den Beiden ein Bier. Nachbrand.

Sechster Tag der Ermittlungen im Fall Fickeisen, 15 Uhr.
Karl schlappte durch die winterlich-dunkle Stadt, bis er einen Lichtblick sah. In der Schusterstraße, wo immer irgendwelche Marktschreier und Mausefallenhändler ihre Verkaufsstände hatten, da stand ein Stand, der augenscheinlich Schnaps verkaufte. Karl ging näher heran und wurde grausam enttäuscht. Da versuchte einer Bücher zu verkaufen und Kunden anzulocken, indem er einen Krimi, eine Widmung und einen Kümmerling für 19 Mark 80 anbot. Augenscheinlich ein armer Möchtegernschriftsteller. Im Moment wurde Mainz von einer Welle Regionalkrimis überflutet.
Karl: „Verkaafste aach en Kümmerling ohne Buch?“ Schriftsteller: „Kaaf doch des Buch, dann schenk isch der den Kümmerling dezu.“ „Och wääste“, sagte Karl. „Isch hab noch nie gern gelese, schon in de Schul nit.“ Der Schriftsteller zückte zwei grüne Schnapsfläschchen: „Allehopp dann. Kost zwä Mack. Prost“ „Prost!“ Karl sah auf das kleine Taschenbuch. Es sah nicht vertrauenerweckend aus. Der Titel noch weniger.
BIG DEAL ODER DER STECHER VON MAINZ, stand da in greller Farbe. „Iss dess Buch gut?“, fragte Karl. „Dess Buch iss subber“, behauptete der Schriftsteller. „Um was gehts dann da?“ „Vor allem“, sagte der Schriftsteller. „Vor allem gehts da um die Mauserei. Do werd als fort gekachelt unn genachelt.“ Das hörte sich doch irgendwie spannend an. „Also gut. Isch kaaf so e Buch, wenn de mer noch en Kümmerling dezu gebbe dust.“
Im Gegenzug verzichtete Karl großzügig auf die Herausgabe von 20 Pfennig Wechselgeld. Karl: „Iss fer die Kunst.“ Schreiber: „Dess iss nobel.“
Der Schriftsteller kassierte 20 Mark, gab ihm das Buch und noch einen Schnaps. „Weil Dus bist.“ „Babbel nit“, sagte Karl. „Willste Widmung?“ „Nää“, wehrte Karl ab. „Wenn mer der Krimi nit gefällt, dann kann isch des Buch nit mehr weiderverschenge.“ „Hasde aach widder rescht“, stimmte der Hobbyliterat zu. „Machs guud.“ „Was en Schpinner“, dachte Karl beim weggehen.

Sechster Tag der Ermittlungen im Fall Fickeisen 15 Uhr 45.
Hin und wieder besuchte Karl die alten Polizeikollegen in der Weißliliengasse. Erstens erfuhr er so den neuesten Betriebsklatsch und zweitens pflegte er dabei seine alten Kontakte nutzbringend für scinen Job als Dctcktiv zu nutzen. Wenn er so, seine dummen Sprüche verteilend, von Büro zu Büro schlenderte, wurde er auch jedesmal wie ein Fürst empfangen, nach dem Motto: „Wie Du noch bei uns warst, da wars abber witzischer." War ja auch so gewesen. Der Polizeidienst war schon lange nicht mehr das, was er früher war. Schon allein die Tatsache, daß inzwischen nur noch Abiturienten in den Dienst aufgenommen wurden, zeigte wohin der Hase lief. Polizeianwärter sollten anscheinend vor allem schöne schriftliche Berichte verfassen können. Zunächst einmal besuchte er den Binger Hansi.
„Also", sagte Karl. „Guck doch emal in de Kombjuder unn her disch um. Isch brauch Informatione ibber eine Ingrid Wüfelspütz außem Rotlichtmilljeh, einen Verein zur Reddung des christlichen Abendlandes e.V. und ganz wischdisch, ibber dene dode Kuddebrunzer, der wo im Puff die Löffel abgebbe hat. In welschem Puff war des? Unn gibts da aach Hurn odder Zuhälder, die vun de Kripo vernomme worn sinn?"
Hansi staunte. Natürlich hatte er in der Zeitung von dem toten Pfaffen gelesen. „Arbeidsde an eme wischdische Fall?" Karl nickte. „Sex unn Geld! Mer derf isch abber nit saache. Mer wääß isch aach nit. Bis jetzt" „Uiuiui", sagte Hansi, ganz fickerig vor unbefriedigter Neugier. Karl war sicher, daß Hansi in eigenem Interesse sein bestes geben würde und heute nacht vor lauter Neugier über die Frage, was Karl und der tote Pfaffe miteinander zu tun hätten, kein Auge zumachen konnte.
Dann ging er zu seinem alten Kollegen Tschonnie. Tschonnie freute sich, seinen alten Kumpel zu sehen, vor allem als er Karls Fahne roch. „Ahh, haste heit nacht widder ääner gemacht, hä?" „Jo", sagte Karl und blies seine Fahne in Tschonnies Gesicht. „Tschonnie, isch komm wesche moiner Büdderedd. Isch muß noch en Sketsch oibaue unn brauch zwää Freiwillische."

Tschonnie kratzte sich etwas peinlich berührt am Kopf. Karls Büttenreden zur Polizeifassenacht waren seit Jahrzehnten berühmt. Seit ein paar Jahren allerdings, meldete sich dagegen zunehmend Protest. Erstens kamen immer mehr Frauen in den Polizeidienst und veränderten langsam, aber sicher das Arbeitsklima. Genauer gesagt, hatten sie keine Lust mehr, sich an Fassenacht die geballten dummen Sprüche anzuhören, die sie ihren Kollegen in mühevoller täglicher Kleinarbeit abgewöhnten. Und zweitens hatten es diverse Vorgesetzte satt, daß Polizeinternas nach draußen drangen und dieser pensionierte Dummschwätzer dann auf der Bühne groteske Hanswurstereien veranstaltete, worüber sich die Beamten noch monatelang auf Kosten ihrer Vorgesetzten halb totlachten.

„Karl“, sagte Tschonnie in offiziellem Halbhochdeutsch. „Gewisse Kolleschen hädden gerne, daß sie deine Rede im voraus zu Gesischt kriegten. Ansonsten wolle sie Dir Auftrittsverbot erteile.“ Karl wurde erst blaß und lief dann rot an. Seine Halsschlagader wurde dick. Übergangslos fing er an, zu schreien: „Wääsde was dess iss? Dess iss Zensur!“ „Awwer Karl, isch kann doch nix devor, isch bin doch bloß....“ „Zensur iss dess! Unn dess laßt ihr eisch aach noch gefalle! Ihr seid Hosescheißer, dess seid ihr!“ Karl tobte erregt im Zimmer herum: „Hosescheißer seid Ihr! Bibbeswackeler ohne Rückrat!“

Tschonnie versuchte vergeblich, seinen Freund zu beruhigen. Karl, ehrlich empört, brüllte durchs ganze Haus. „Bolizeischtaaat!“ Er riß die Tür auf und stürzte nach draußen. „Ihr seid kä Boliziste, ihr seid Obborduniste! Ihr seid bolidisch korregte Korindekacker, dess seid ihr!“

Wütend stampfte er Richtung Ausgang. Karl war Fassenachter aus Überzeugung, weshalb er schon aus drei Vereinen herausgeflogen war. Noch heute lief ihm jedesmal die Galle über, wenn er an diese opportunistischen Vereinsmeier dachte, die sich von einem Jockel Fuchs vorschreiben ließen, wie der Motivwagen zum Mainzer Rathaus auszusehen hatte. Und dann diese ganzen Knallchargen, die sich jedes Jahr im Schloß die Kappen für die Fernsehfassenacht aufsetzten. Und die Idioten, die dann stolz verkündeten: „Stellen

Sie sich vor. Im Schloß hab ich zwei Meter neben dem Herrn Ministerpräsidenten gesessen."

Dr. Kurat, intern genannt Akkurat, Mainzer Polizeipräsident, vernahm nur die Alkoholfahne des kleinen, dicken Mannes, der grußlos an ihm vorbeistampfte. Das ist doch nicht etwa Karl Napp, dachte er. Akkurat war zwar korrekt und unsympathisch, aber nicht dumm. Er verfolgte einfach schnuppernd Karls Alkoholspur, bis er an der Bürotür von Binger Hansi stand. Die Tür war halboffen und drinnen vernahm er deutlich Hansis Stimme am Telefon. „Warum isch dess wisse will? Also gut, isch saach ders. De Karl Napp schafft an eme neie Fall. Er unnersucht den Dod vun dem dode Kuttebrunzer, der sich im Puff dodgeberscht hat unn..."
Und weiter kam Hansi nicht, weil Dr. Kurat ins Zimmer kam und ihn zur Rede stellte. „Herr Bauer", sagte Kurat. „Ich sags Ihnen, weil ich weiß, daß sie vertrauenswürdig sind und ein alter Hase. Seit Monaten häufen sich Anzeichen, daß Dienstgeheimnisse nach draußen gelangen. Es geht sogar das Gerücht um, daß ein Privatdetektiv bei seinen Ermittlungen immer wieder auf Polizeidaten zurückgreifen kann. Haben Sie irgendeinen Verdacht, wer das hier sein könnte?" „Isch hab kä Ahnung", sagte Hansi. „Derjenige Kollege oder diejenige Kollegin, die Dienstgeheimnisse weitergibt, hat bei mir mit keinerlei Nachsicht, sondern mit strengsten disziplinarischen Konsequenzen zu rechnen." „Habbe Sie en beschtimmde Verdacht, Scheff?" „Noch nicht", sagte Kurat, ging in sein Büro und dachte über den Expolizisten Karl Napp nach. Ein fauler Sack, der wegen Trunkenheit im Dienst zu seinem vorzeitigen Abschied gedrängt worden war. Seitdem war er Privatdetektiv. Und Kurat dachte über seinen korrekten Ruf nach. Auf keinen Fall durften seine Verbindungen zum toten Nierenschläger bekannt werden. Kurat rief den SBD-Stadtrat Norbert Schulte an.
„Hallo Norbert. Es sieht so aus, als ob dieser Idiot von Karl Napp hinter dem toten Nierenschläger herschnüffelt." „Derf der dess?", fragte Nobby entsetzt und hatte eine Sorge mehr.

Grieser machte sich auf Empfehlung des großen Ehrenvorsitzenden im Auftrag der Partei befehlsgemäß auf die Socken. Der rheinland-pfälzische Expolitiker lebte so, wie ausrangierte Politiker gerne leben. Er lebte vorwiegend sitzend, an einem großen Schreibtisch vor dem Hintergrund gewaltiger Regale voller Bücher, die er nie gelesen hatte. In der Partei nannte man ihn „den Professor", weil er zu endlosen, oberlehrerhaften Monologen neigte. Eine alte Angewohnheit aus seiner kurzen Tätigkeit als Unidozent. Der Mann, Jahrgang 1930, kam auch direkt zur Sache: „Etwa ab Mitte der sechziger Jahre rollte eine neue Modewelle über Westdeutschland. Bürgersöhnchen zogen sich aus Langeweile schlampig an und ließen sich lange Haare wachsen. Desgleichen warfen ihre Schwestern alle Büstenhalter auf den Müll. Beide heizten mächtig die Konsumwelle an, indem sie mit Mamis Taschengeld Platten von den Rolling Stones und Haschisch kauften. Um ihre Eltern noch mehr zu ärgern, behaupteten sie, daß lange Haare, freischwebende Brüste und kiffen etwas mit politischem Anspruch zu tun hätten, mehr noch, das alles sei revolutionär. Damals genügte so ein Unfug, um die Bundesrepublik erbeben zu lassen. Viele Bürger glaubten, daß der Untergang des christlichen Abendlandes bevorstand. Aus allen Rohren schoßen Politik, Presse, Polizei, Justiz und Kirche mit Kanonen auf Spatzen. Demonstrationen steigerten sich zu Straßenkämpfen. Und genau damals, 1968, entstand in Mainz der Verein zur Verteidigung des christlichen Abendlandes e.V.. Die Vereinsgründer waren erzkonservative und erzkatholische Vertreter aus Politik, Presse, Justiz, Wirtschaft und Kirche. Manche waren noch halb braun, alle waren stramme Antikommunisten. Finanziert wurde der Verein von den Spenden frommer Katholiken, die Angst hatten, vom langhaarigen Mob an die nächste Laterne gehängt zu werden. „Und was hat das alles mit der KDU zu tun?" Professor: „Viele wichtige Vereinsmitglieder waren auch KDU-Parteimitglieder." „Aha", sagte Grieser. „Und im Verein lernten wir Nierenschläger kennen. Er kam als 19jähriger nach Mainz, um Theologie zu studieren. Er suchte eine geistig-politische Heimat. Die fand er sehr schnell im Umkreis der KDU und in diesem Verein. Eigentlich war er ein

großes politisches Talent. Er war klug, belesen und alles andere als schüchtern. Er konnte gut reden, überzeugen und organisieren. „Warum ging er dann nischt in die Partei?“, fragte Grieser. „Weil er sich für die Kirche entschieden hatte und wußte, daß man dort ein offizielles Engagement bei einer Partei nicht gerne sah. Jedenfalls entfaltete er seine Talente vorwiegend im Verein. Er hat übrigens oft und gute Reden für KDU-Politiker geschrieben. Obwohl nie Mitglied, kannte er alle wichtigen Leute bei uns. Etwa ab den achtziger Jahren regte sich kein Mensch mehr über lange Haare und freischwebende Brüste auf. Die Revoluzzer von damals waren brave Bürger, bekamen Wohlstandsbäuche und kauften sich von Papas Erbe Ferienhäuser in der Toskana. Der Verein in Mainz war nur noch eine skurrile Altherrenriege. Es gab auch keinen Nachwuchs. Mit einer Ausnahme. Nierenschläger scharte ein merkwürdiges, frommes Fußvolk um sich, das ihn wie einen Propheten verehrte. Er war Schatzmeister, dritter Vorsitzender und dirigierte aus dem Hintergrund seinen Vereinsvorstand, der immer älter und schwächer wurde. Und das war auch gut so.
Als Anfang der achtziger Jahre der Flick-Parteispendenskandal publik wurde, suchten alle Parteien nach neuen, verdeckten Finanzierungsmöglichkeiten. Wir fanden -unter anderem- den Verein zur Rettung des christlichen Abendlandes e.V.. Nierenschläger organisierte das alles für uns. Er errichtete geheime Konten und Stiftungen. Offiziell wurden von diesen Spenden christliche, kulturelle und karitative Unternehmungen unterstützt. In Wahrheit gingen die Spenden über Umwege an die Partei. Und Nierenschläger hat auch selbst Spenden gesammelt, er kannte schließlich viele Unternehmer. Das ging bar und ohne Quittung. Was Graf Cosimo in Hessen, war bei uns der Franz, stattdessen.“ Aha, dachte Grieser. Also doch hessische Verhältnisse in Mainz. „Wer von der Partei hat denn Nierenschläger kontrolliert?“ „Niemand“, sagte der Professor. „Wenige wollten mit der Sache etwas zu tun haben, viele sollten damit nichts zu tun haben, und die wenigen, die damit zu tun hatten, haben Nierenschläger vorbehaltlos vertraut. Hauptsache, der Bimbes kam angerollt.“ „Was war er denn für ein Mensch?“ „Nierenschläger war der

widersprüchlichste Mensch, den ich je in meinem Leben kennengelernt habe. Er war ein Chamälion. Im bischöflichen Ordinariat war er ein kompetenter Finanzexperte. Er hatte sehr konservative theologische Ansichten. Er hatte auch sehr konservative politische Ansichten. Gleichwohl konnte er, wenn es gewünscht war, eine hervorragende Rede für den Arbeitnehmerflügel schreiben oder junge Theologiestudenten mit fortschrittlichen Ansichten begeistern. Er konnte die unterschiedlichsten Menschen glaubwürdig überzeugen und für seine Ziele einspannen. Und dazu kam noch sein merkwürdiges Privatleben." „Wie das ?", fragte der Besucher. „Nierenschläger war homosexuell veranlagt, was ihn nicht daran hinderte, Homosexualität in seinem Verein als widernatürlich und unchristlich zu verdammen."
„Nun ja", sagte Grieser. „Es gibt auch heute noch Parteifreunde, die schwul sind, christliche Familienpolitik vertreten und sogar zum Schein geheiratet und Kinder haben." „Mag sein", sagte der Professor. „Aber keine Theologen, die dann junge Gespielen reihenweise in ihren christlichen Verein schleusen, Orgien feiern und darüber hinaus bisexuelle Puffgänger sind." Jetzt war Grieser baff. „Und genau das hat Nierenschläger getan. Ein verstorbener schwuler Parteifreund hat es mir erzählt, nachdem er sich mit Nierenschläger verkracht hatte. Eine Eifersuchtsgeschichte. Und ich bin schon vorher aus dem Verein ausgetreten, weil mir sein Finanzgebaren suspekt war. Ich glaube, daß er mindestens Vereinsgelder für sein Privatleben verwendet hat, wenn nicht auch Spenden, die eigentlich für die Partei gedacht waren." „Warum haben Sie niemand vor Nierenschläger gewarnt?" „Wer will denn so eine unappetitliche Geschichte hören, zumal der ganze Laden ja wie geschmiert lief. Hauptsache der Bimbes kam angerollt. Außerdem hatte ich ja keine Beweise."
Mehr sagte und wußte der Professor nicht. Zum Schluß erging er sich noch in gehässige Bemerkungen zur aktuellen Parteispitze, mit der er sich verkracht und derentwegen er seinen politischen Abschied genommen hatte.
„Oje", sagte Grieser auf dem Nachhauseweg. Wenn das alles so stimmte, dann gab es in der Partei keine Aufzeichnungen über

Nierenschlägers Finanzgebaren, die man vernichten konnte. Und wenn das so war, dann mußten solche Aufzeichnungen, Kontobelege etc. irgendwo in diesem Verein liegen, oder wo auch immer Nierenschläger sie deponiert hatte. Und Nierenschläger war tot. Gegen halb eins nachts kam Grieser nach Hause. Seine Frau war noch wach.
„Wir schtecken tiefer in diesem Schpendensumpf, als isch gedacht hatte!“ Renate Grieser seufzte. Darüber wunderte sie sich nicht. Und, daß ihr Mann natürlich nichts darüber wußte, darüber wunderte sie sich auch nicht. Das war typisch, daß man die wirklich wichtigen Dinge in der Partei vor ihm verschwieg. „Und isch soll parteiintern Lischt in die Sache bringen, ohne, daß etwas nach außen dringt.“
Auch darüber wunderte sich Renate Grieser nicht. Auch das war typisch. Grieser würde nämlich für diesen Auftrag keine Gegenleistung verlangen. „Und was bekommst Du dafür, daß Du diesen Dreck aufklärst?“ „Wie, was soll isch denn dafür bekommen, daß isch Schaden von der Partei abwende? Ist doch auch in meinem Interesse!“ Frau Grieser: „Mann, was willst Du denn in Mainz werden? Stellvertretender Bürgermeister einer bankrotten Stadt? Ein Bürgermeister, der in fünf Jahren noch nicht einmal mehr Geld hat, um den Bademeister zu bezahlen?“ Das saß. Grieser zuckte zusammen. Sie setzte einen drauf. „Für diesen Auftrag verlangst Du einen Listenplatz für den Bundestag! Und zwar ganz vorne!“
Renate Grieser war eine Frau in den besten Jahren. Zwei Dinge gingen ihr auf den Senkel. Erstens ihr Mann und zweitens die stumpfsinnige Rolle einer Politikersgattin. Sie hatte keine Lust mehr, christliche Familienwerte zu verkörpern, indem sie mit ihren Kindern demonstrativ den Gottesdienst besuchte. Es hing ihr zum Hals raus, im Wahlkampf Erbsensuppe und selbstgebackenen Kuchen zu verteilen. Es kotzte sie an, bei offiziellen Anlässen irgendwelchen Parteifreunden, die sie nicht leiden konnte, die Hand zu schütteln. Das alles hatte sie gründlich satt. Noch satter hatte sie es, ihre sexuelle Energie an einen langweiligen Mann zu verschwenden, der spätabends von irgendeiner Fraktionssitzung

nach Hause kam und dann brühwarm den kindischen Parteikram vorkaute. Und genau deshalb hatte sie ihn vor die Wahl gestellt. Diesen offiziellen Schein würde sie nur wahren, wenn er ihr heimliches Verhältnis mit ihrem Liebhaber tolerierte. Grieser hatte schließlich zugestimmt, weil er befürchtete, daß eine Scheidung seiner Karriere schaden könnte. Renate Grieser witterte hier die Möglichkeit, ihren Mann elegant nach oben zu befördern. Sie hätte zu Hause in Mainz freie Bahn und er eine schöne Dienstwohnung in Berlin, wo er sich wichtig fühlen konnte. MDB Grieser, das hörte sich nicht schlecht an, oder?

Siebter Tag der Ermittlungen im Fall Fickeisen, 11 Uhr.
Das „Waldschlößchen" befand sich etwas außerhalb der Stadt. Über dem Eingang lockte eine einladende Leuchtreklame mit einer peitschenschwingenden Domina. Die Leuchtreklame war aus und der Parkplatz leer. Das Puff war noch geschlossen. Als sie klingelten, öffnete eine Frau Mitte dreißig, Autorität ausstrahlend, die geborene Domina. Auch wenn sie in einem schlabberigen Trainingsanzug herumlief und nicht Natascha hieß. Päpste, Boxer und Huren haben nun mal Künstlernamen. Richtig hieß sie Ingrid und war ein echtes kölsches Mädchen. Wie so viele Huren arbeitete sie nicht in ihrem Heimatort, um sich das dumme Geschwätz ihrer Verwandten zu ersparen.
„Isch bin de Karl, des iss de Herbert, es Rosie schickt uns." Ingrid Wüfelspütz nickte und ließ sie an der Theke Platz nehmen. Sie hatte keine Zeit, weil gerade Vertreterbesuch da war. Karl öffnete sich ein Bier, bestaunte die Preisliste und sah sich um. Theke, Barhocker, schwarze Club-Ledersessel und an den Wänden jede Menge Sauereien. Mädchen in Lack und Leder, gepircte Brustwarzen, gepircte Schamlippen in Großaufnahme, gefesselte Ledermänner und bumsende, gepircte Lederpärchen. Auf der Theke lagen Werbebroschüren.
„Montags: Montagabendabfickpartie, für Frauen Eintritt frei. Nur Dienstag: Rudelbums im Pool. Mittwoch: BIZARR. Donnerstag: schwarze Messe. Freitag: Schmerz und Erniedrigung. Samstag: Überraschung. Sonntag: Die neunschwänzige Katze. Strenge

Nachwuchsdomina, gerne auch Anfängerin gesucht. Jetzt auch im Internet unter: www.waldschlößchen.de."
Irgendwann wurde die Warterei zu dumm. Sie gingen durch die Tür, in der Natascha verschwunden war und standen in einem Raum voller irrsinniger Geräte. Natascha saß auf einem Streckbrett und zackerte mit dem Vertreter herum. „Dat is Schrott. Kaum en halbet Jahr alt und schon ausjeleiert. Hier die Stellschraube is abjebrochen. Seit vier Wochen ruf ich an und immer noch keine Ersatzteile."
Der Vertreter stand vor ihr und laberte den üblichen Vertreterstuß. „Ja Frau Wüfelspütz, unser Vertrieb wird gerade umstrukturiert und blabla."
Karl und Herbert staunten. Von der Decke hing ein Eisenkäfig. In der Wand waren schwere Ketten mit Handfesseln befestigt. Außer dem Streckbrett gab es auch andere Foltergeräte. Anscheinend fand hier das Freitagsprogramm statt. Schließlich öffnete der Vertreter seinen Musterkoffer voller unterschiedlich langer Gummischnüre mit Metallklemmen an den Enden. „Und wat soll dat kosten?" Er plapperte sein Vertretereinmaleins herunter. Es würde natürlich weniger kosten, wenn man größere Mengen bestellen würde, drei Prozent Skonto bei Barzahlung und ein Jahr Werksgarantie. „Hm", sagte Ingrid, zog ihr Sweatshirt hoch und legte eine Klemme an die Brustwarze. „Und?", fragte der Vertreter. „Naja", sagte Ingrid. Ihr mußte es ja nicht gefallen, sondern den Kunden. Schließlich nahm Ingrid die Gummiteile als kostenlose Probe und jagte den Vertreter zum Teufel.
Karl legte los: „Es Rosie hat gesacht, daß Du uns vielleicht weiderhelfe kannst, wesche dem dode Kuttebrunzer." Ingrid sah sich das Foto an und nickte. Sie konnte weiterhelfen, sie kannte Fickeisen. Aber, daß die Schnüffler auf Empfehlung ihrer mütterlichen Freundin Rosie kamen, hieß noch lange nicht, daß sie umsonst redete. Karl ließ einen Hunderter springen. Ingrid saß immer noch auf dem Streckbrett. Nachdenklich zündete sie eine Zigarette an und schlürfte Kaffee. Ihre Gedanken waren immer noch bei den Gummischnüren. „Komm mal her, Dickerchen." Gehorsam trabte Karl zur Domina. Ingrid schob ihm den Pullover

und das Unterhemd hoch. Karl protestierte. „Du willst doch wat wissen von mir, oder?“ Eben. Karl lief rot an und ließ sich die Klemmen an die Brustwarzen legen. „Au“, sagte er mürrisch, als das kalte Eisen in die Warzen biß. Herbert biß sich auf die Lippen. Ingrid mußte natürlich testen, wie ihre Kunden die neuen Geräte finden würden. „Franz-Josef war oft hier. Dat war ne janz jroße, jeile Bock. Und sehr jroßzüjisch.“
Gleichzeitig spannte sie die Gummischnüre. „Uij“, sagte er. „Huah“, prustete Herbert, als er Karls roten Kopf sah und seine schlaffen Altmännerbrüste, die von der Leine spitz gezogen wurden.
„Dä Franz stond off janz scharfe Sachen, mit richtisch Schmerzen und so. Und er hattet ooch mit Männers jehabt. Der hat dann schon mal vier, fünftausend Mäuse hierjelassen.“ Karl fiel es schwer, sich auf seine Fragen zu konzentrieren.
„Vier-, fünfdausend Mack?“, fragte er ächzend. „Drei, vier Mädchen de janze Nacht. Champannjer, Trinkjeld und allet, wat so dazujehört.“
Karl atmete auf, als sie die Leine lockerließ. „Komm mal her, Dicker!“ Herbert trabte gehorsam zur Domina. Die Domina legte ihm eine Klemme an die Brustwarze. „Muß des soi?“, fragte er. Sie nickte streng, bis sich die Leine zwischen zwei fetten, schlaffen Männerbrüsten spannte. „Unn die Kerle?“, fragte Karl. „Hat er meisdens mitjebracht“, sagte Ingrid. „In dä Rejel war et nur Einer. Pit hieß er. Sone tätowierte Ledertyp. Dat war sein Lover. Der hat et ooch mit Männers un Weibers jehabt.“ „Unn weider?“, fragte Herbert. „Dann ham se dä janze Nacht jepoppt“, sagte Ingrid und nahm eine Peitsche. Mit der Peitsche schlug sie leicht auf die gespannte Leine. Herbert und Karl zuckten. Ingrid wußte jetzt genug. Einen Moment überlegte sie, ob sie die Klemmen auch an den Eiern testen sollte, ließ es aber bleiben. „Dat Klemmenzeusch is in Ordnung.“
Herbert zog sich erleichtert wieder an. Karl atmete durch und holte noch zwei Bier zur Beruhigung.
„Dä Franz war irjendwie wahnsinnisch“, behauptete Ingrid und erzählte, daß Fickeisen mit der Zeit immer anspruchsvoller wurde.

Das ging so weit, daß er vorher anrief und minütiöse Angaben zu seinen Wünschen machte. Das reichte von der Kleidung der Mädchen, bis zu einem genauen Zeitplan, wann sie mit welchen Geräten wie hantieren sollten. Manchmal kam auch vorher dieser Pit und ging den genauen Ablauf durch.
„Tjo, unn dann ging dat mit dene Parties los." „Was fer Pardies?" Fickeisen hatte anscheinend ein Haus besessen. Ein Riesenbunker, den er sich zu einem Sado-Maso-Studio umbauen ließ. Mit Folterkeller, Geräten, alles vom Feinsten. Und dort feierte er Orgien mit seinen Freunden. Und dazu ließ er Prostituierte kommen und bezahlte sie. Strichjungen genauso. Und diese Parties standen immer unter einem Motto, wobei Fickeisen als Oberzeremonienmeister agierte. Ingrid war dreimal mit einigen ihrer Mädchen dagewesen.
Bei „Sodom und Gomorra", bei „Marquis de Sade" und bei „Kaiser Nero". „Was e Sau!", sagte Karl fassungslos.
Jngrid erzählte, daß es dabei immer originale Kostüme gegeben hätte und bei dieser Neroorgie sei Fickeisen als Kaiser mit Lorbeerkranz aufgetreten, habe sich in einer Sänfte tragen lassen und mit einem Zepter das Theater dirigiert. Und überhaupt. Sowas habe sie in ihrem ganzen Leben nicht erlebt, was da los war. „Ond dat beste war, dat da immer jede Menge Zuschauer waren, oben auffe Tribüne." „Tribüne?" „Jo, dat war wie Theater. Unten wurde jepoppt unn oben stonde de Zuschauers. Männers un Weibers, dä meisten mit ner Jesichtsmaske. Die konnten auch runterkommen und mitpoppen, wenn se wollten. Also, wenne mich frachst, hatte dä Fickeisen voll wat anne Klatsche. Als immär um mich rum unn jebrüllt: „Rom brännt, Rom brännt!"

Siebter Tag der Ermittlungen im Fall Fickeisen, 16 Uhr 45
Wieviel verdiente eigentlich ein katholischer Finanzmanager? Sicher nicht genug, um zwei- bis dreimal die Woche derart im Puff die Kuh fliegen zu lassen, wie Fickeisen es Jahrzehnte lang tat. Und dann die Villa und die Orgien. Nein. Das ganze Geld mußte woanders her gekommen sein. Entweder betrog Fickeisen die Kirche, den Verein, die KDU oder alle drei zusammen. Und hier

irgendwo lag auch der Schlüssel zu Fickeisens Tod. Da waren sich Herbert und Karl sicher.
So kamen sie nicht weiter. Wenn, dann höchstens, indem sie diesen Pit trafen. Pit aber war laut Ingrid nie mehr in ihrem Laden gewesen, seit Fickeisen tot war. Sie vermutete, daß er kein Geld mehr hatte, seit sein Gönner tot war. Wo er anzutreffen sei, wußte sie auch nicht.
„Schmitt“, sagte Herbert. „Mir misse den Schmitt fraache, vielleicht wääß der ebbes übber den Pit.“
Karl rief im Priesterseminar an, stellte sich als Onkel Karl vor und verlangte Schmitt. Schmitt lief den kurzen Weg vom Priesterseminar in der Augustinergasse bis zum Detektivbüro genau so, wie er durchs ganze Leben lief: Unsicher und bis unter den Scheitel voller Zweifel. Karl entschied sich für eine vertrauensbildende Maßnahme. „Isch bin de Karl, sach Du zu mir!“ „Mathias“, sagte Mathias und gab ihm die Hand. „Also Maddes“, begann Karl so sensibel wie möglich. „Bis jetzt wisse mer immerhin so viel. Der Fickeise hat alles gemaust, was em vor die Flint kam. Egal ob Männsche odder Weibsche, kadolisch odder prodesdandisch, Hauptsach Schneckscher unn Bibbese, so viel unn so oft wies nur ging.“
Herbert schlug sich mit der Hand an die Stirn. Karl war eine psychologische Katastrophe mit dem Einfühlungsvermögen eines Dampfhammers.
Schmitt schluckte gequält. „Ich weiß“, sagte er matt. „Unn er hat in der komisch Villa Pornotheader veranschtalt.“ „Ich weiß, ich war einmal dabei, bin dann aber in den Garten gegangen, weil ichs nicht ausgehalten habe. Franz konnte nicht treu sein.“ „Scheint mir aach so“, meinte Karl rechthaberisch. „Irgendwann habe ich beschlossen, Franz so zu nehmen wie er war. Ich wollte dann auch nichts hören, von dem, was er ansonsten tat. Eigentlich hat er mich nur benutzt für die schnelle Nummer. Er hat sich über mich lustig gemacht, um mich zu verletzten und eifersüchtig zu machen, indem er mir von seinen Bordellbesuchen und Parties erzählte. Immer so andeutungsweise, um mich anzustacheln.“

Was ä Drama, dachte Herbert, sagte aber nichts und hörte enttäuscht zu. Im Wesentlichen wußte Schmitt nichts, weil er sich, wie er es ausdrückte, aus Fickeisens weltlichen Geschäften herausgehalten hatte. Jedenfalls sei es ihm über all die Jahre gelungen, erfolgreich ein Doppelleben zu führen, bis er, etwa seit Mitte letzten Jahres, anonyme Anrufe bekam und sich deshalb Sorgen machte, daß sein Doppelleben aufflog.
„Des verschteh isch", sagte Karl mitfühlend. Karl: „Määnste, daß mer in der Villa ebbes finne kennt, Unnerlache, Belesche, irschendwas?" „Gut möglich. Die Villa gehört dem Verein. Franz hatte dort eine luxuriöse Wohnung und ein Büro."
Karl: „Kennste en gewisse Pit?" Mathias zuckte zusammen. „Pit, ja!" Zum ersten Mal sah man nicht nur Trauer, sondern auch Wut in Schmitts sanften Augen. „Das ist dieser arrogante Ledertyp, ein Schmarotzer, hält sich für den größten Aufreißer überhaupt!" „Unn wo finn isch den?" „Vielleicht im Schabboklack. Jetzt wo Franz tot ist, wird er wieder ältere Männer anbaggern!"
Schmitt trat ab. Karl und Herbert waren sich einig. Schmitt war ein netter, feinfühliger Mensch, eigentlich zu gut für die Welt. Mit einem Pit hatte er rein gar nichts zu tun.
„Unn wie gehts jetzt weider?", fragte Herbert. „Du kaafst der beim Schack Hermann odder sunstwo en Satz geile Ledderklamodde, gehst ins Schabboklack unn lescht disch so lang uff die Lauer, bis en Pit kimmt!" „Du hast was an de Erbs!", sagte Herbert. „Haste e besser Idee?" „Nää", sagte Herbert.

„Um Gotteswillen!"
Seine Eminenz, der mutmaßlich einhundertneunzehnte Bischof von Mainz, stöhnte gequält. Wenn er etwas haßte, dann diese unselige Verbindung von Sex und Religion, die in Mainz eine 1700 Jahre alte Tradition hatte. Seit es in Mainz Christen und Priester gab, seitdem gab es auch geile Pfaffen.
Die älteste Mainzer Institution war sicher das Puff. Mußte so sein, weil Mainz römischer Militärstandort und Provinzhauptstadt war. Tagsüber lungerten hier jede Menge Legionäre von der glorreichen 22. Legion herum und abends verjubelten sie ihre Denare im Puff.

Danach wankten sie die Gaugasse hoch zum Legionslager auf dem Kästrich und tranken zum Abschluß noch einen Sauergespritzten im antiken Vorgängerlokal vom „Baff".
Die zweitälteste Mainzer Institution aber war die Kirche. Seit wann es in Mainz Christen gab, war unbekannt, da die subversiven Anfänge dieser Religion hier im dunkeln lagen. Die Römer waren anfällig für göttliche Weisheiten aus dem Morgenland. Deshalb importierten sie Isis, Mithras und Jesus an den Rhein. Als gesichert galt, daß es seit Mitte des vierten Jahrhunderts nach Christus Mainzer Bischöfe gab. Zwischendurch, über 1000 Jahre lang, waren sie sogar Erzbischöfe. Aber den Zahn hat ihnen Napoleon gezogen und sie wieder zu Bischöfen degradiert, also auf Normalmaß zurechtgestutzt. Und seit jeher pflegte der Mainzer eine besondere Beziehung zu seinem Bischof, was er singenderweise ausdrückte: „Da wackelt de Dom, da wackeln die Bääm, heit geht de Bischof noch lang nit hääm."
Daran änderten auch gelegentliche Ausfälle nichts, etwa 1160 nach Fleischwerdung des Herrn, als die Mainzer ihren Erzbischof einfach totschlugen, weil er versucht hatte, die Steuern zu erhöhen. Der aktuelle Bischof jedenfalls war außerordentlich beliebt, was gute Gründe hatte. Im Vergleich zu anderen religiösen Funktionären aus dem höheren katholischen Management, machte er einen sympathisch-erdverbundenen Eindruck. Hin und wieder vertrat er vernünftige Positionen, die ihn von seiner römischen Konzernzentrale angenehm unterschieden. Was ihn im Besonderen auszeichnete, war seine Fähigkeit, die beiden Hauptfraktionen der Kirche unter einen Bischofshut zu bringen.
Die katholische Mehrheit, die brav Kirchensteuern zahlte, ansonsten Gott einen lieben Mann sein ließ und somit den ganzen Laden finanzierte, war nicht das Problem. Auf dem rechten Flügel aber standen die bigotten Frömmler. Die zum Beispiel gar nichts gegen Jungfrauenerscheinungen in Marpingen hatten, Wallfahrten dorthin bezahlten und als Souvenir angeblich geheiligtes Wasser kauften, aber Zeter und Mordio schrien, wenn -wie gottlos-Werbeflächen am Dom vermietet wurden. Oder darauf hinwiesen, daß die weltweit verkauften Harry-Potter-Romane Ausgeburten des

Teufels seien, weil Zauberei ein Werk des ewig grinsenden Satans sei. Der Meinung schloß sich dann auch ein frommer Abgeordneter von der katholisch-sozialen Glaubenskongregation aus Bayern an, um bei seinen Wählern zu punkten. Dabei wurde er von einem Exorzisten, einem offiziellen Teufelsaustreiber unterstützt. Das Exorzistendiplom war eine berufliche Zusatzqualifikation für katholische Priester, die geistig im 16. Jahrhundert lebten. Aus Imagegründen durften Exorzisten zwar keine Menschen mehr als Hexen verbrennen lassen, um den Teufel auszutreiben, aber immer noch mit allerhand Hokuspokus dem Dämon zu Leibe rücken. Dabei unterschied man zwischen dem großen und dem kleinen Exorzismus, je nachdem, ob es sich um einen großen Dämon handelte oder nur um einen kleinen, teuflischen Giftnickel.

Auf der anderen Seite standen die alternativen Katholiken. Die waren gegen alles, was die katholische Kirche ausmachte. Die undemokratische Hierarchie, die päpstliche Unfehlbarkeit, die Benachteiligung der Frau, die Einstellung zur Sexualität, den Unfug der Jungfrauengeburt und der Heiligenverehrung und, und, und. Am schlimmsten waren dabei die Drewermänner, die zwanzig Jahre lang aus der Krippe der Kirche fraßen, permanent die Hand bißen, die sie fütterte, aber empört und betroffen waren, wenn sie vom Dienst suspendiert wurden. Ein Bischof, der sich auf die Forderungen dieser Menschen einließ, war ein Selbstmörder, der an dem Ast sägte, auf dem er saß.

Der Mainzer Oberhirte jedenfalls, beherrschte den Spagat zwischen Tradition und Moderne und leitete tatkräftig seine Diözese mit einem Jahresumsatz von über 500 Millionen Mark. Der Arm der katholischen Kirche in Mainz reichte weit. Als 1946 zum Beispiel die Mainzer Universität wiedergegründet wurde, machte auch der Bischof seinen Einfluß geltend. Deshalb hatte die Kirche Mitspracherecht bei der Besetzung einer Professorenstelle für mittelalterliche Geschichte. Einfacher gesagt, der Herr Professor sollte nicht nur fachlich geeignet sein, sondern auch katholisch und nicht geschieden. Und weil das schon seit Jahrzehnten so war, störte das auch niemand, auch nicht die Leitung der Universität;

von wegen Trennung zwischen Staat und Religion, Freiheit der Forschung und Unabhängigkeit der Hochschule.
Was im Fall Nierenschläger störte, war die Tatsache, daß hier die zweitälteste Mainzer Institution mit der ältesten in Verbindung kam, eine unchristliche Verbindung, die Katholiken scheuten, wie der Teufel das Weihwasser. Das war genau die Art von Presse, die der Bischof nicht mochte, zumal er schon einen anderen Sexskandal am Hals hatte.
Ein Mainzer Leihbischof mit dem schönen Namen Stahlfluß wurde von einer Frau des sexuellen Mißbrauchs, begangen bei Ausübung des Exorzismus, angeklagt. Darüber zerrissen sich alle in Mainz die Mäuler und die Kirche mußte in einer etwas gewundenen Stellungnahme zugeben, daß es eine „gewisse körperliche Nähe“ zwischen dem Leihbischof und der Frau gegeben habe. Über den Fall waren zwei Varianten in Umlauf.
1. Der geile Leihbischof habe sein Priesteramt ausgenutzt, um die Frau sexuell zu mißbrauchen. Daß er dieses unter dem Vorwand der Teufelsaustreibung tat, sei besonders verwerflich.
2. Die Frau habe sich an den Priester herangemacht und ihn verführt, um kirchliche Gelder zum Aufbau einer geplanten Stiftung abzukassieren. Weil aber keine Kohle floß, habe sie den Leihbischof angezeigt. Daran könne man sehen, daß die Kirche schon immer recht hatte. Die Frau sei das Gefäß der Sünde, eine heimtückische Schlange und deshalb charakterlich völlig ungeeignet für das heilige Priesteramt. Frauen seien ohnehin anfällig für die Einflüsterungen des Teufels. Als Beweis für diese These könne gelten, daß man früher mehr Frauen als Hexen, statt Männer als Hexer verbrannt habe. Und sowieso würden Frauen den ganzen Tag nur das Eine wollen. Nämlich fromme Männer zu sündigen Gedanken und Taten verführen. Außerdem gehöre zu einem ordnungsgemäß durchgeführten Exorzismus, daß man dabei ordentlich grapschen müsse, damit der Teufel den Körper der befallenen Person verlasse. Gerade auf priesterliche Umarmungen reagiere der Satan allergisch. Eine andere, volkstümliche Ansicht besagte einfach, „daß scheinheilische Kuttebrunzer die Finger vun

de Mauserei lasse solle, des bringt nix." Andere forderten: „Klicker abschneide unn ans Kerschetor nachele."
Witzbolde brachten sogar Gedichte in Umlauf:
„Isch bin der geile Leihbischoff
unn hups uff alle Weiber droff
damit dess niemand merke dut
mach isch uff Exorzist mit Bischofshut
alle Weiber ziehn sich nackisch aus
unn isch treib den Deiwel raus
dann werd genachelt, gekachelt unn geberscht
daß sisch der Sadan arisch ferscht"
Wie auch immer, die Frau ließ sich durch solche dummen Sprüche nicht einschüchtern. Sie strengte eine juristische Klage an und appellierte sogar an den Vatikan. Der Fall zog sich monatelang durch die Presse, begleitet von Gelächter und Empörung.
Und jetzt kam Nierenschlägers Tod im Puff. Und damit kam wieder die öffentliche Diskussion über das Zölibat hoch. Das Zölibat des Priesters war das sensationellste Eigentor, das sich die Kirche jemals ins Netz geschossen hatte. Jeder wußte, daß Priester an diesem Zölibat scheiterten, seit es das Zölibat gab und solange scheitern werden, wie es das Zölibat geben wird.
Lange Zeit im Frühmittelalter war die Mainzer Kirche ein richtig lustiger Sauhaufen gewesen. Entsprechend den rauhen Zeiten, konnten Priester seltener lesen und schreiben, aber öfter reiten und kämpfen. Zwischendurch -Spaß muß sein- feilten sie ordentlich und zeugten fröhlich Kinder. Und wie liebende Väter nunmal sind, versuchten sie, ihre Kinder in der Kirche unterzubringen. Das war damals nicht anders als später bei der drittheiligsten Mainzer Institution, beim ZFD.
Der berühmte Mainzer Bischof Gerold im achten Jahrhundert war so ein kerniger Bursche vom guten alten Schlag gewesen. Er starb bei einer bewaffneten Schlägerei mit irgendwelchen Sachsen. Bevor er allerdings die Löffel abgab, sorgte er dafür, daß sein Sohn Gewilib auch Bischof von Mainz wurde. Und Gewilib zog sich die Bischofsmütze auf den Kopf, ritt nach Sachsen und murkste den Mörder seines Vaters eigenhändig ab. Ganz ähnlich sorgte Kaiser

Otto im zehnten Jahrhundert dafür, daß sein unehelicher Sohn Wilhelm Erzbischof von Mainz wurde. Manchmal setzte der Kaiser auch einfach einen Papst ab, wenn der ihm dumm kam und ernannte einen anderen. Das waren damals die guten alten Zeiten.
Aber diese guten Zeiten waren dann Mitte des elften Jahrhunderts vorbei, der Papst setzte die Kirchenreform in Gang. Zum einen ging es darum, daß der Papst die Bischöfe ernannte, anstatt der Kaiser, zum anderen ging es um die Mauserei der Priester. Beides waren für die Unabhängigkeit der Kirche überlebenswichtige Themen. Deshalb hatte der Papst im Jahr 1049 eine Kirchensynode nach Mainz berufen und die neuen Spielregeln erklärt. Er hatte das Zölibat verkündet, worüber die Pfaffen natürlich empört waren, weil sie keine Lust hatten, sich den Spaß am Leben versauen zu lassen. Der Papst verbot allen Pfaffen die Mauserei, ja sogar die Onanie. Alles Sünde!
Das Zölibat war damals eine sinnvolle Sache, eine Maßnahme gegen Korruption und Vetternwirtschaft innerhalb der Kirche. Man wollte verhindern, daß sich Familien von Generation zu Generation immer größere Teile der Kirche unter den privaten Nagel rissen, indem sie das Priesteramt vom Papa Kunz auf Sohn Hinz weitervererbten oder ihre Tochter zur Äbtissin des Klosters Dingsbums machten. Wenn man dem Priester generell die Mauserei verbot und zur Sünde erklärte, dann hatte der Priester auch keine Handhabe, um seine Kinder auf Kosten der Kirche zu versorgen. Und die neuen Spielregeln wurden mit der Begründung durchgesetzt, daß dieses Zölibat Gottes Wille sei und somit ein heiliges Sakrament. Natürlich gab es schon immer welche, die dagegen anmeckerten. Einige davon wurden auch ordnungsgemäß als Ketzer ausgerottet. Andere waren erfolgreicher und gründeten zum Beispiel die protestantische Kirche als christliche Konkurrenzorganisation. Später, an der Schwelle zum dritten Jahrtausend, hatte die katholische Kirche wegen diesem Zölibat ein großes Personalproblem, nämlich einen Mangel an qualifizierten Priestern. Viele sagten sich:
„Wenn isch nit mit eme siß Schnecksche mause, odder mir die Rosett versilbern lasse derf, dann blas isch eisch was.“

Und deshalb gab drei Sorten von katholischen Priestern.
Erstens gab es Priester, die sich ans Zölibat hielten oder ab und zu einen herunterholten und das öffentlich weit von sich wiesen.
Zweitens gab es viele Priester, die Wasser predigten und Wein soffen. Sie berschteten mehr oder weniger heimlich mit Frauen oder Männern. Schwule Pfarrer mußten eh den Ball flachhalten, weil Homosexualität des Teufels war. Für heterosexuelle Priester gab es immerhin die berühmte Alimentenstelle für Pfarrerskinder.
Drittens aber und das war das Problem, gab es einen Haufen verklemmter und perverser Pfaffen, die kleine Jungs und Mädchen angrapschten. Deren unchristliches Treiben warf ein schlechtes Licht auf den Ruf der gesamten katholischen Firma. In manchen Gemeinden war es so schlimm, daß Eltern ihren Kindern verboten, draußen zu spielen, aus lauter Angst, daß da irgendwo ein Pfarrer frei herumlief. Anderswo fuhren Mütter grundsätzlich mit auf die katholische Jugendfreizeit, um dem Priester auf die frommen Finger zu sehen.
Dieses Dilemma war natürlich auch im Vatikan bekannt, aber was sollte man tun? Vernünftigerweise konnte man das Zölibat aufheben, aber das ging nicht. Damals im 11. Jahrhundert hatte man behauptet, daß das Zölibat Gottes Wille sei. Die Aufhebung des Zölibats würde ja bedeuten, daß sich Gott damals geirrt hätte oder in einem jahrhundertelangen Denkprozess seine Meinung geändert. Und wenn Gott seine Meinung über das Zölibat änderte, dann könnte er womöglich auch seine Meinung über Homosexualität, die Jungfrauengeburt, die Unfehlbarkeit des Papstes, die Unfähigkeit der Frau zum Priesteramt und weiß der Teufel was noch alles ändern. Das war die katholische Dominotheorie. Dann würde das gesamte System der katholischen Kirche zusammenbrechen.
Im Fall Nierenschläger ging man mit der geballten Erfahrung von 2000 Jahren christlicher Personalführung ans Werk. Zunächst wurde ein Kummerkasten aufgestellt. Wer etwas wußte, sollte es sagen, anonym oder mit Namen. Wer selber Dreck am Stecken hatte, durfte mit Nachlaß seiner Sünden rechnen. Ruckzuck war der Kummerkasten voll. Zog man die üblichen Neidereien und

Wichtigtuereien ab, dann blieben aberwitzige Beschuldigungen übrig. Ein Abgrund an fleischlichen Verfehlungen tat sich auf. Der junge Nierenschläger hätte es mit diesem und jenem getrieben, der heute in dieser und jener Position sei. Er wäre auch ins Puff gegangen. Ein anderer wußte, daß Nierenschläger Strichjungen aufgegabelt hätte. Wieder ein anderer bezichtigte sich zerknirscht, mit Nierenschläger, der eigentlich Fickeisen heiße, Unzucht getrieben zu haben. Ein empörter Mensch sprach sogar von sexuellen Seilschaften innerhalb der Kirche bis in höchste Funktionärskreise. Und einer denunzierte einen anderen, man solle diesen doch fragen, wie oft und warum er Nierenschlägers Einladungen zu Vorträgen in der Villa des Vereins zur Rettung des christlichen Abendlandes wahrgenommen hätte. Auch andere nannten immer wieder Nierenschlägers Verbindung zu dem dubiosen Verein, dessen Schatzmeister er gewesen war.
Mathias Schmitt lief innerlich im Dreieck. Durch die ehrwürdigen Hallen des Priesterseminars waberte eine düstere Atmosphäre aus gehässigem Getuschel, Angst, Denunziation und sensationsgeiler Wichtigtuerei. Er wußte nie, ob ihn sein Gegenüber arglos ansah oder schmieriges Grinsen verbarg, ob ihn schon jemand der Unzucht mit Franz-Josef angezeigt hatte. Und er quälte sich, weil er einen Detektiv beauftragt hatte, Franz-Josefs Tod zu untersuchen. Unzählige Male dachte er, daß er niemals Priester werden könne, wenn das alles herauskäme. Und jedesmal, wenn ihn jemand ansah, wurde er blaß, weil er dachte, man würde ihm seine Schuld ansehen. Oh Gott, dachte Mathias verzweifelt. Was ist das für eine Strafe, katholisch und schwul zu sein.

Siebter bis neunter Tag der Ermittlungen im Fall Fickeisen.
Die Ermittlungen im „Schabboklack“ waren hart. Die Kneipe hatte eine Nachtkonzession. Drei Nächte lang waren Karl, Herbert und Rudi die ersten, die an der Tür standen, wenn sie geöffnet wurde und die letzten, die um vier Uhr morgens gingen. Aber es war auch lustig. Schwule sind großartige Fassenachter. Karls Schwulenwitze waren der Brüller, Herberts Sangeskünste waren der Renner. Herbert war ein Sänger vor dem Herrn, vor allem wenn er besoffen

war. Schon seit Geburt Mitglied im Mommenheimer Gesangverein Harmonie, hatte er von seinem älteren Bruder tolle Fahrtenlieder aus der HJ gelernt. Und seine Mama hatte ihn immer heimlich und leise mit revolutionären Arbeiterliedern in den Schlaf gesungen. Das alles ergab ein stattliches Repertoir in schönstem Bariton. Schon am ersten Abend stellte Kapellmeister Dickmilch einen schwulen Männerchor zusammen. „Herbert! Ein Lied!"
Herbert, solo: „Kocht die Alt Erbsesupp, machts die ganz Woch blubb, blubb."
Chor, Refrain: „Heit gehn mir, gehn mir, gar nit mehr, gar nit mehr, gar nit mehr, heit gehn mir, gehn mir gar nit mehr hääm, gehn mir häm, krien mir Schlä, gehn mir nit, krien mir kää, heit gehn mir, gehn mir gar nit mehr häääm."
„Kocht die Alt Sauerkraut, iss die ganz Woch versaut."
„Heit gehn mir, gehn mir gar nit mehr...."
Was nicht gut war, war die Tatsache, daß Pit nicht auftauchte. Was auch nicht gut war, war das Gegröle, wenn sie sturzbesoffen nach Hause kamen und Schtoltes weckten.
Am Mittag des dritten Tages, waren sie fix und fertig. „Lang halt isch dess nit mehr dorsch", jammerte Herbert. „Da mußte dorsch", sagte Karl. „Es Lebe iss hart, abber ohne Harte kä Lebe. Wenn der Pit heit nit ufftaucht, dann misse mer uns e anner Tagdig übberlesche." „Alles rodscher."

Am dritten Abend trafen sie einen guten Bekannten. Es war ihm sehr peinlich, hier gesehen zu werden, noch dazu mit einen jugendlichen Knackarsch an der Seite.
„Ei Guude Fritz!", grüßte Karl. „Servus Karl", sagte der 2. Vorsitzende des Kegelklubs. Blitzschnell ließ er die Hand seines Liebhabers los. „Mal was anneres hier", verleugnete er seine geheime Neigung. „Alles klar", meinte Napp und gab ihm grinsend einen mit. „Scheene Gruß an die Fraa." Der Kegelbruder bekam einen roten Kopf, sein Liebhaber sah ihn empört an.
Sie ließen die Beiden stehen, dackelten weiter und sahen: Pit! Er war nicht zu übersehen. Pit Bierheimer fläzte sich an der Theke. Er trug einen aufreizenden Lederkombi, darunter ein großmaschiges

Netzshirt, damit man die Tatoos hindurchschimmern sah. Um den Kopf herum klapperte ein Pfund Metall, an allen möglichen und unmöglichen Stellen festgetackert. Handgelenke und Finger verschwanden unter einem halben Zentner Armreifen und Ringen.
„Ei Guude. Bist du de Pit?“ Pit drehte sich um. Das Metall klirrte. Ziemlich rotzig und laut sagte er: „Wenn Ihr nen heißen Dreier wollt, dann aber fix. Hab nachher schon ein Date!“
Karl und Herbert liefen rot an. Pit grinste herablassend und zog geräuschvoll die Nase hoch.
Pit Bierheimer kultivierte dieses rotzig-arrogante Benehmen, wie es schlechterzogene Jungs aus gutem Hause an den Tag legen. Er spielte den avantgardistischer Künstler, der sich über mangelnden Erfolg hinwegtäuschte, indem er den Rest der Menschheit zu Kretins erklärte und genauso behandelte. Die Art, wie er sich benahm, was und wie er es sagte, hatte einen einzigen Zweck: Sein Gegenüber durch Provokation einzuschüchtern. Dabei nahm er durchaus die Gefahr eines blauen Auges in Kauf, weil er wußte, daß seine Taktik in 99 von 100 Fällen gefahrlos erfolgreich war.
„Schwuchtel!“, befahl er dem Barkeeper. „Mach mir ein Pils.“
„Drei Pils“, sagte Herbert und biß vor Wut die Zigarre durch. Karl versuchte sich zu beherrschen, stellte sich vor, kam aber nicht weit. Pit zog etwas aus der Tasche. „Geh mal ne Nase ziehen, wollt Ihr auch was?“ Sie lehnten dankend ab. Pit grinste höhnisch und stolzierte im Gockelgang Richtung Toilette.
„Was e Arschloch“, sagte Herbert. Schmitt hatte recht.
Wieder zurück, zog Pit gräuschvoll die Nase hoch und hielt die Hand auf. „Colombo und Jerry Cotton“, lachte er mit Blick auf Karls Visitenkarte, steckte einen Hunderter ein und gluckste, „werden von der kleinen, verklemmten, katholischen Schwuchtel beauftragt, hinter dem toten Fickeisen herzuspionieren. So fangen schlechte Krimis an, ha, ha.“
„Schmitt war doch de Schtescher vum Fickeise, odder?“Pit zog höhnisch herablassend die Koksnase hoch.
„Der verklemmte Schmitt war Fickeisens Lückenbüßer, der mal kurz den Arsch hinhalten durfte, wenn Fickeisen zwischendurch einen Ständer hatte. Schnelle katholische Nummer, verstehste?“

„Unn Fickeise?" „Fickeisen", deklamierte Pit, hob die Arme und streifte mit der Koksnase Karls Gesicht. „Fickeisen war ein Genie! Er war ein Visionär! Aber von sowas habt ihr Spießer ja keine Ahnung."
„Nero", widersprach Herbert. „Genau!", rief Pit. „Borgia! Nero! Sodom! Aber das war noch gar nichts, gegen das, was wir alles noch vorhatten!"
Karl stand auf dem Schlauch. „Du määnst, des ganze Bumstheader war noch ausbaufähisch?" „Was ist denn im Moment in?", schnaubte Pit durch die Nase. „Sado-Maso-Schwinger-Ledder-Sex", antwortete Herbert. „Genau. Und wer geht überall dort hin, wo es in ist? Wer zahlt dafür egal welchen Preis?" „Die Promis", tippte Karl. „Die mache alles mit, was in ist. Die gehe ja sogar zu Boxkämpf, obwohl sie kä Gerade von eme Hake unnerscheide kenne."
Karl dachte an die ganzen Pfeifen von Film und Fernsehen, die sich bei Boxveranstaltungen ganz vorne in die Kameras drängelten, den Zuhältern die Plätze wegnahmen und dann auch noch ihre saudummen Kommentare abgaben, um allen Fans die Laune zu verderben.
„Hundert Punkte!", lobte Pit. „Und wenn sich erst rumspricht, daß diese bescheuerten Promis da rumlungern, dann kommen auch die anderen, um die Promis zu sehen. Und dann rollt der Rubel. Und dann zahlen die Spießer und reißen sich um die teuren Plätze ganz vorne, ha,ha."
Karl begriff. Fickeisen hatte nicht weniger vorgehabt, als sein Hobby zum Geschäft zu machen. Aber, bis das richtig lief, mußte man sicher erst mal investieren.
„Mit was ferm Geld hat der des dann alles bezahlt?" Angewidert ob solch profaner Frage, steckte Pit noch einen Hunderter ein. „Geld! Was interessiert mich Geld. Hat mich nie interessiert. Mir auch scheißegal. Von der Kirche, vom Verein, von der Partei, was weiß ich."
Es war schwierig, sich mit Pit zu unterhalten. Er war hektisch, zugekokst, telefonierte auf zwei Handys, schickte und empfing SMS-Nachrichten, faselte das übliche Künstlergeschwätz von

„Installationen, Projekten, Performance“ daher. Und vereinbarte Termine. Anscheinend war er als bezahlter Beschäler in der Swingerszene unterwegs.
„Iss de Fickeise bedroht worn?“ „Er bekam anonyme Anrufe“, bestätigte Pit. „Ich auch.“ „Vun wem?“ Pit wurde ungeduldig. „Von wem kommen anonyme Anrufe? Von Spießern, Kretins, Banausen, verklemmten Arschlöchern!“ „Haste en Verdacht?“ Pit zuckte die Achseln. „Kirche, Verein, Partei, keine Ahnung.“ „Morddrohunge?“
Pit nickte und zog angewidert die Koksnase hoch. „Unn de Fickeise hat genauso weidergemach wie vorher?“ Pit nickte. Er machte auch kein Geheimnis daraus. Fickeisen und er waren dauernd in Swingerclubs unterwegs, um geeignete Darsteller und Darstellerinnen für ihre Aufführungen zu suchen. Gemeinsam arbeiteten sie dann die Choreographie aus, besorgten Deko und Kostüme und den Rest besorgte Fickeisen. Einladungen verschicken usw. Fickeisens Doppelleben funktionierte auch deshalb, weil er eine zweite Wohnung und ein Büro in der Villa hatte. Dort lägen auch alle Unterlagen. „Kommt aber keiner ran“, lachte Pit. „Die Villa ist eine Festung. Massive Stahltür, nur mit Zahlenkombination zu öffnen. Im Büro ein Safe, nur mit Zahlenkombination zu öffnen, hä, hä.“ „Unn die Nummern?“ „Kennt nur Fickeisen“, lachte Pit und verstummte, weil Karl kein Geld mehr hatte. Es war sicher, daß Pit noch mehr wußte und auch mehr sagen würde, weil er Geld brauchte.
„Kommt Montag Abend, 22 Uhr, da hab ich mehr Zeit.“ Karl notierte sich die Adresse. „Unn woher solle mir wisse, ob des alles schtimmt?“ Pit legte die ganze Verachtung in seinen Blick, mit der er den Rest der Menschheit außer ihm zu bornierten Idioten erklärte. Er wühlte in seiner Umhängetasche und hielt ein Video hoch. „Limitierte Auflage, heiße Ware, kostet 150 Mäuse.“
Herbert zahlte grummelnd. Dann kam ein Taxi, um Pit den Wahnsinnigen zu seiner nächsten Performance zu kutschieren. Herbert zahlte knirschend des Künstlers Zeche.

Zehnter Tag der Ermittlungen im Fall Fickeisen, 0 Uhr 30.
„Jetzt bin isch abber geschpannt“, sagte Karl und schob das Video ein. Titel: Sodom und Gomorra. Hergestellt von: Ironfuck and Beerhome Produktions. Inhalt: Geschmacksache.
Zuerst sah man gar nichts, weils dunkel war. Dafür gab es aber düstere Orgelmusik zu hören. Dann ging ein Spot an und beleuchtete einen Prediger, der seiner Gemeinde die Leviten las.
„Verrucht aber seien die Sünder und schmoren sollen sie im ewigen Feuer der Hölle. Eure Gebete zum Herrn sind Heuchelei, euer Seelenheil opfert ihr auf dem Altar der Wollust. Jawohl! Aus euren verderbten Augen springt die Fratze des Satans. Aus euren Mündern entströmt der ekle Odem der Verdammnis und die Fleischeslust hat das Zeichen der teuflischen Sünde in eure feisten Gesichter gebrannt!“
„Wassen Schwachsinn“, maulte Karl und holte Bier. Als er zurückkam, sah man endlich die fromme Gemeinde. Alle trugen Gesichtsmasken und hatten ihren Speck in Latex oder Leder gezwängt. Manche trugen auch nur –weniger ist mehr-Hundehalsbänder. Und der Prophet Fickeisen tobte und schrie. „Schlimmer als Tiere seid ihr und treibt es ärger als die Schweine! Gott der Herr soll über euch fahren, wie der Teufel unter die Säue!“
„Ahh“, stöhnte die fromme Gemeinde.
„Schpul vor“, sagte Herbert. „Dess hälste ja im Kopp nit aus!“
Karl spulte vor. Fickeisen war inzwischen im Mittelalter gelandet und lief zu theologischer Höchstform auf. Er zitierte aus dem berühmten Bußbuch des Bischofs Burchard von Worms. Er ließ ein Lederpärchen vor ihm niederknien und spielte den Beichtvater.
„Habt ihr getan, was manche Eheleute tun? Sie entweihen den Tag des Herrn und treiben am heiligen Sonntag Unzucht?“ Die Frau nickte schuldhaft. „Habt ihr solches getan, so sollt ihr vier Tage Buße tun, enthaltsam leben und fasten bei Wasser und Brot.“
Das Pärchen nickte, dachte aber nicht daran, Buße zu tun, sondern schritt unter beifälligem Gejohle der Gemeinde zum öffentlichen Beischlaf. Ein anderes Paar trat vor. „Habt ihr getan, was manche Eheleute tun? Sie treiben es nach Art der Tiere, von hinten wie die

Hunde und Schweine. Habt ihr solches getan, so sollt ihr 10 Tage enthaltsam leben und fasten bei Wasser und Brot."
Auch dieses Pärchen nickte, beichtete und schritt von hinten zur Tat, um der Gemeinde das Ausmaß ihres sündigen Treibens vor Augen zu führen. Cineast Karl war begeistert von der inhaltlichen Thematik, den schauspielerischen Leistungen und den anspruchsvollen Dialogen. Er bekam einen Ständer. Nachdem der Beichtvater alle heterosexuellen Sünder von vorne bis hinten zur Brust genommen hatte, knöpfte er sich die anderen vor. Er ließ einen Mann vortreten. „Hast Du getan, was manche Männer tun? Sie bohren ihren Pfahl der Sünde in den Hintern anderer Männer und treiben somit Unzucht der widernatürlichsten Art. Hast Du solches getan, so sollst Du 100 Tage büßen bei Wasser und Brot." Der Mann kachelte sofort mit seinem Partner, die Gemeinde sang dazu erbauliche Choräle. „Des gefallt mer jetzt abber wenischer", sagte Karl und machte Pinkelpause. Nach mehreren ausgefeilten Darstellungen kachelnder Männer ging die Tür auf und Erna kam herein. Leicht angetrunken, kam sie vom Kegeln nach Hause.
„Habt ihr was an de Erbs?", fragte sie. „Mir nit, abber der dode Kuttebrunzer. Guck der die Sauerei an." Erna sah in Nierenschlägers Augen. „Was e Wutz", sagte sie ungerührt und nahm sich ein Bier. Nachdem alle Schwulen vom Priester gegeißelt worden waren, knöpfte er sich sich die sündigen Schwestern vor.
„Hast Du getan, was manche Frauen tun? Sie fertigen sich Maschinen in der Form eines männlichen Gliedes und treiben sündige Unzucht mit ihrem eigenen Geschlecht."
„Hats sowas damals aach schunn gebbe?", fragte Karl. „Scheint so", sagte Herbert achselzuckend.
Derweil kam der theologische Lehrfilm zum nächsten Höhepunkt. Fickeisen spielte einen Teufelsaustreiber, einen Exorzisten. Kein Geringerer als Pit mimte den Besessenen. Mit Schaum vorm Mund flitzte er wie ein Irrer durch die Kirche, brüllte, schrie und tobte. „Weiche Satan, weiche!", donnerte Fickeisens Stimme durch die Halle. „Macht mer dess so?", fragte Erna. Karl zuckte mit den Schultern. „Mussde mal den geile Leihbischof fraache. Der kennt sisch da aus."

Jedenfalls ließ sich der böse Dämon in Pits Körper nicht so leicht vertreiben. Anscheinend ein hartnäckiges Teufelchen. Pit hatte Schaum vorm Mund und fluchte greulich. Der Exorzist bemühte seine Kerkermeisterin. Eine furchterregende Domina bearbeitete Pit mit Peitsche und heißem Wachs.
„Dess isses Ingrid!“, sagte Karl. Sie trug zwar eine Maske, hatte aber eine Sprechrolle. „Nimm dat, du jemeiner Satan“, deklamierte sie auf kölsch. Aber nichts half. Weder Peitsche, noch Wachs, noch nicht einmal dieser furchtbare Kölner Dialekt. Fickeisen selbst mußte den Dämon vertreiben Von den Füßen anfangend, streichelte und küßte er den Teufel langsam nach oben, bis er etwa in der prallen, saftigen Mitte des Lebens stehenblieb. Pit stöhnte wollüstig. Fickeisen biß ihm in den Arsch. „Au“, sagte der Teufel durch Pits Mund. Dann wuselte der Exorzist, den Teufel blitzschnell überlistend, auf die andere Seite und versuchte den Dämon herauszusaugen. Damit hatte der dumme Teufel nicht gerechnet. „Wauh“, stöhnte Pit wollüstig in die Kamera.
„Langweilisch“, rülpste Karl in die Stube. „Iss aach nit annersder als wie bei eisch“, widersprach Erna. „Wenn mer eisch die Gucker zubappt, merkt ihr aach nit, ob dess en Mann odder e Fraa iss, wenn er eisch äner suckelt.“ Karl und Herbert widersprachen energisch. Erna beharrte auf ihrem Standpunkt. Sie war mit vier Brüdern aufgewachsen. Außerdem kannte sie Karl. Karl stellte den Ton lauter. Das war doch nicht zu fassen. Da lief ein theologisch hochklassiger Dokumentarfilm und Erna hatte nichts anderes zu tun, als Grundsatzdiskussionen zu führen. Mitten in der Lutschbewegung wechselte der Exorzist um 180 Grad die Position und schritt zum äußersten exorzistischen Mittel. Er stellte sich hinter Pit und trieb den Teufel mit Beelzebub aus. „Gut“, beschwichtigte Erna. „Jetzt dät sogar Ihr zwä Hutsimpel de Unnerschied merke.“
Karl sah genervt auf den Bildschirm. Endlich kapitulierte dann der Teufel und gab klein bei. „Halleluja“, sang die Gemeinde, als der Dämon entwich. Pit war gerettet und blickte mit erlöstem Gesichtsausdruck dankbar in die Runde. Mit verschmierten

Koksresten um die Nase, fing Fickeisen wieder an zu predigen, derweil sich seine Gemeinde in einer Massenorgie wälzte.
Erna gähnte. „Was hadden der Schwachsinn gekost?“ „150 Mark“, knurrte Herbert. „Ihr seid vielleischt bleed“, sagte Erna und ging ins Bett.

In dieser Nacht sollte Pit Bierheimer endlich sterben. Die Mörder lockten ihn einfach telefonisch zu einer Adresse und gaben vor, daß sie einen bezahlten Auftritt für eine Party brauchten. Pit kam aber nicht. Er hatte sich die Adresse auf einen Zettel geschrieben, mit dem Papier aber eine Nase gezogen und den Zettel dann weggeschmissen. Außerdem hatte er die Tasche mit den zwei Handys beim letzten Rendevous zugedröhnt im Kühlschrank deponiert. Künstlerpech.

Zehnter Tag der Ermittlungen im Fall Fickeisen, 9 Uhr 30
Frühstück. Herbert kratzte sich und gähnte. Drei Tage Suff hinterließen ihre Spuren. Er stank zum Himmel und hatte Sodbrennen. Außerdem Kopfweh. Die Luft in Mainz war schlecht. Wenn er in Mommenheim saufen ging, hatte er nie Kopfweh. Höchstens einen dicken Kopf.
„Saach emal“, fragte Erna. „Wie oft dust en Du disch dusche?“
„Gar nit“, sagte Herbert. „Isch bad. Unn dess mach isch jeden Samsdach. Heit iss Freidach.“
Lagebesprechung. Herbert steckte sich eine Zigarre an. „Also, de Fickeise unn de Pit, des sinn zwää Verrickte. Die habbe was an de Rassel. Unn isch hab die Faxe dick. Isch hab Sodbrenne unn Koppweh. Vor allem dut mir der Sado-Maso-Lack-Ledderscheiß im Kopp weh. Kann isch nit mehr sehe unn here. Geht mer alles uff die Erbs. Unn deshalb fahr isch jetz e paar Daach hääm. Außerdem hat misch moin Freund angerufe, der wo die Jacht am Dunnersbersch hat. Der geht e Wildsau schieße unn hat misch oigelade.“
Sprachs, schnappte Rudi, zog das grüne Jägerhütchen auf, setzte sich in sein grünes Jägerauto und fuhr gen Heimat, nach Mommenheim. Als sie weg waren, kam Karl auf die schlaue Idee,

den Anrufbeantworter abzuhören. Eine verzerrte Stimme befahl: „Das ist unsere letzte Warnung. Lassen sie die Finger von Franz-Josef Nierenschläger!“
Karl brauchte Hilfe. Erstens weil er es immer noch nicht geschafft hatte, sein Handy zu programmieren und zweitens wegen der Drohung. Langsam machte er sich doch Gedanken.
„Fraach doch de Frängie“, sagte Erna.
Das war eine Idee. Franky war zwar alles andere als gefährlich, aber er tat alles, um gefährlich auszusehen. Wenigstens von weitem konnte man ihn dafür halten. Und er kostete nichts, weil er noch bei Erna Schulden hatte. Sie hatte ihn aus dem Mainzer Knast ausgelöst. Drei Tage Erzwingungshaft wegen unbezahlter Rechnungen in Höhe von 360 DM. Karl rief ihn an und Franky kam. Ein junger, schlanker Mann mit durchtrainierten Muskeln. Und er hatte in Nullkommanix das Handy programmiert.
„Was hasden eischentlisch alles so druff?“, fragte Karl. „Ich kann schießen und mach Bodybuilding“, sagte Franky cool. „Zieh doch emal des Tischört aus“, befahl Erna und nähte am Küchentisch die aufgeplatzte Naht.
Franky hatte einen Waschbrettbauch ohne ein Gramm Fett. Eigentlich hatte er eine ideale Figur, um im Schwulenmilieu zu ermitteln. Mit knallenger Lederhose, weißem Netz-T-Shirt und Lederkappe wäre er der ideale Blickfang.
„Saach emal, Frängie?“ „Was?“ „Bisde eischentlisch schwul?“ Franky tippte sich an die Stirn und lachte. „Schwarz, unehelich, vorbestraft UND schwul. Das wär doch die Steigerung.“
Franky war nämlich der Sohn eines farbigen Gis, der kurzzeitig in Mainz stationiert gewesen war.
„Schade“, sagte Karl und stellte sich als Alternative Herbert in Leder vor. Den dicken Arsch in einer Sondergrößenlederhose mit Hosenträgern, der fette Bauch frei, eine ärmellose Lederweste um die Speckschultern, darüber seine rotgesoffene Saufnase mit dem großen Stumpen im Mund und ganz oben eine verwegen schief aufgesetzte grüne Lederkappe im Jägerlook. Und daneben Rudi mit einem affengeilen Ledernietenhalsband. Jeder schwule Lederfreund würde meilenweit laufen, um sich diesen Anblick zu ersparen.

Franky war Karls Mann für alle Fälle. Er war ein netter Junge, der in Ernas Haus aufgewachsen war. Erna hielt grundsätzlich ihre schützende Hand über ihn, weil sie ihn gut leiden konnte. Mit Anfang zwanzig hatte er schon eine bemerkenswerte Karriere hinter sich. Am Tag nach seinem 19. Geburtstag setzte er sich in den Zug nach Marseille, um ins große Abenteuer zu fahren. Umsonst. Die Fremdenlegion hatte gerade ein Überangebot an militärisch gedrillten Osteuropäern und daher keinen Bedarf an westdeutschen Träumern. Franky fuhr wütend zurück und bewarb sich bei der GSG 9. Vergeblich. Mangelnde Koordinations- und Reaktionsfähigkeit ließen ihn als Terroristenkiller ungeeignet erscheinen. Franky bewarb sich bei der Bundeswehr. Es war schwierig. Die Kampfschwimmer wollten niemand, der wie eine Bleiente im Becken herumpaddelte. Die Fallschirmjäger lehnten kurzsichtige Bewerber mit Plattfüßen ab. Selbst den Panzergrenadieren war er zu suspekt. Keine Kampftruppe nahm ihn. Schließlich landete er bei den Fernmeldern. Franky verpflichtete sich als Unteroffizier für vier Jahre. Beim Uffz-Lehrgang entfernte er sich unerlaubt von der Truppe, weil er verliebt war. Franky mußte 14 Tage unter erleichterten Umständen brummen. Tagsüber schob er Gammeldienst und nachts schlief er im Militärgefängnis. Wieder draußen, wollte er bei einem Manöver einem besoffenen Kameraden aus der Patsche helfen. Ohne Militärführerschein, fuhr Franky, gründlich zugekifft, den Funkunimog unter sichtschützende Baumwipfel. Dabei vergaß er allerdings, daß die große Antenne ausgefahren war. Sie brach ab. Aus disziplinarischen Gründen von der Unteroffizierskarriere ausgeschlossen, als längerdienender Funker Arsch dem Spott der Wehrpflichtigen preisgegeben, wegen vorsätzlicher Zerstörung von militärischem Bundeseigentum mit Soldabzug bestraft, hatte Franky ziemlich schnell die Faxen dick. Der Rest kam, als er dorthin kommandiert wurde, wo wirklich niemand hin will. Er sollte das Bundeswehrzentrum für Innere Führung vor terroristischen Angriffen schützen. Tatsächlich hatten sich weder die RAF, noch die revolutionären Zellen jemals um den Laden gekümmert. Wahrscheinlich war ihnen das Ganze auch zu dumm. In Wirklichkeit bestand seine Aufgabe darin, morgens um sechs Uhr den Bierautomaten zuzuschließen und erst abends ab 18 Uhr wieder freizugeben, damit sich diverse Offiziersdelegationen nicht schon tagsüber allzu offensichtlich betranken. Ansonsten erklärte er ihnen, wo in Koblenz das Puff war, und schloß ihnen nachts die Tür auf, wenn sie zurückkamen und allzu betrunken waren. Was ihn allerdings ärgerte, war der Besoffene in Zivil, der schimpfte und herumkrakeelte, weil er Schlüssel, Brieftasche und Handy im Puff vergessen hatte. Und er sagte so etwas wie „schwarze Sau". Franky haute ihm aufs Maul und trat ihm in den Arsch. Der Besoffene war ein Oberst und das Tohuwabohu wurde nicht geringer als der kontrollierende Wachoffizier dazukam. Franky entlud seine Pistole, war aber so aufgeregt, daß er sich verhuddelte und dem Wachoffizier einen glatten Wadendurchschuß verpaßte. Irgendein verständiger Militärarzt hatte ein Einsehen und entließ ihn wegen psychischer Diffizilitäten aus dem Dienst des Vaterlandes. Franky zog wieder zurück nach Mainz, arbeitete als Pizzafahrer oder Kellner und mietete ein Einzimmerappartement im Keller eines Fitneßcenters, wo er unzählige Stunden seines Lebens verbrachte. Von Natur aus dünn wie ein Nagel, wollte er dicke Muskeln antrainieren. Ansonsten las er gerne Agentenliteratur und versuchte cool auszusehen. Deshalb trug er Tag und Nacht, drinnen wie draußen, eine Sonnenbrille und fuhr einen alten, tiefergelegten BMW mit extrabreiten Reifen. Es war die Sorte Auto, die theoretisch 25 Liter Sprit auf 100 Kilometer verbrauchte. Praktisch kam es nie dazu, weil sein Wagen statistisch gesehen alle 60 Kilometer mit einer Panne liegenblieb. Ein Hauptgrund dafür, daß er chronisch pleite war und für Karl arbeitete.

Andere Menschen wären zerbrochen an dieser Differenz zwischen Anspruch und Wirklichkeit. Franky nicht. Franky hatte einen großen Traum. Irgendwann, sagte er sich, irgendwann mach ich mich selbständig und werde Privatdetektiv. Und dann zeig ichs euch allen! Jedenfalls ging er zurück in sein Fitneßstudio. Es war eines der letzten, in dem ehrlich schwitzende Bankdrücker die Mehrheit gegenüber parfümierten Fitneßsportlern stellten. Er räumte den Spind aus. Das tat er öfter, weil Erna selbstlos seine Klamotten mitwusch, aber diesmal fand er gegenüber seinen

Kumpels eine originelle Erklärung. „Was geht en ab, Alder?“ Franky schob seinen Kaugummi in den rechten Mundwinkel und sagte so cool wie möglich: „Hab nen neuen Job, werd wohl in Zukunft wenig Zeit zum trainieren haben.“ Ergün, genannt „Terminator“, nahm die Visitenkarte von Karl Napp in die Hand, spannte seinen fünfziger Oberarm vor dem Spiegel und sagte grinsend: „Voll krass ejh, Frängie is jetz Privaddedegdief.“

Im Haus regte sich allmählich die akademische Anti-Nappfraktion. Wie jeden Freitag, putzte Erna in ihrer alten ausgebeulten rosa Trainingshose den Hausflur. Diesmal regte sie sich besonders über die schwarzen Streifen auf, die irgendein Hausbewohner mit seinen Schuhen auf die gepflegten Holzdielen geschmiert hatte. Und genau in diesem Moment lief ihr Frau Schtolte über den Weg.
„Ei Guude“, sagte Erna schwer beschäftigt. „Guten Tag“, sagte Frau Schtolte spitz und zog die Augenbrauen hoch. Ernas Aufzug beleidigte ihr ästhetisches Feingefühl. Frau Schtolte bevorzugte elegant-modische Beinkleidung. Im aktuellen Fall waren es diese merkwürdigen Damenhosen, die kurz unterhalb des Knies endeten und formvollendet in klobige Stiefel übergingen, damit die X-Füße besser zur Geltung kamen. Eine modische Geschmacklosigkeit, die immerhin den Erfolg brachte, daß sämtliche Frauen wie gestiefelte Kater mit Hochwasserhosen aussahen und einen ähnlich eleganten Gang hatten wie schwer besoffene Leichtmatrosen auf Landgang. Aber, wie Erna immer zu Recht sagte, „wenns modern iss, singt mer Bumbernickel in de Kersch.“
„Frau Napp?“ „Wass?“, fragte Erna, ohne aus der gebückten Putzhaltung hochzukommen. „Kann es sein, daß ihr Mann, äh, einen Freund hat? Und wenn er einen Freund hat, dann richten sie ihm doch bitte aus, daß wir im Gegensatz zu seinem Freund keinen Wert darauf legen, sein entblößtes Gechlechtsteil zu sehen.“ Ernas Oberkörper schnellte blitzartig hoch, ihr Kopf wurde feuerrot. Erst aus Scham, dann aus Wut. „Fraa Schtolte!“, zischte Erna. „Ob moin Alde schwul is odder nit, geht sie gar nix an! Basse se mal lieber uff, daß se mit ihre komische Schtibbelscher kä Schtreife uffs

Parkett mache! Ibberhaupt sieht des aus wie Hund. Des sinn ja Mumbacher Fieß in Pariser Schickelscher!"
Frau Schtolte stürmte wütend in ihre Wohnung und schlug die Tür zu. Eine Stunde später, die Treppe war gerade gewienert und gebohnert, kam der zehnjährige Schtolte Junior vom Geigenunterricht nach Hause, hüpfte immer drei Stufen auf einmal die glatte Treppe hoch, rutschte aus und flutschte mit einem Affenzahn die Treppe wieder herunter. Die Geige flog in schwungvollem Bogen durch das Treppenhaus, krachte gegen die Fensterbank und blieb mit einem Jammerton neben dem Geiger liegen, der Zeter und Mordio schrie. Davon alarmiert, stürzte Frau Schtolte aus ihrer Wohnung und tobte wegen des abgestürzten Sohnes. Erna war schwer genervt.
„Der Dappes soll doch uffbasse unn die Fieß hebe, wenn er die Trepp enuffleeft." „Ist ja wohl die Höhe!", keifte Frau Schtolte und lamentierte wegen der kaputten Geige. „Selber schuld, wenn Ihr junge Leit soviel Ferz um eier Kinner macht! Wenn der Bangert Musick mache will, dann soll er Blockfleet schpiele. Dess iss genau so laut, abber viel billischer!" „Ich werde von ihnen Chadensersatz verlangen!" „Sie habbe was an de Erbs!", sagte Erna wütend, tippte sich an die Stirn, drehte Frau Schtolte den rosafarbenen Arsch zu und bohnerte weiter. „Dumm Dunsel", fluchte sie noch.

Zehnter Tag der Ermittlungen im Fall Fickeisen, 15 Uhr
Etwas flußaufwärts von Mainz, auf der Höhe von Ginsheim, liegt eine Halbinsel im Rhein, die Nonnenau. Mit dem Auto erreicht man sie nur vom rechten Rheinufer aus, entweder über eine holprige Straße vom hessischen Trebur aus, oder, weiter nördlich, mit der Fähre von Ginsheim übersetzend. Die Nonnenau besteht nur aus Wald und Acker. Auf dem südlichen Teil liegt ein großes landwirtschaftliches Gut samt Pferdehof und Ausflugslokal. Dann gibt es noch einen FKK-Campingplatz und sonst nichts. Außer einem abgelegenen Gehöft im Nordteil der Insel. Jetzt, im Winter, lag die Insel im Tiefschlaf. Sie setzten mit der Fähre über und latschten zur Villa. Pit Bierheimer hatte nicht übertrieben, es war eine Festung. Eine Festung hinter einer hohen Mauer. Das Tor in

der Mauer war zugemauert. Sie quälten sich durch Hecken und Gestrüpp die Mauer entlang, bis sie am Rheinufer standen. Hier gab es eine Bootsanlegestelle samt Bootshaus, ein Steg und ein Eisentor in der Mauer. Wahrscheinlich erreichte man das Haus am besten per Boot, wenn es einen nach nächtlichen Orgien gelüstete. „Los!“, befahl Karl. Franky krabbelte über seinen Chef und hangelte sich die Mauer hoch, um mit den Fingern in Natostacheldraht zu greifen, der durch die Handschuhe ins Fleisch schnitt.
Die Festung war zweistöckig. Sowohl die Kellerfenster, als auch die Fenster im ersten Stock waren zugemauert, die Fenster im zweiten Stock waren vergittert. Karl wollte wissen, ob das Haus durch Hunde oder Fußangeln oder Alarmanlagen gesichert war, oder ob es einen mit Schrotflinte bewaffneten Hausmeister in Lack und Leder gab. Franky sprang in den Garten, rollte sich filmreif ab und sah zwei Schilder. „Vorsicht Fußangeln“ stand da zu lesen, sowie „Achtung bissiger Hund“.
Karl brüllte von außen so laut ins Handy, daß man seine Stimme über die Mauer hinweg hörte. „Wie siehts dann aus?“ „Brüll nicht so rum“, flüsterte Franky ins Handy. „Schtell disch nit so an unn mach vorwärts!“ „Arschloch“, murmelte Franky und umklammerte sein bestes Stück, einen uralten Trommelrevolver von Gott weiß woher, von dem seit 50 Jahren niemand wußte, ob das Ding schoß. „Wirf den Stock.“ Karl pfefferte den Knüppel blind über die Mauer, aber zielsicher Franky ins Kreuz. Vorsichtig, als räume er ein Mienenfeld, tastete er den Boden ab. Nach dreißig Metern stand er vorm Haus, ohne in eine Sprengfalle getappt, von Hunden zerrissen oder einem geilen Hausmeister in Strapsen erschossen worden zu sein. Er lief einmal um den Bunker. Die Regenabflußrohre waren in drei Meter Höhe durch Stahlhaken samt Stacheldraht gesichert. Die Eingangstür war aus massivem Stahl. Das Dach war etwa sechs Meter hoch und ebenfalls um die Regenrinnnn herum mit Stacheldraht gesichert. Es gab keine Fenster im Dach. Franky robbte zurück, quälte sich über die Mauer und sprang Karl ins Genick.

Als Brezelmüller braungebrannt aus dem Urlaub zurückkam und sich energisch daran machte, die liegengebliebene Arbeit von seinem überdimensionalen Schreibtisch zu räumen, erreichte ihn ein Hilferuf. Der Ehrenvorsitzende der Handkäsmafia, Hohlblock-friedel Senior, stand in Brezelmüllers überdimensionalem Büro. „Brezelmiller! So gehts nit mehr weider. Moin Bub war bei de KaDeUh wesche dem Bauschtillschtand. Unn weeste was? Die Herrn Bolidiger dun so, ob se noch nie was vun dem geile Kuddebrunzer gehert hädde! Als wißte se vun gar nix, die Bibbeswackeler!“ „Soso“, sagte Brezelmüller. „Des iss abber noch nit alles“, fauchte Hohlblock Senior. „Moin Bub war aach beim Nobby, dem Genosseschlawiner. Unn dort isses es allerselbe. Die Herrn Genosse täde ihr möschlischstes wesche dem Bauschtillschtand, könnde abber fer nix garandiern! Ja saach emal, was sinn dann des fer Zuschtänd? Fer was zahlt dann moin Bub Schpende?!“

Brezelmüller rief seinen Busenfreund, Fleischwursttoni. Toni kam im Metzgerkittel und berichtete den neusten Stand. „Also, unser zwä Bolidiger sinn Peife und de Hohlblock iss am dorschdrehe. De Friedel iss korz devor, uns all ans Messer zu liefern. Der geht zu de Zeidung, zum Fernseh, was wääß isch. Der iss zu allem fähisch. Wenn isch mers genau ibberlesch, kann isch noch nit emal ausschließe, daß er de Fickeise im Käbbisch kalt gemacht hat, aus lauder Wut!“

Brezelmüller bestellte Grieser zum Rapport. „Grieser! Ich hab Dir Familienurlaube bezahlt. Ich hab Dir einen Bauplatz zum Spottpreis besorgt und noch einen Kredit dazu. Friedel hat Dir billig Dein Haus gebaut. Ich hab Deiner Partei einen Haufen Geld in den Arsch geblasen. Und ich geb Dir jetzt einen guten Rat. Schaff den Baustillstand aus der Welt! Was meinst Du, was passiert, wenn rauskommt, daß Nierenschläger für die Mainzer KaDeUh Spenden gesammelt und den Bimbes dann gemeinsam mit Toni im Puff verjubelt hat?“

Grieser schlich wie ein geprügelter Hund ins Rathaus.

Danach war Nobby dran. „Norbert! Wir kennen uns schon seit dreißig Jahren und ich sag Dir eins. Wenn ich mit Deinen und

Nierenschlägers Puffgeschichten in Verbindung gebracht werde, dann ist der Spaß vorbei! Ich will Präsident von Mainz Null Fünf werden. Und wenn Du mir die Tour vermasselst, weil Friedels Baustelle stillgelegt ist und Friedel an die Presse geht, dann dreh ich Dir den Hals rum! Dann ist deine Ehe am Arsch, deine politische Karriere vorbei und Du kannst den Rest deines Lebens Pressesprecher für esoterische Rotweinproben in der Toskana werden! Und was meinst Du passiert, wenn Friedel von Deinem tollen Geschäft mit Baugrund für den ZFD-Medienpark auspackt?"
Nobby wand sich. „Es liegt an der Landesreschierung!"
Brezelmüller brüllte: „Dann sag Deinen Genossen von der Landesregierung, daß sie gefälligst ein paar Millionen locker machen sollen, damit dieser scheiß Isistempel nicht Deinen Ruf und den Ruf Deiner Scheißpartei ruiniert! Nierenschläger hat vielleicht Hunderttausende im Puff verjubelt, aber er hat Deiner feinen Partei auch Hundertausende zugeschustert!"
Nobby schluckte und fuhr zurück ins Rathaus.
Brezelmüller lehnte sich zurück. Toni kam hinter dem Schrank hervor. „Und, wie war ich?" „Subber", sagte Toni. „Genauso mußte mit Bolidiger redde. Gehste heit abend mit ääner saufe?" Brezelmüller ging mit.
Was den lokalen Zusammenhang von Wirtschaft und Politik anging, hatte Brezelmüller den Plan im Sack. Er hatte zwei Parteibücher, Grieser und Nobby hatte er sich durch persönliche Zuwendungen gefügig gemacht. Mit dem maßgeblichen liberalen Vertreter ging er einmal wöchentlich golfen und war Taufpate seiner Kinder. Er hatte dem Freund einer grün-alternativen Funktionärin einen schönen Job im städtischen Einflußbereich besorgt. Brezelmüller war eben ein wirtschaftspolitischer Pragmatiker. Fläschworschttoni war das auch, aber im Gegensatz zu Brezelmüller legte er keinen Wert auf seinen Ruf. Toni war es scheißegal, ob ihn jemand für dümmer hielt, als er nicht war. Es war ihm auch wurscht, ob Hohlblockfriedel mit alten Puffgeschichten an die Presse ging. Im Gegenteil, Tonis Lebensmotto lautete: Ist der Ruf erst ruiniert, lebt sichs völlig ungeniert. In feuchtfröhlicher Zweisamkeit entwickelten sie einen genialischen

Zukunftsplan. Sobald der Erste FSV Mainz Null Fünf in die Regionalliga absteigen würde und die Fans richtig sauer wären, dann würden sie eine außerordentliche Mitgliederversammlung einberufen, belastendes Material erfinden, die Vereinsführung wegputschen und den Laden übernehmen. Brezelmüller als Präsident, Toni als Manager und Gastronomiebetreiber. „Unn dann“ schwärmte Toni, „dann mache mer uns die Dasche rischdisch voll.“

Es war Samstag. Karl Napp war ein Mensch mit festen Prinzipien. Fünf Tage sollst Du wenig tun, am siebten Tage ruhn, am sechsten Tage aber geh zum „Bluhm“. Leider kam ihm Erna in den Weg. „Kall! Du wollst doch de Dachkennel ausbutze!“ Wenn Karl etwas nicht wollte, dann die Regenrinne säubern. Und schon gar nicht samstags. Erna: „Du bringst jetzt den Dachkennel in die Reih odder isch lad de Karl-Heinz un es Moni fer de Rosemondach oi!“
Das war eine üble Drohung. Karl gehorchte. „Bei de Bolizei“, meckerte er, „bei de Bolizei hab isch wenischer schaffe misse als wie jetzt als Rentner!“ „Babbel kään Scheiß“, sagte Erna. „Schtimmt abber!“, maulte er, schlurchte zum Schuppen und schleppte die schwere Alu-Leiter zur Hauswand. Beim Ausklappen klemmte er sich den Finger ein. „Futkram!“, tobte er durch den Hinterhof.
Wie so viele Mainzer Mietshäuser, hatte auch Ernas Haus zwei Seiten. Eine gepflegte Fassade zur Straßenseite und eine völlig vergammelte Rückseite. Hier waren die Fenster von 1970, das Dach von 1954, die Wand 1936 zum letzten Mal gestrichen und das beste war das Regenablaufrohr. Es stammte noch aus dem Baujahr 1926. Aus unbekannten Gründen wurde das Rohr an der Hauswand vom Dach nicht senkrecht nach unten geführt, sondern machte einen Knick. Und zwar auf Höhe des zweiten Stocks, genau vor Schtoltes Schlafzimmer. Und dieser Knick war dauernd verstopft, weshalb Schtoltes dauernd meckerten. Karl stellte die Leiter an und krabbelte hoch. Ungeschickt löste er die Metallbefestigung und zerrte an dem Knickstück herum. Erna stand unten und hielt die Leiter. „Mach e bißje schneller! Isch hab en Kuche im Ofe!“ Karl

fluchte. Das Rohrstück war sauschwer. Echte deutsche Wertarbeit. Seine Knie zitterten, er war nicht schwindelfrei.
„Warum dauerd en des so lang?“, fragte Erna und sah nach oben. „Isch kann nit mehr als wie schaffe!“, brüllte Karl genervt. Endlich bekam er er das Knickstück heraus, drehte es ungeschickt und ein Schwall aus eiskaltem Dreckwasser, veredelt mit schwarz verfaultem Baumlaub, schoß nach unten. „Du alt Wutz!!“, kreischte Erna pitschnaß. Die Dreckbrühe rann ihr das Genick herunter über den Rücken. Sie hatte die Faxen dick. „Määnste, daß die Leider vun alläns schtehe bleibt?“ „Die Leider schteht bombesischer“, stöhnte Karl. „Dann rutsch mer grad de Buckel enunner“, sagte Erna und ging ins Haus.
Sie war kaum weg, da fing die Leiter an zu rutschen. Erst langsam und dann ganz schnell. Karl ließ das Rohr fallen, krallte sich mit zwei Händen an Schtoltes Schlafzimmerfenster fest und brüllte hysterisch. „Eeeeeeerrrnaaaa!!“ Erna schoß wie der Blitz aus dem Haus in den Hinterhof und schob die Leiter wieder unter Karls zappelnde Füße. Rettung in letzter Sekunde. Marianne Schtolte wälzte sich unruhig im Bett. Irgendetwas störte ihren Schlaf. Samstags schlief sie gerne länger. Stimmen und Geräusche aus dem Hinterhof. Fluchen. Schimpfen. Sie richtete sich auf, rieb die Augen und sah: Den dicken roten Kopf von Karl Napp. Genau vor ihrem Schlafzimmerfenster. Dieser widerliche, perverse Sack! Dieser Spanner! Wütend stürzte sie zum Fenster und ließ knallend den Rolladen herunterrattern.
„Du bist vielleischt en Hutsimpel!“, sagte Erna und bestellte einen Dachdecker für Montagmorgen. Karl sagte nichts. Er zitterte immer noch. Als er sich halbwegs beruhigt hatte, stampfte er durch die Altstadt. Um das Antlitz der Landeshauptstadt zu verschönern, hatten geschickte Stadtplaner das ehemals verlotterte Viertel zu einer adretten Fußgängerzone umsaniert. Touristen konnten hier teuren Firlefanz kaufen und schicke Bistros besuchen, bevor sie weiter nach Rüdesheim zogen. Aufgrund der hohen Immobilienpreise gab es kaum noch vernünftige Geschäfte, Kneipen oder gar Bewohner. Im Viertel dominierten stilbewußte Mainzer, die mit einer Mischung aus Neid und Bewunderung über den Rhein

schielten, um die vornehme Wiesbadener Lebensart zu kopieren. Mitten in dieser schönen neuen Welt stand, wie ein Fels in der Brandung, das „Weinhaus Bluhm“. Die Kneipe überzeugte durch zeitlos-schlichte Eleganz. Es gab einen Nebenraum mit Tischfußball und Flipper. Den Schankraum schmückte eine altertümliche Musikbox, von der ältere Gäste behaupteten, daß sie noch Anfang der achtziger Jahre funktioniert hätte. Dazu gab es erstklassig gekühltes Flaschenbier, leckeren Sauergespritzten und große, überbackene Rippchen. Abgesehen von ein paar oberschlauen Hilfsintellektuellen, traf man hier angenehme Menschen, die gerne tranken und angeregt dummbabbelten. An der Theke stand der Mann, der bei der Fassenachtsbeerdigung immer die Leiche spielte. Merkwürdigerweise hatte er eine ungeschickt ausrasierte Glatze.
„Saach emal“, fragte Karl, „was hatten doin Frisär fern Beruf gelernt?“ Die Glatze zuckte mit den Schultern. „Woher soll isch des wisse? Bin gestern middach wach worn unn hat en Plattkopp! Isch hab kä Ahnung, wer dess war.“
Am Stammtisch hielt der dürre Hubert einen großartigen Vortrag darüber, wie er sich gestern abend zuhause ein sagenhaftes Gulaschgericht zubereitet hätte. Solange, bis es die Wirtin nicht mehr hören konnte und aus der Küche eine Tüte mit Fleisch brachte. „Hubert, Du hattst gestern so die Heef, daß de vergesse hast, doi Gulasch mit hääm zu nemme!“
Karl sah sich um und setzte sich neben den Tiefseeforscher. „Isch war im Urlaub“, sagte der Jaques Cousteau der Mainzer Altstadt. „Unn zwar am Meer!“ Karl: „Mach kä Sache.“ „Unn da hab isch mer so ä Luftmatratz kaaft, mit eme Sischtfenster drin, verschtehste?“ Karl: „Nä“ „Dess iss geil. Du leihst mittem digge Bauch uff de Matratz unn kannst ins Wasser gucke. Da kannste vun obbe zugucke, wie unne die Fisch erummache! Wääste, wie isch des mään?“ Karl sah in sein Glas. Der Sauergespritzte war alle. Der Forscher nahm das leere Glas und hielt es dicht vor Karls Auge. Darunter hielt er sein Feuerzeug. „Dess, mußte der vorschtelle, iss en Fisch!“ „Ach so määnste dess“, sagte Karl und bestellte noch einen. „Unn was machste, wenn en Hai vorbeikommt?“ Der Forscher dachte einen Moment angestrengt nach, bis er die Lösung

fand. „Son Hai macht gar nix, solang de disch nit beweschst. Wenn de ruhisch uff doiner Matratz leihst, dann dengt der Hai, du bist en Kumbel unn schwimmt äfach weider." „Subber", lobte Karl.
Dann wankte der Forscher nach Hause und zwei kräftige Männer quetschten sich zu ihm an den Tisch. Sie führten gerade ein Experiment durch. Sie probierten aus, wieviel Sauergespritzte in einen Mann passen, wenn er nichts dazu isst. „Weil", so erläuterten sie, „entwedder sauf isch odder fress isch, abber Dorschenanner, des bringt nix!" Das war einleuchtend und Karl schloß sich an. Zwischendurch diskutierten sie zu dritt über die geistige Rangfolge im deutschen Handwerk. Die Beiden meinten, die mit Abstand dümmsten, die frei herumliefen, das seien Bäcker. Karl widersprach mit der ganzen Überzeugung eines Elektrikers: „Die bleedesde Handwerker, die wos gibt, des sinn die Dachdecker. Als Dachdecker mußte nur dicke Arme habbe unn schwindelfrei soi. So paar Ladde druffnachele odder en Dachkennel ausbutze, des kann jeder Depp, unn wenn er so dumm iss, wie ä Scheib Brot."
Die beiden Dachdecker sagten dazu nichts und wechselten das Thema. Irgendwann verlor Karl den Überblick. Zuerst lallte er, dann wußte er nicht mehr, in welcher Liga die Nullfümfer spielten und dann schlief er am Tisch ein.
Die netten Dachdecker übernahmen freundlicherweise seine Rechnung und hakten ihn unter. Draußen schleppten sie ihn zu einer Baustelle, wo sie gerade tagsüber arbeiteten und brachen in das provisorische Lager der Maler und Anstreicher ein.
Irgendwann wurde Karl auf der Baustelle wach, torkelte nach Hause und markierte den Vorgarten. Unmöglich, den Schlüssel in dieses verzwickte Schlüsselloch einzuführen. Es ging einfach nicht. Also drückte er die Glatze gegen die Klingelanlage. Das war die sicherste Methode. Eine der zwölf Klingeln mußte seine eigene sein oder sonst jemand würde für seinen Vermieter netterweise die Tür öffnen. Tatsächlich ging die Tür auf und Karl fiel in den Hausflur. Bis Sonntagmorgen gingen schon die tollsten Gerüchte im Haus um. Karl Napp hätte ein Verhältnis mit Frau Schtolte und wäre beim Fensterln beinahe abgestürzt. Die andere Version: Karl hätte versucht bei Frau Schtolte zu spannen und sie hätte ihm eine

gewaffelt, daß er fast von der Leiter gestürzt sei. Karl selbst wußte von gar nichts.
Als er aufwachte, lag er im Bett und hatte grausame Kopfschmerzen. Neben ihm lag Erna und las den Krimi, den Karl mitgebracht hatte. Sie legte das Buch weg und lieferte eine fundierte Literaturkritik. „Son Schwachsinn fer 19 Mack achtzisch brauchste nit mehr zu kaafe. Schteht nur Kokolores drin. Kaaf der lieber en Kasde Bier fer des Geld, da hasde mehr devun!" „Kreisch mer nit so laut ins Ohr, isch hab Koppweh." „Erstens haste heit nacht widder geschnarscht wie sibbe Russe unn zwäddens mußte mal in de Schpieschel gucke."
Karl schleppte sich ins Badezimmer und erschrak furchtbar. Sein ganzes Gesicht war grün angemalt. Auf der Stirn stand irgendetwas mit weißer Farbe geschrieben. Da es spiegelverkehrt war, brauchte er eine Zeitlang, um es zu entziffern. „DEPP", hatten die beiden Dachdecker auf Karls Stirn geschrieben. Erna schrubbte ihm die Farbe mit Wurzelbürste und Terpentin aus dem Gesicht. Gegen nachmittag war er soweit wieder hergestellt, daß er ein paar Schritte vor die Tür gehen konnte.
Zuerst begegnete er einem grinsenden Mieter und dann sah er auch, warum. Es hing im Flur neben den Briefkästen. Es war ein säuberlich beschriebenes DIN-A4 Blatt.
„An alle Hausbewohner!
In letzter Zeit häufen sich im Haus Fälle von nächtlicher und frühmorgendlicher Ruhestörung in alkoholisiertem Zustand durch einen Bewohner dieses Hauses, der eine gestörte Beziehung zur menschlichen Sexualität hat. Wir raten dem Herrn dringend, sich einer Entziehungskur mit psychologischer Betreuung zu unterziehen. Ähnlichen Vorfällen werden wir in Zukunft mit polizeilichen Anzeigen begegnen. Ebenso sind wir nicht weiter gewillt, despektierliche Bemerkungen einer Hausbewohnerin zu tolerieren, die sich in vulgärem und beleidigendem Ton über die kultivierte Lebensart anderer Hausbewohner äußert."
„Wassen Schwachsinn", murmelte Karl, bis ihm dämmerte, wer gemeint war. Er und Erna! Karl war sofort auf 180. Noch im Flur brüllte er Richtung Schtoltes Wohnungstür: „Jetzt langts abber.

Isch bin kään Lubberer! Was kann isch dann devor, wenn die bleed Schnersch samstags um 10 Uhr immer noch faul im Nest leiht!"
Wütend stampfte er zu Erna. Erna las das Geschreibsel und war empört. Karl: „Solle mer uns des gefalle lasse?" „Nä!", sagte Erna. Mit diesem Pamphlet hatten Schtoltes den Bogen eindeutig überspannt. Niemand legte sich ungestraft mit Erna Napp an. „Karl", sagte Erna, „mach was!"
Karl machte was. Anhand des Mietvertrages übte er Unterschriften. Außerdem besorgte er sich die Telefonnummern von Knacks und Backs Arbeitsplätzen. Dann studierten sie den ganzen Nachmittag Kontaktanzeigen. Karls Fachliteratur, die ganzen Sexzeitschriften, waren eh da. AZ und RZ sowieso. Er fuhr zur Tankstelle und holte FAZ, FR, ZEIT und TAZ. Es war egal, Kontaktanzeigen wurden immer bescheuerter, je anspruchsvoller sie formuliert wurden.
„Akademikerin, 30 Jahre alt, sucht niveauvollen, sportlichen Mann mit Mut zum Abenteuer, der einfühlsam ist, sich für Literatur und Kunst interessiert, tiefgehende Gespräche mag, spontan sein kann und Schmetterlinge im Bauch fühlen will."
„Hähä", lachte Karl gehässig: „Die sucht en Lideradurprofessor mit Waschbrettbauch, der en Rieseschwanz hat, schlau daherbabbelt unn aach noch bei de Fremdelegion war."
„Akademiker, 35, sensibel und spontan, sucht schlanke Frau bis 30, geistvoll, wild, erotisch und gebildet, mit Freude an gehobener Kochkunst."
„Hähä", feixte Erna. „Der sucht ä heilisch Hur mittem Ih-Ku vun Einschtein. Soll geil soi wie Madonna, treu wie Maria, aussehe wies Pemela Enderson, koche kenne wie die Mama unn die Schlabbe bringe wie die Oma."
Karl suchte nach passenden Anzeigentexten. „Am beste", sagte Erna, „isses, wenn des ääfach machst. De Schtolte iss klää, korzsischdisch unn dick. Der wär gern groß, schlank unn schtark. Die Schtolde quält sisch. Eischentlisch hätt die ä Figur wie isch. Des traut se sisch abber nit. Deshalb macht se immer Diät unn iss immer schlescht gelaunt." „Iss dess so?", fragte Karl sicherheitshalber. „Ganz sischer", sagte Erna. „Des iss so die Sort Fraa, die wo beim Frisär Cosmopolitan lest unn määnt, des hätt mehr

Anschpruch als wie Brigidde. Unn de Schtolde, dess iss die Sort Mann, der mit soim Büscherregal noch besser schtrunze kann, als wie en Audoschlosser mit soim diefergeleschte Obel-Manda. Die Schtoldes, des iss die Sort Mensch, die wo sisch oibilde, daß bei de Vernissasch schlauer gebabbelt werd, als wie am Ballermann uff Majorgga."

Elfter Tag der Ermittlungen im Fall Fickeisen, Montag 10 Uhr.
„Sowas ist strafbar", maulte Franky. „Babbel nit so dumm", sagte Karl und drückte ihm einen Hunderter in die Hand. Zuerst orderte Franky ein Päckchen mit Beischlafkrempel vom Beate-Uhse-Versand. Dann gab er drei Anzeigen auf.
„Tolerantes Paar sucht gleichgesinntes für SM/GS ohne finanz. Interess."
„Tolerantes Paar sucht niveauvollen, athletisch gebauten Herrn für spannende Spiele zu dritt."
„Aufgeschlossenes Akademikerpaar sucht mollige, großbusige Sie mit dem gewissen Etwas."

Elfter Tag der Ermittlungen im Fall Fickeisen, Montag, 18 Uhr.
Karl: „Kennst Du disch mit Sado-Maso-Kram aus?" „Nee", gab Franky zu. „Isch aach nit", sagte Karl hilflos. Erna erlöste sie von solchen Peinlichkeiten und rief zum Abendessen. „Nein", lehnte Franky ab, „ich geh jetzt ins Boxtraining." „Isch denk, Du machst Boddibilding", wunderte sich Karl.. „Ja schon, aber zweimal die Woche bin ich beim B.C. Mainz. Boxen ist gut für Beweglichkeit, Reaktion, Schlag- und Schnellkraft." „Alles klar", sagte Karl und ging zu Erna, um Bratwurst mit Kartoffelsalat zu essen. „Glaabst Du, daß de Frängie boxe kann odder jemand rischdisch uff die Fratz haue?" „Nä", sagte Erna überzeugt. „Isch aach nit, abber isch guck mers emol an."
Karl betrat neugierig die Sporthalle der Ludwig-Schwamb-Schule. Hier trainierte der Boxclub Mainz, kurz BeCe genannt. Belustigt atmete er den Geruch von jugendlichem Schweiß in einer muffigen Turnhalle ein. Wie so viele Boxclubs, lebte auch der BeCe vom Ruhm vergangener Tage. Zu wenige Trainer kümmerten sich um

zuviele Sportler, für die es zuwenige Geräte gab. Die meisten Boxer waren Immigrantenkinder. Immerhin, hier funktionierte die multikulturelle Gesellschaft. In brüderlichem Sportsgeist teilten sich türkische, rußlanddeutsche, kurdische, marokkanische, rheinhessische, italienische und sonstige Jungs die ausgeleierten Boxsäcke.
„Zeit!“, brüllte der Trainer.Boxtrainer denken im Dreiminutentakt. Eine Runde dauert drei Minuten und egal, was jemand macht, ob er Situps macht, Seilspringen oder den wehrlosen Boxsack verprügelt, er macht alles im Dreiminutentakt. Und immer, wenn drei Minuten um sind, dann brüllt der Trainer „Zeit!“. Dann hat der Boxer eine Minute, um sich auszuruhen. Und wenn er sich dabei erschöpft hinsetzt, gibts einen Anschiß. „Schteh uff!“, brüllte der Trainer einen Sportsfreund an, der sich erdreistet hatte, auf einem Turnkasten Platz zu nehmen. Stattdessen setzte sich Karl hin.
„Wassen los Karl, willste bißje boxe?“ Karl: „Nää, isch bin de Talentschpäher vum Ebby Thust.“
„Zeit!“, rief der Trainer und die Halle setzte sich in wuselnde Bewegung. Zwischendurch fragte er einen Nachwuchsboxer: „Wo issen eischentlich doin Kumpel Muhammed?“ Der Junge druckste etwas herum, bis er mit der Sprache herauskam: „De Muha hat in letzder Zeit en Haufe voll krasse Kickbox-Videos geguckt. Chuck Norris un so. Wahrscheins iss er jetz zu de Kickboxer gange, weil er dess kuuler find.“
„Zeit!“, brüllte der Trainer wütend.
Der Messias im Verein war ein freundlicher, kleiner Mann mit Kugelbauch. Vor Jahrzehnten mehrmaliger deutscher Meister im Leichtgewicht, sah er heute komisch im Trainingsanzug aus. Gar nicht mehr komisch sah es aus, wenn der kleine Dicke gegen den Boxsack schlug. Neidisch schielten alle Möchtegernboxer zu den schnellen, eleganten Bewegungen des Kugelblitzes. Ehrfürchtig hörten sie zu, wenn er Tips gab, um zum Beispiel die Beinarbeit zu verbessern. „Hassan, Du schtehst falsch. Doi Bää misse so schtehe!“ Verbissen verbesserte Hassan den Rest des Abends seine Beinarbeit.

„Wie iss dann der Borsch da hinne mit dem bunde Dress?“, fragte Karl. „De Frängie?“ „Genau der“, bejahte Karl. „Mer suche en neie Herausforderer fer de Darius Michailitschewsky.“ „Schparring!“, kommandierte der Trainer.
Franky machte ungern Sparring. Eigentlich ging er ja nur ins Boxtraining, um anzugeben. Er war nämlich ein miserabler Bodybuilder. Er trainierte wie ein Idiot, aber die Arme wurden nicht dicker. Sie wurden schon dick, aber nicht so richtig dick. Einmal hatte er aus Verzweiflung sogar eine Pillenkur gemacht. Aber davon waren nur dicke Pickel gewachsen, anstatt Muskeln. Den Dickarmigen erklärte er sein mangelndes Muskelwachstum mit zuviel Boxtraining, den Boxern erklärte er seine Unbeweglichkeit mit zuviel Hanteltraining. Mißmutig schob er sich den Mundschutz zwischen die Zähne. „Zeit!“
Franky war der lebende Beweis, daß es dummes Geschwätz ist, wenn jemand behauptet, daß allen Farbigen das Boxen im Blut liegt. Er war langsam, steif und hatte enorme Probleme, Fuß- und Armbewegungen zu koordinieren. Ständig stand er zu weit vom Mann weg oder zu nah. Jedenfalls bekam er von seinem Gegner, einem spindeldürren Kerlchen mit mageren Ärmchen, dauernd ein paar verpaßt. Außerdem war er, wie alle Bodybuilder, kein Konditionswunder. Im Gegensatz zu seinem leichtfüßigen Gegner. Eigentlich bestand der Kerl nur aus einer riesigen Boxerhose, die er bis zu den Brustwarzen hochgezogen hatte, die ihm aber trotzdem bis über die Knie reichte. Diese riesigen Fritz-Walter-Gedenkhosen waren ja bei allen Jugendlichen schwer in. Und er schlug hart, womit er bestätigte, daß Boxer keine dicken Arme brauchen. Patsch, schlug er Franky eine saftige Gerade an die Waffel. Der flinke Hassan, geadelt durch den Tip des alten Meisters, nahm wenig Rücksicht auf die minderbemittelten Boxfähigkeiten seines Gegners.
„Deckung!“, brüllte der Trainer. Erschrocken nahm Franky die Arme hoch und prompt bekam er einen deftigen Haken in die Rippen. „Zeit!“
Karl schlenderte in seine Ecke. „Subber Frängie. Gleisch hast en. Der hat nix druff. Noch ä Rund, dann iss er ferdisch. Den machste

platt!“ „Arfloch“, japste Franky durch den Mundschutz. Runde zwei wurde ein Desaster. Franky brachte kaum eine Gerade zustande und spezialisierte sich auf wenige, aber wirkungslose Heumacher, die ihn seine letzte Luft kosteten, weil sie meterweit am Gegner vorbeisegelten. Außerdem hatte er die Angewohnheit, eigene Schläge im Voraus mit einem lauten „Uff“ anzukündigen, damit der Andere auch wußte, was auf ihn zukam. Leichtfüßig tänzelte die Riesenhose um ihn herum und probierte sein gesamtes Schlagrepertoir aus. Hilflos stolperte die rheinhessische Hoffnung im Halbmittelgewicht mit bleischweren Armen umher. Schnell wie eine Schnecke, beweglich wie ein besoffener Bär mit der Schlagkraft einer Maus. „Puff, Puff“, machte es, als eine Rechts-Links-Kombination an Frankys Birne landete.
Karl grinste dreckig. „Jawoll Frängie! Der Schpargeltarzan macht nur Schau! Der fällt gleisch um! Haach em uff die Zwölf!“ „Schtopp!“, brüllte der Trainer und hatte ein Einsehen. Schluß mit Sparring. Karl protestierte: „So en Quatsch! Moin Mann iss noch frisch. Alles Tagdig. In de dritt Rund haut ern um!“
Franky wollte etwas sagen, aber er konnte nicht. Karl klopfte ihm gönnerhaft auf die Schulter und half ihm, die Handschuhe auszuziehen. „Du bist ja e rischdisch Granat!“ Franky starrte ihn feindselig an. „Mach der nix draus“, meinte Karl. „Linksauslescher sinn halt schwer zu boxe.“ Jedenfalls war für heute das Training beendet. „Los jetzt! Dusche, umziehe, zackzack! Mer misse los, wischdische Informande treffe.“
Derweil Frankie fix und fertig zur Dusche schlappte, schnappte sich Karl den Boxtrainer. „Saach emal, Du Peifekopp! Was bisd en Du fer en Trainer? Bringsde dem Kerlsche eischentlisch gar nix bei?“ „Dummbabbeler!“, sagte der Couch.
Detektiv Napp ließ sich von Frankie kutschieren und munterte ihn auf. „Sei doch nit so eugeschnappt! Hab doch selbst emol geboxt. Wääß doch, wies iss!“ Franky, immer noch halb beleidigt, war ehrlich erstaunt. „Du hast mal geboxt?“ „Ei sischer“, sagte Karl. „Schleschter wie Du war isch aach nit.“ „Und wo?“ „Beim Bolizeischportveroi. Drei Woche lang, weil isch de Erna imponiere

wollt. Unn dann bin isch in de Keschelklub gange. War aach besser so.“ Anscheinend, Karl war auch heute noch im Kegelklub.

Elfter Tag der Ermittlungen im Fall Fickeisen, 23 Uhr
Karl und Franky parkten ihr Auto neben Bierheimers Wohnung und warteten. Es war ein schäbiger Wohnblock aus den fünfziger Jahren, fünf Stockwerke hoch. Dieser Baustil war damals entwickelt worden, um erstens die Wohnungsnot in einer zerbombten Stadt zu lindern, zweitens, damit sich mafiöse Konglomerate aus Architekten, Baufirmen und Baugesellschaften im Dunstkreis der Lokalpolitik eine goldene Nase verdienen konnten. Im wesentlichen waren diese Häuser mit viel Sand, Wasser und wenig Zement hochgezogen worden. Die Innenwände waren so dünn, daß man seine Nachbarn anhand akustischer Signale, ausgestoßen beim Furzen oder Kinderzeugen, zweifelsfrei erkennen konnte. Zusammengehalten wurden diese Bruchbuden vorwiegend durch unzählige Tapetenschichten, die im Lauf von fünf Jahrzehnten auf die Innenwände gepappt wurden. Da man aber seit den achtziger Jahren zusehends dünne Rauhfaser- statt dicke Strukturtapeten verwendete, waren diese Häuser an der Schwelle zum dritten Jahrtausend allmählich einsturzgefährdet.
Um 22 Uhr hatte er sich mit dem Künstler verabredet, aber um 23 Uhr 30 war Bierheimer immer noch nicht da. Abwechselnd blieb einer im Auto sitzen und der andere stand sich vorm Haus die Beine in den Bauch. Karl setzte sich zu Franky ins Auto und dachte nach. Franky dachte gar nichts, sondern hörte über Kopfhörer Technomusik. Dödödödödödödödö, zischte es aus den Ohrmuscheln, manchmal unterbrochen durch ein kurzes tutututu, und dann wieder dödödödödödödö. So ging das schon seit eineinhalb Stunden, was Karl mächtig auf den Senkel ging. Und seit eineinhalb Stunden bewegte Franky begeistert im Takt den Kopf vor und zurück. „Depp“, sagte Karl, aber der Musikliebhaber hörte nichts, außer dödödödödödödödö-tututut.
Karl stieß ihn an, Franky setze den Kopfhörer ab. „Wäääßte, was isch glaab?“ „Nee“ „Je länger isch drübber nachdenk, desto mehr glaab isch, daß son Sadomasoleddersex in Määnz e gewisse

Tradition hat." „Wie kommsten darauf?" „Du kennst doch Ernst Farbischer, odder?" „Klar", nickte Franky. Natürlich kannte er den bekannten Mainzer Fassenachter.
„Heile, heile Gänsje, heile, heile Mausedreck,
es Kätzje hat e Schwänzje, hack ischs ab, dann isses weg."
„Hä?", fragte Franky verständnislos.
„Isch kenn de Farbischer Ernst noch persönlisch. Der hat immer ibber die moderne Zeide geschennt, von wesche Uffklärung unn so. Des wär alles scheiße. Die däte de klääne Kinner in de Schul Sex beibringe, hat er immer geschennt." Franky nickte genervt. Viele alte Leute hatten etwas gegen Aufklärung. „Abber uff de anner Seit isser mit so äm komische Lederscherzje uff die Bühn, unn hat so komische Lieder gesunge." „Was willst du damit sagen?" „Du kapierst abber aach gar nix! Vielleischt war de Farbischer so ähnlisch wie de Fickeise. Vorne Hui, hinne Pfui, verschtehste?"
Franky verdrehte die Augen und setzte wieder den Kopfhörer auf. Gegen Mitternacht, kurz bevor Karl das Ganze abbrechen wollte, kamen zwei Gestalten auf ihn zu. Karl schöpfte keinen Verdacht. Menschen in Fassenachtsverkleidung waren um diese Jahreszeit nichts besonderes. Es war ein großer, kräftiger Gorilla und dahinter ein kleiner, schmächtiger Clown. Es ging blitzschnell. Die linke Gorillapranke drückte ihm den Kehlkopf zu und die Rechte donnerte einen wuchtigen Magenhaken in den Wanst. Karl sackte sofort in die Knie und mußte kotzen. Schreien konnte er nicht, weil er keine Luft bekam. Franky, das muß man ihm lassen, sprang sofort aus dem Auto und eilte seinem Herrn zu Hilfe. Er ging in Boxerstellung und nahm die Fäuste hoch. Dann aber verließ ihn sein Selbstvertrauen und er versuchte einen Kick. Der Gorilla wich 20 Zentimeter zurück, fing Frankys Fuß mit der linken Hand ab und donnerte ihm die rechte Faust genau zwischen die Augen. Franky fiel um wie ein Brett und schlug mit dem Hinterkopf auf die Straße. K.O. nach 2 Sekunden in der ersten Runde. Der Gorilla ging wieder zu Karl. Er steckte ihm zwei Finger in die Nase und zog ihn daran hoch. Es waren irrsinnige Schmerzen. Karl glaubte, daß seine Nase abreißen würde. Jetzt kam der Clown dazu. Durch seine Maske dampfte der Atem. Er hielt sich einen Apparat vor den Mund, um

die Stimme zu verzerren. „Ab jetzt läßt du die Finger von dem toten Nierenschläger!“
Dann verschwanden sie. Weil sich Franky inzwischen wieder rührte, trat ihm der Gorilla zum Abschied noch gezielt in die Nieren. Franky krümmte sich auf dem Pflaster.
Sie schleppten sich in die chirurgische Notaufnahme der Uni-Klinik. „Was fer Krankekass?“, fragte der unendlich gelangweilte Mensch hinter der Glasscheibe. „Versicherungsnummer? Wisse sie nit! Dann fülle se mal den Zeddel aus. Nä, Kuli hab isch käner.“ Und so ging das weiter, eine endlose Prozedur mit langen Wartezeiten, bis endlich der Weißkittel vom Dienst Frankys Röntgenbilder präsentierte. Außer einer saftigen, jetzt genähten Platzwunde am Hinterkopf, einer Gehirnerschütterung, zwei rasch zuschwellenden Augen und einer Nierenprellung war soweit alles in Ordnung. Die Augen waren nur noch gleichmäßig schmale Sehschlitze. Das kam daher, weil der Brillenbügel den Druck auf die Augen so schön gleichmäßig verteilt hatte, wie der Doktor fachmännisch erläuterte. Aus Karls, auf Kartoffelgröße geschwollener Nase ragten zwei blutstillende Tampons. Sahen aus wie kleine Stoßzähne und behinderten beim sprechen. Er sah aus, wie der Seelöwe von der Augsburger Puppenkiste in dem Klassiker „Urmel spielt im Schloß“.
„Warum hasten aach nit doin Rewolwer mitgenomme?“ „Weil ich dafür keinen Waffenschein habe“, stöhnte Franky. „Außerdem passen die Patronen nicht. Sie fallen immer aus der Trommel.“

Zwölfter Tag der Ermittlungen, 2 Uhr 30
Erna Napp war weit davon entfernt, sich aufzuregen. Ihre vier Brüder waren allesamt Boxer gewesen oder Ringer bei „de Acht-unnachtzischer“ und auch sonst keine Freunde von Traurigkeit. Als junges Mädchen hatte sie sich zur Spezialistin in der Behandlung von Nahkampfverletzungen herangebildet. Franky bekam ein kaltes Schnitzel über die Augen gelegt und für Karls Bauch und Nase wickelte sie Eiswürfel in Handtücher. „Wenn de heit nacht pinkelst, derfste disch nit wunnern, wenns rot iss. Dess sinn die Niern. Unn Du sollst besser nit so viel babbele. Je wenischer de babbelst, desto

schneller heilt die Kummer widder.“ „Uff alle Fäll“, stöhnte Karl, „sinn mer uff de rischdisch Schpur, sunst wär des nit bassiert!“ „Hoffentlich wird nicht der arme Schmitt genau so bearbeitet?“, sorgte sich Franky.
Diese Sorge war unbegründet. Schmitt lag friedlich in seinem Bett im Priesterseminar und widmete sich seinen ewigen Zweifeln. War es richtig gewesen, zu diesem komischen Detektiv zu gehen? Wäre es nicht besser gewesen, gar nichts zu sagen? Was wird aus meiner Priesterlaufbahn, wenn herauskommt, daß ich ein Verhältnis mit Franz-Josef hatte?

Zwölfter Tag der Ermittlungen, 11 Uhr 40
Karl saß in der blauen Lagune und beobachtete Franky. Er lag mit zugeschwollenen Augen auf dem Sofa, jammerte und ließ sich von Erna bemuttern. Die rheinhessische Nachwuchshoffnung im Halbmittelgewicht war ein Totalausfall. Karl stand auf. Sein Bauch schmerzte und wenn er in den Spiegel sah, sah er eine riesige, rotgeschwollene Kartoffel an der Stelle, wo früher seine Nase war. Nein, so konnte es nicht weiter gehen. Sie brauchten Hilfe, sie brauchten einen Beschützer. Als fauler Expolizist und fleißiger Kneipengänger kannte Karl jede Menge handfeste Leute, die für ein paar Mark gerne und fest zuschlugen. Aber die waren weder zuverlässig noch verschwiegen. Da gab es zum Beispiel den „verrückten Markus“. Der Mann hieß so, weil er völlig unberechenbar war. Wenn er seinen Vorschuß versoffen hatte und nach 20 Hütchen noch Durst, dann konnte es auch passieren, daß Markus seinen Auftraggeber vermöbelte. Karl kannte noch ein paar von der Sorte. Nein, so gings nicht, er brauchte Profihilfe. Er fuhr zum Bismarckplatz und stampfte in die Gaststätte „Clou“.
„Ei Guude, Karl. Haste mit de Erna geboxt?“ „Nä. Isch hab moi Nas in Sache geschteckt, die misch nix angehe, verschtehste?“ „Hähä“, sagte der Wirt und widmete sich seinen Stammgästen. Fünf Mann standen um den großen Stehtisch und vertieften sich in die Eurodiskussion. „Saach emal. Wie machsten des nächst Jahr mit dem Euro?“ Wirt: „Ei wie werd isch dann des mache. Isch

nemm de halbe Demarkpreis in Euro unn rund uff." „Warum willste dann uffrunde?"
Der Wirt rechnete überzeugend vor, daß nach Abzug aller Kosten für Miete, Nebenkosten, Personal, Einkauf und blabla sein Bier immer noch so billig sei, daß er bei jedem Glas drauflegen müsse. „Ja, warum verkaafste dann doi Bier so billisch?" Bei soviel Begriffsstutzigkeit platzte dem Wirt der Kragen. „Ei damit Du Idiot disch billisch bei mir besaufe kannst!" „Hoho", grölten die fünf Wirtschaftsweisen und bestellten noch eine Runde.
Karl kannte den Wirt schon ewig. In seiner Jugend ein stadtbekannter Rabauke, war er seit langem solider Kneipier und versteckte sein großes Herz hinter rauher Fassade. „Was issen los?", fragte der Patron. „Isch hab Ärscher unn brauch Hilf." Der Wirt hörte kurz zu, dachte nach und sagte: „Dann fraach doch de Wackel-Otto!"
Wackel-Otto! Das war die Lösung. Karl schlug sich mit der Hand gegen die Stirn und fuhr nach Wiesbaden, in den schnöseligen Vorort Nerotal. Dort hielt er vor einem massiven Eisentor mit Sprechanlage. Karl drückte auf den Knopf. Doktor Otto Gilcher, stand auf dem imperial vergoldeten Namensschild. Der Titel, das wußte Karl, war für 20000 DM gekauft, erfüllte aber seinen Zweck. Doktor Otto Gilcher wurde von seinen Nachbarn gegrüßt.
„Gun Dach! Isch bin de Karl Napp,un will de Waggel-Oddo schpresche. Es iss wischdisch!" Eine Frauenstimme sprach: „Hier wohnt kein Wackel-Otto!" Karl blökte in die Anlage: „Isch will moin Ungel, de Oddo Gilscher, de Waggel-Oddo besuche!" „Einen Moment, bitte", antwortete die Stimme. Leise summend, wich das Tor zurück. Karl stampfte in einen Park aus alten Bäumen und gepflegtem Rasen. Zwischen den Bäumen lachten ihn nackte Statuen aus Sandstein und Marmor an. Mehr als solche Dokumente künstlerischen Schaffens, interessierten ihn allerdings zwei kalbgroße Doggen, die zähnefletschend losgaloppierten. Zwei Sekunden, bevor sie ihn zerrissen, ertönte ein Pfiff und die Bestien verwandelten sich in friedliche Schoßhunde. Beschnuppert von den Bestien, schlich Karl den imperialen Treppenaufgang zum Hauseingang hinauf. Die Pfeiferin hatte etwa die Statur der Tennis-

spielerin Serena Williams und lächelte den kleinen Mann mitleidig an. Der Herr der Villa war ein Pornograph. Überall hingen griechische Schweinereien und Bilder aus den römischen Puffs von Pompeij. Dazwischen standen hohe Bücherregale, gefüllt mit aufwendigen Bildbänden zum Thema Nummer Eins.
Schließlich stand er vor einem kleinen, vom Alter verhutzelten Mann. Ein altes Hutzelgesicht ohne Haare mit einer oft gebrochenen Nase und einem bösen Grinsen. Otto Gilcher beobachtete seinen Besucher und war der Meinung, daß er sich in den letzten 20 Jahren, solange hatte er ihn nicht mehr gesehen, kaum verändert hatte. Karl war nur fetter geworden und hatte eine Dreiviertelglatze bekommen. Und offensichtlich hatte er Prügel bezogen.
„Servus Karlsche! Hast disch lang nit mehr blicke lasse. Wenn de doim alde Ongel zum Gebortsdach graduliere willst, der iss schon e halb Jahr vorbei!“ Karl Napp seufzte: „Mach nit de alde Mann. Saach mer lieber, wer die Fraa da iss?“ „Des iss moi Lewensversischung“, sagte der Alte. „Des iss e Hur, die nit mehr anschaffe will. Die macht ääner uff Aldeflescherin unn flescht misch dot. Des macht se seit vier Jahr. Unn mit jedem Jahr, wo isch länger leb, krieht se mehr Geld. Wenn isch noch fünf Jahr leb, dann hat se ausgesorscht.“
Karl nickte. Solch ein Abkommen zur privaten Altersversorgung passte zu Wackel-Otto. Es war auch nicht einzusehen, daß ausgerechnet er seine alten Tage in einem langweiligen Mainzer Altenheim mit Kreppelkaffee, warten auf Roberto Blanco und 22 Uhr Bettruhe verbringen sollte.
„Karlsche!“, sagte er. „Du bist de einsisch Verwandte vun mir, der sisch ab und zu blicke läßt. Unn wenn de alle zwanzisch Jahr zu mir kimmst, dann willste was vun mir. Also, was willste?“
Karl schilderte den Fall. Wackel-Otto schnaubte vergnügt. Ein bisexueller Kuttenbrunzer und KDU-Spendensammler, der tot im Puff aufgefunden, womöglich ermordet wurde, das war eine Geschichte nach seinem Geschmack.
Otto Gilcher war der uneheliche Sohn von Karls Großvater und wurde in der Familie schamhaft totgeschwiegen. Als Sohn einer

armen Fabrikarbeiterin und Gelegenheitsprostituierten hatte er damals im katholischen Mainz ausgesprochen schlechte Startchancen, was er aber mit körperlichem Einsatz, geistiger Frische und krimineller Energie ausglich. Mit 19 Jahren galt er als der übelste Schläger der Stadt, offiziell war er Kellner im damals beschaulichen Rotlichtmilieu. Daher auch der Name. „Uff de Wackel schicke", war eine Altmainzer Bezeichnung, weil die Frauen auf dem Strich mit den Hintern wackelten. Ottos aufstrebende Karriere bekam allerdings einen entscheidenden Knick, als er vier Polizisten verprügelte. Für so etwas hatte man damals wenig Verständnis und der Richter verdonnerte ihn zu vier Jahren Zuchthaus. Damit war Otto erst einmal weg vom Fenster. Nach etwa zwei Jahren Prügel und Terror sah er eine Chance, dem Zuchthaus zu entkommen. Abgeschnitten von allen Nachrichten, ging im Knast das Gerücht um, Gefangene, die sich freiwillig zur Wehrmacht meldeten, würden umgehend wie Menschen behandelt und zu Rommels Heldentruppe nach Nordafrika geschickt. Ottos genialer Plan: Bei der erstbesten Gelegenheit zu desertieren, um entweder den Krieg in alliierter Gefangenschaft abzuwarten oder noch besser, bei irgendwelchen Beduinen Abenteuer aus tausend und einer Nacht zu erleben. Tatsächlich wurde er gemustert, für tauglich erklärt und in Uniform gesteckt. Allerdings kam er dabei vom Regen in die Traufe. Das Gerücht war natürlich Unfug. Das einzig wahre daran war, daß die großdeutsche Wehrmacht unter militärischem Personalmangel litt und dauernd die Tauglichkeitskriterien senkte, damit alles in Uniform gesteckt werden konnte, was ein Gewehr halten konnte. Darunter fielen auch Männer, die man bisher als wehrunwürdige Elemente bezeichnet hatte. Otto landete zielsicher in einem dieser berüchtigten Strafbataillone. Und natürlich nicht in Nordafrika, weil man da inzwischen kapituliert hatte, sondern an der Ostfront. Natürlich hätte er sich gerne aus dem Staub gemacht, aber das war nicht einfach. Mit desertierenden Strafsoldaten machte man noch kürzeren Prozeß, als mit normalen. Hinter ihnen waren Partisanen, die machten überhaupt keine Unterschiede bei deutschen Uniformen und vor ihnen war die Front. Und davor, zu den Sowjets überzulaufen, davor warnten selbst die „Politischen" in der Einheit. Zu Recht, jeder dritte Gefangene überlebte die sowjetische Gefangenschaft, wie sich später herausstellen sollte, nicht. Also was tun? Diese schwierige Entscheidung nahmen ihm dann die Sowjets ab. Sie überrannten die Front und Otto marschierte den langen Weg nach Osten in Gefangenschaft. Er fällte Bäume, schuftete im Bergwerk und legte viele Kilometer Schienen in Sibirien. Er überlebte Hunger, Schläge, Fleckfieber und Kälte. Nebenbei lernte er perfekt russisch, das grobe Lagerrussisch. Die Kriterien, wonach manche Kriegsgefangene schneller entlassen wurden, andere bis 1955 inhaftiert blieben, waren alles andere als klar. Otto mußte sieben lange Jahre bleiben. Als er 1952 durch die zerbombten Trümmer von Mainz schlurfte, mußte er feststellen, daß er zu spät kam. Die legendären Schwarzmarktzeiten, in denen man mit dubiosen Geschäften den Grundstein zu einer erfolgreichen Wirtschaftswunderkarriere legen konnte, waren vorbei. Der damalige Richter war inzwischen befördert worden und im Rotlichtgeschäft dominierten längst andere. Otto war jetzt 34 Jahre alt, ein abgerissener Spätheimkehrer, der nichts ordentliches gelernt hatte und die letzten neun Jahre seines Lebens sinnlos vertan. Er hatte großes Nachholbedürfnis. Also krempelte er die Ärmel hoch und fing wieder von vorne an. Er prügelte sich im Milieu nach oben. Damals florierte das Geschäft und expandierte. Mainz wimmelte nur so von dollarschweren GIs. Und dann kamen die demarkschweren Wirtschaftswunderfreier dazu. Bis Mitte der Fünfziger gehörte ihm ein halbes Puff und eine Bar in der Neutorstraße. Ende der Fünfziger war er der ungekrönte Zanggassenkönig und weitete seine Geschäfte nach Wiesbaden und Frankfurt aus. Anfang der Sechziger war er eine Legende. Wenn er mit seinem riesigen amerikanischen Straßenkreuzer langsam durch die Straßen fuhr, schmiß er nur so mit Geld um sich, damit ihm alle Gassenkinder begeistert zujubelten. Privat allerdings hatte Otto weniger Glück. Er hatte zwei Söhne, die ein piekfeines Internat besuchten und anschließend Jura studieren sollten. Der Älteste gab sich mit 21 den goldenen Schuß und der Jüngere wickelte mit 18 seinen Porsche um einen Baum, woraufhin sich die depressive Mutter, Ottos geliebte Frau, erhängte. Anfang der achtziger Jahre

zog er sich aus dem Geschäft zurück, kaufte eine Villa im Nerotal samt Doktortitel, widmete sich seiner Erotiksammlung und verwaltete, immer pünktlich die Steuer zahlend, sein umfangreiches Vermögen.
Jetzt war er Anfang achzig und redete seinen Neffen immer noch, mit dem gleichen nachsichtigen Grinsen, mit „Karlsche“ an. Das hatte er schon getan, als Karl noch ein kleiner Junge war und Wackel-Otto, um seinen leiblichen Vater und dessen Frau zu ärgern, mitsamt ein paar aufregend angezogenen Huren im Schlepptau, unangemeldet zu Familienfeiern bei Napps aufgetaucht war. Und jetzt brauchte Karlschen Hilfe, jetzt hatte er Angst. Und Wackel-Otto sollte ihm helfen, wenns ging zu einem vernünftigen Preis. Otto stützte sich auf seinen silbernen Stock und grinste. „Ja,ja, die Familie. Alle schäme sisch fer misch, abber wenn se Hilf brauche, dann komme se.“
Derweil Karlschen Fotos von sich, Herbert und Franky auskramte, Adressen und Autokennzeichen aufschrieb, telefonierte Otto ein bißchen herum. Nach dem Mittagessen, die Pflegerin konnte auch gut kochen, gab er grünes Licht.
„Kost Disch zwähunnert Mack am Daach, ä Klobberei zwähunnert extra und wenn geschoße werd, bisde fünfhunnert extra los. Dess sinn Freundschaftspreise fer Verwande!“ Karl seufzte und nickte. Aber ab morgen hätte er Profischutz. Ottos Bedingung: Er wollte über alle Neuigkeiten informiert werden, damit er auf seine alten Tage etwas zu lachen habe. „Unn jetz mach isch ä Middachsschläfsche. Alde Leit solle sisch nit uffresche.“ Damit war die Audienz bei Dr. Gilcher im Nerotal beendet. Karl fuhr nach Hause.

Dreizehnter Tag der Ermittlungen im Fall Fickeisen, 9 Uhr
Als Karl die Treppe zum Kellerbüro herunterschlurchte, roch er Dackel- und Zigarrengestank. Und richtig, noch bevor er die Tür öffnete, bellte das Vieh und röhrte Herberts Stimme: „Ungeloche! Uff dreihunnert Meder. Ään Schuß, unn die Sau iss umgefalle wie e Brett!“ Karl öffnete die Tür, sofort hing der rammelnde Dackel an seinem Bein. Franky sah ihn aus zugeschwollenen Sehschlitzen

hilflos an. Gott erlöse mich von diesem Dummschwätzer Herbert Dickmilch, flehten die schwarz-lila-grünen Augen. Noch einmal holte Herbert aus, um zu erzählen, wie er am Donnersberg die Sau geschossen hatte.
Karl kam dem erneuten Redeschwall zuvor: „Jetzt halt doch emal doi Maul! Als mit doim Scheißjäscherladein! De Herr Dickmilsch geht uff die Jacht unn mir riskiere Kopp unn Krache!" „Na gut!", sagte Herbert beleidigt. Mißmutig hörte er sich den kläglichen Ermittlungsstand an. Schadenfroh ließ er sich den nächtlichen Überfall erklären. Wenn er, Herbert Dickmilch nicht dabei war, liefen die Dinge eben aus dem Ruder. „Besonders weit komme mit de Ermiddlunge seid Ihr ja nit, ohne misch." „Herbert! Du bist ä Arschloch!"

Herbert sah sich beleidigt den Verein zur Rettung des christlichen Abendlandes an. Er residierte sehr nobel am Volkspark, in einer geräumigen und gepflegten Jugendstilvilla. „Die zwää Deppe lasse sisch uff die Nas boxe unn mir solle de Karre außem Dreck ziehe, was?" „Wau", sagte Rudi. „Du bleibst im Audo!", knurrte Herbert und schlug die Tür zu. Entschlossenen Schrittes ging er zur Tür und klingelte. Immerhin nahm er noch die Zigarre aus dem Mund, gerade rechtzeitig, als geöffnet wurde. Herbert zog linkisch die Jägermütze vom Kopf und streckte die Pranke aus.
„Guden Dach. Mein Name ist Ewald Huber aus Mommenheim. Isch bin der Mann, der wo Ihne den Brief geschribbe hat." „Kommen sie doch herein, Herr Huber", sagte die Frau. Herbert setzte sich. Das Büro war geräumig, aber asketisch eingerichtet. Es gab jede Menge Regale, in denen sich fromme Broschüren stapelten, in der Ecke einen Kopierer und darüber hing ein leidender Jesus, der depressiv auf seine Verehrerin herabsah, kein Wunder bei so wenig Spaß an der Freude, wie sie ausstrahlte. Sie mochte etwa vierzig sein, sie war brettflach und hager. Sie trug ein altbackenes, hochgeschlossenes Kleid und hatte die Haare zu einem Dutt frisiert. Als einzigen Schmuck gönnte sie sich ein silbernes Kreuz, das ihren Hals zierte. Am schlimmsten war ihr Gesicht. Die

Art und Weise, wie ihre Mundwinkel nach unten zeigten, machte deutlich, was sie von irdischen Freuden hielt: Nichts.
„Die Sach iss die“, log Herr Huber voller Begeisterung, „Isch wohn in Mommenheim, bin Witwer, nischt unvermöschend, pensionierter Bolizeioberhauptwachtmeister und frommer Kirschgänger. Deshalb bin isch hier. Isch fühle mich in der kadolischen Kirsche nischt mehr wohl. Die Predischten werden immer beliebischer. Der Pfarrer hat lange Haar unn wählt grien. Dauernd wern ögonomische Goddesdienste mit den Prodesdanden gefeiert. Die Kirsche, so wie sie ist, das ist nischt mehr meine Kirsche. Deshalb war isch uff Anhieb begeistert, wie isch ihre Broschüre gelese hab.“ „Ja, Herr Huber. Der Zustand unserer Kirche ist bedenklich. Gottes Wort wird verwässert und die reine Lehre immer mehr dem Zeitgeist angepasst. Ich teile ihre Sorgen.“ „Des iss schä vun Ihne“, log Huber ohne rot zu werden.
Sie sah ihn eindringlich an und erläuterte das christliche Programm des Vereins. Herbert ließ den missionarischen Wortschwall über sich ergehen und dachte nach. So viel auf einmal hatte er noch nie im Leben gelogen. Herbert war zwar katholisch getauft, das war aber auch alles. Schon sein Vater hatte an keinen Gott geglaubt, sondern lebenslänglich an den Führer. Seine Mutter hatte noch nicht einmal an den Führer geglaubt. Sie stammte aus einer kommunistisch wählenden Steinbrucharbeiterfamilie. Und er selbst glaubte an gar nichts. Er fraß, er soff und er unterhielt seit vierzig Jahren ein ehebrecherisches Verhältnis mit der Frau seines Nachbarn, dem besagten Herrn Huber, was Huber natürlich nicht wußte, der alte Hutsimpel.
„Wissen sie was, Herr Huber?“ „Was?“, sagte Herbert, aufgeschreckt aus kritischer Selbstbetrachtung. „Kommen sie doch einfach heute zu unserer Abendmesse.“ „Derf isch?“, fragte Herbert begeistert. „Um 18 Uhr in der Sankt Marienkapelle in Budenheim.“ „Alles rodscher“, sagte Herbert und stand auf. Nix wie raus hier.
Gudrun Luther glaubte tatsächlich an das, was sie sagte. Gudrun Luther kam aus Oldenburg. Sie war die Tochter eines ebenso strengen, wie lustfeindlichen protestantischen Pfarrers alter Schule. Sie hatte Altenpflegerin gelernt. Irgendwann hatte sie ihre Liebe

zum wahren Glauben erkannt und sich katholisch taufen lassen. Wie alle Renegaten war sie päpstlicher als der Papst geworden, sehr zum Leidwesen ihres Mannes. Irgendwann war er verzweifelt mit einem Riesenständer durchs Wohnzimmer getobt und hatte gebrüllt. Er konnte die ständige Beterei, Frömmelei, Fasterei nicht mehr ertragen. Was er am allerwenigsten ertragen konnte, war sein ständiger sexueller Notstand. Mit einer Heiligen kann man nicht schlafen, es ist in hohem Maße unerotisch. Er wollte die Scheidung. Gudrun Luther lehnte ab, da sie das heilige Sakrament der Ehe nicht brechen wollte. Eine Heilige hat immer recht. Also trennten sie sich ohne Scheidung. Sie zog nach Mainz und arbeitete im kirchlichen Altenheim. Auch hier in schwärzesten katholischen Kreisen verkehrend, fand sie den Weg zum Verein zur Rettung des christlichen Abendlandes mit seinem fulminanten Vorsitzenden Franz-Josef Nierenschläger, für den sie unzählige Stunden frommer Vereinsarbeit verrichtete. Nierenschläger erkannte ihr organisatorisches Talent samt missionarischem Eifer und stellte sie hauptamtlich beim Verein an. Sie war glücklich. Endlich hatte sie eine Aufgabe, ihrem Können und ihrer Berufung angemessen.
Als Herbert vor die Tür trat, zündete er sich zuerst einen dicken Stumpen an. Dann stutzte er. „Gun Dach, Herr Grieser! Unn wie?“ „Ja, ja“, sagte Grieser und klingelte. „Hä, hä“, sagte Herbert gehässig, setzte sich ins Auto und keine fünf Minuten später stand auch Grieser wieder auf der Straße. Er war soeben abgeblitzt wie selten in seinem Leben.
„Guten Tag, Sie kennen misch vielleicht. Isch bin der KDU-Fraktionsvorsitzende Grieser.“ „Ja und?“, fragte Frau Luther kalt. „Es geht darum. Der verstorbene Schatzmeister, Dr. Nierenschläger hatte, äh, gewisse Verbindungen zur Partei und isch wollte von ihnen wissen, ob....“
Luther schnitt ihm das Wort ab: „Herr Grieser! Ob Dr. Nierenschläger ihrer Partei nahestand entzieht sich meiner Kenntnis. Ich persönlich kann dazu nur soviel sagen. Eine Partei, die sich christlich nennt, aber geschiedene Politiker in ihren Reihen duldet, Schwarzgeld verschiebt, die Öffentlichkeit belügt und noch nicht einmal energisch gegen homosexuelle Eheschließungen eintritt;

eine solche Partei ist für mich völlig unakzeptabel, geschweige denn wählbar."
Grieser war so baff, daß er sich widerstandslos nach draußen führen ließ. Soviel war sicher. Über diese Frau Luther kam er an diesen Verein nicht heran, das war ausgeschlossen.

Das allerdings war eine interessante Nachricht. Parteifritze Grieser wollte also auch etwas von diesem Verein. „Unn heit abend geh isch in die Kersch", behauptete Herbert. „Babbel nit", maulte Karl. „Unn ob", sagte Herbert. „Wahrscheinds treffe die sisch da immer unn singe uff ladcinisch ambrosianische Lobgesänge odder son Kokolores." „Was ist das für eine Frau?", fragte Franky. Herbert blies einen großen Rauchkringel in das Kellerbüro. „Hat nit viel Holz vor de Hütt, abber schwer was an de Erbs." Detektiv Dickmilch trank an der Bierflasche. „Hinne kään Arsch, vorne kää Titsche, sieht aus wie Schneewitsche." „Gehts e bißje genauer?" „Wääß isch nit, Ermiddlunge sinn ja noch nit abgeschlosse."
Franky wagte sich, den bisherigen Wert von Herberts Ermittlungen in Zweifel zu ziehen.
Herbert: „Bis jetzt wääß isch nach ääner Schtund Ermittlungsarbeit mehr als wie Ihr zwä Hutsimpel nach vier Daach. Unn isch hab mir noch nit uff die Nas boxe lasse." „Arschloch", brüllten die zwei Versehrten. Direkt beleidigt waren sie dann, als Herbert zum Abschied „Cassius" zu Franky sagte und „weißer Bomber" zu Karl. „Unn Frängie?" „Was?" „Du mußt beim boxe e bißje mehr uff die Deckung achte." Das war zuviel. Aus Rache übergossen sie Rudis Hundefutter mit Bier. Rudi fraß sein alkohohlgetränktes Chappi und torkelte besoffen im Keller herum.

Herbert fuhr nach Budenheim. Budenheim liegt etwas außerhalb von Mainz und hatte eine Besonderheit, das „Rotköpfchen". Bis vor einigen Jahren war hier das berühmte Mainzer Puff für die Prominenz aus Politik, Fernsehwelt, Wirtschaft und Kirche gewesen. Herbert wurde enttäuscht. Der neue Pächter verkaufte Schweineschnitzel, das Puff war zu einem bürgerlichen Ausflugslokal degeneriert. Aus lauter Enttäuschung trank er ein Bier und

studierte Luthers fromme Broschüre. Weil es in Mainz viele Kirchen und Kapellen gab, aber immer weniger Kirchgänger, deshalb standen viele leer. Das Ordinariat war dann nicht unfroh, wenn sich ein frommer Verein meldete, um so eine alte Kapelle wiederzubeleben. Seitdem hatten traditionelle Katholiken eine Heimat, sie gingen nach Budenheim, um altbackene Gottesdienste zu feiern. Liturgie in Latein, viel Weihrauch und Brimborium, ein uralter Pfarrer hantierte mit dem Rücken zu den Gläubigen am Altar herum, wetterte gegen den Verfall von Moral und Sitte und tobte gegen Weiber, die sich anmaßten, die alleinseligmachende Kirche zu kritisieren. Das ganze unter Federführung des Vereins zur Rettung des christlichen Abendlandes. Herbert sah sich die Kapelle an. Sie wurde gerade für die Messe vorbereitet.
Gelangweilt fuhr er wieder in die Blaue Lagune und las Bildzeitung. „Hasde heit schun Bild gelese?" „Nää, warum? Was schteht en drin?" Herbert: „Da iss schon widder son Frankfurder Dschangie an erer Übberdosis Heroin geschtorbe." „Unn weider?" „Da siehste mal widder, wie bleed die Großschtädter sinn, die Plasterschisser. Im Wald wachse die dollste Sache. Schtechappel, Fliegepilze, Teufelskraut. Wächst vun selber unn kost nix. Mußte nur robbe. Abber dadefer sinn die Schtädter zu faul. Lieber gehn se zum Dieler unn kaafe so ä Dreckzeisch fern Haufe Geld. Dadevun lebt doch die ganz Drogemafia."
Herbert war so etwas wie der selbsternannte Drogenbeauftragte von Mommenheim. Kam er doch aus einem Milieu, in dem Tagelöhner Anno Tubak ihre Kleinkinder mit ins Feld schleppen mußten und ihnen Mohn zu essen gaben, damit sie ruhig schliefen und die Eltern nicht bei der Feldarbeit störten. Seit seiner Pensionierung jedenfalls, experimentierte Herbert mehr oder weniger erfolgreich mit Pilzen, Teufelskraut und anderen natürlichen Drogen. Sehr zur Freude der Dorfjugend. „Du bist de greßte Dummbabbeler, der wo frei rumleeft", sagte Karl überzeugt.
Herbert wandte sich an Franky. „Die Herrn vom Määnzer Wertschaftsdezernat sinn doch alles Peife, odder?" „Wieso?", fragte Franky. „Ganz ääfach. Frieher iss die Hottwollee ins Rotkäppsche gange, wenn se berschde wollt." „Na und?"

„Kapiersde nit? Dess war doch schlau. Die Prominenz hat hier ihr Geld verdient unn hats aach hier verhurt. Alle. Die ganz Handkäsmafia. Abber heit misse die Borsch bis Wiesbade odder Frankfort fahre, wenn se feile wolle unn sisch peitsche lasse."
Ich halt das nicht mehr lange aus, dachte Franky genervt. „Ach so määnste des", sagte Karl. „Genau so mään isch des", sagte Herbert. „Unn jetzt singe die Gewerbeschteiern, die Schtadt iss pleide, abber es gibt kään ordentlische Puff mehr, wos Geld hängebleibt." „Hasde rescht", sagte Karl. „Grad jetzt, wo se die Prosdidution legalisiere wolle, da sollt mer sisch dadrum kimmern, daß sisch des Gewerbe hier ansiedelt. Des wär wischdisch fer die ganze Reschion. Grad jetzt, in dene schleschte Zeide."
Franky bekam Kopfweh. Er versuchte, das Thema zu wechseln. „Was ist das für eine Kapelle?" Herbert zuckte mit den Achseln. „Ei, so e alt Kersch halt." „Und, gehst du zur Messe?" „Fer was dann? Isch kann kää Wort ladeinisch. Hab isch uff de Bolizeischul nit gelernt."

Nachdem Grieser von Frau Luther abgebügelt worden war, sah er keine andere Möglichkeit mehr. Er verlangte eine vertrauliche Audienz bei seiner Eminenz, dem Bischof und kam immerhin bis zu seinem Sekretär. „Herr Fraktionsvorsitzender, was kann ich für Sie tun?" „Es geht um einen delikaten Fall, der sich zu einem Skandal allergrößter Tragweide ausweiden kann, sowohl für die KDU, als auch für das Bistum Mainz. Es geht um ihren verschtorbenen Mitarbeider, Dr. Franz-Josef Nierenschläger." „Ach?", sagte der Sekretär. „Es beschteht der dringende Verdacht, daß Nierenschläger über seine Funktion als Schatzmeister des Vereins zur Rettung des Abendlandes Gelder für die Partei unterschlagen hat." „Ist das sicher?" „Zu 99 Prozent ist das sischer. Aber isch habe keinen Zugang zu diesem Verein, vielleicht könnten Sie über ihre Kanäle etwas erreischen. Nach allem, was isch bis jetzt weiß, halte isch es auch gar nischt für ausgeschlossen, daß er kirschlische Gelder veruntreut hat. Und ziemlich sicher ist, daß er ein ausschweifendes bisexuelles Sexualleben geführt hat." „Das wäre ja ungeheuerlich."

Auf diesen alarmierenden Verdacht hin, wurde Nierenschlägers Buchführung unter die Lupe genommen. Die kirchliche Vermögensverwaltung ist ein weites Feld. Da darf kein Dummkopf zu Werke gehen. Von tausendjährigen Immobilien und Grundstücken, kleinsten Klingelbeutelinhalten bis hin zu modernsten Firmenbeteiligungen und Aktiengeschäften muß der Überblick gewahrt bleiben. Auf den ersten Blick war Nierenschlägers Buchführung tadellos. Mehr noch, anscheinend hatte er, moralisch nicht ganz einwandfrei, aber gewinnträchtig, das kirchliche Vermögen mit riskanten Geldgeschäften am neuen Markt vermehrt. Dann aber kam der Hammer. Anscheinend hatte Nierenschläger immer wieder Gelder und Schenkungen zu seinem frommen Verein umgeleitet. Der Bischof wurde blaß. Vor seinem geistigen Auge sah er fette Schlagzeilen, welche sein Bistum mit einem ungeheuerlichen Sex-Finanz- und Parteispendenskandal in Verbindung brachte.
Nachforschungen förderten die Vereinsstruktur zutage. Sämtliche Vereinsvorstände waren entweder gestorben oder über achtzig und nicht mehr ansprechbar. Der nominelle Vorsitzende war 98 Jahre alt und dämmerte in einem katholischen Altersheim bei Fulda seinem Ende entgegen. Noch einmal wurde Nierenschlägers Dienstwohnung überprüft. Man fand ein paar Zettel, die im wesentlichen besagten, daß er unumschränkte Vollmachten hatte, was finanzielle Vereinsangelegenheiten betraf. Vorsichtshalber ließ man sämtliche Unterlagen beiseite schaffen, die allzu enge Verbindungen zwischen Bistum und Verein dokumentierten. Ziemlich schnell entschied man im Ordinariat, alles dafür zu tun, damit der Fall nicht an die Öffentlichkeit komme, koste es, was es wolle.

Dreizehnter Tag der Ermittlungen im Fall Fickeisen, 16 Uhr.
Erna schob den Einkaufswagen durch den Supermarkt und nörgelte. Auch andere Kunden fanden sich im umgeräumten Laden nicht zurecht. Die Schnapsabteilung zum Beispiel hatte sich verändert. Zwar war sie immer noch an der alten Stelle, aber davor war ein abschließbares Gitter. Ernie, ein ungesund dürrer Mann mit Einstichnarben auf dünnen Unterarmen, trat mit überdimensionalen

Cowboystiefeln wütend gegen das Gitter. „Saftlade! Was geht en hier ab! Kimmt da bald jemand mittem Schlissel fer de Safe?!"
Der Geschätsführer kreuzte auf und legte sich mit dem Junkie an. Das hätte er nicht tun sollen. Erna ergriff wie immer die Partei des Schwächeren „Babbel nit soviel un geb dem Mann soin Schnaps! Außerdem! Was sollen dess, dauernd den Lade umzuräume? Määnste, isch will hier en Erlebniskaufiwent veranschtalde?" „Was fällt Ihnen ein, so mit mir zu reden?" Erna stemmte kampflustig die Fäuste in die Hüften: „Isch kaaf schunn länger hier oi, wie Du uff de Welt bist!"
Sofort bildete sich eine Traube von Kunden, die sich mit Erna und dem Junkie solidarisch erklärten. Der Filialleiter gab klein bei, öffnete dem Junkie das Gitter und schlich wie ein geprügelter Hund durch ein Spalier triumphierender Hausfrauen zurück in sein Büro. Eine Angestellte stimmte zu: „Sie habbe ganz Rescht. De neie Scheff iss en Idiot. Der hat Betriebswertschaft schtudiert. Dauernd macht er Meetings unn Teemsitzunge unn babbelt als was vun Unnernehmensphilosophie daher. In Werklischkeit misse mir zu dritt fer wenischer Geld mehr schaffe, als wie vorher zu fünft. Unn seit der Depp hier iss, sinkt de Umsatz." „Vun so erer Peif", sagte die Exverkäuferin Erna Napp, „dät isch mer gar nix saache lasse."
Vor der Kasse irrte ein Mann in Kochschürze umher. Auf der Schürze stand: „Restaurant Mayonce. Echt französische Küche." Hans hatte in seinem bunten Leben schon vieles gemacht. Er kam aus einer kinderreichen Familie. Seine Brüder waren allesamt kreativ, wenn es ums Geschäfte machen ging. An Hans war diese Fähigkeit offensichtlich spurlos vorbeigegangen. Daher war er im Moment anscheinend Koch.
Erna wunderte sich. Hans und die gehobene französische Gastronomie? „Ei Guude, Erna. Saach emol, was brauch isch dann alles fer e Schneckesupp zu koche?" „Ei Schnecke, du Hutsimpel". „Logisch", sagte der französische Spitzenkoch, „isch bin doch nit bleed. Die Schnecke hab isch ja in de Metro oikaaft. Abber was brauch isch dann noch?" „Budder, Knobeloch, Kräuder, Weißwoi, Zwiwwele unn Salz." „Alles klar", bedankte sich der Koch und drückte ihr ein Faltblatt in die Hand. Erna schleppte die

Einkaufstüten nach Hause und sah genauer auf den Zettel. Da stand wortwörtlich: „Monsieur Jacques und Maitre Jean erwarten sie im stilvollen Ambiente, um das gastronomische Desiderat der französischen Küche in der rheinland-pfälzischen Landeshauptstadt auszufüllen und mit erlesenen Köstlichkeiten der haute cuisine du Rhinhesse zu bereichern. Bon Appetit."
„Was en Forzklopper!" Karl kam nicht mehr aus dem Brüllen heraus, als er las, wer diesen geschwollenen Unfug verbrochen hatte. Dr. Schtolte hatte das geschrieben, der größte Restaurantkritiker von ganz Mainz. Erna bestellte sofort einen Tisch für vier Personen.
Jacques war ein Franzose, wie er in jeder Stadt anzutreffen ist. In Mainz lebte er davon, daß er gnadenlos den Klischeefranzosen spielte. Mit dieser Masche tingelte er seit Jahren erfolgreich durch die Gastronomieszene. Frankophile Mainzer fühlten sich geehrt, wenn sie durch die Stadt liefen und ihnen Jacques auf die Schulter klopfte. „Oh, salut. Ca va? Les Femmes sont fous."
Und jetzt also ein echt französisches Restaurant. Jacques machte die Honneurs, Hans die Dreckarbeit in der Küche und Schtolte besorgte das restaurantkritische Marketing. Karl, Herbert, Erna und Franky verbissen sich mit Mühe das Lachen, als sie vom Patron persönlich mit Bussibussi begrüßt wurden. Mit todernsten Mienen studierten städtische Honoratioren und das Mainzer Vernissagenpublikum die Speisekarten. Die Gäste bildeten einen schönen Querschnitt durch das mittlere Management von IBM, ZFD, SWR, IHK, SBD, KDU, MCV und sonstigen wichtigen Organisationen mit drei Buchstaben. Schtoltes waren auch da. Alle drei. Sohn Schtolte war mächtig herausgeputzt, fühlte sich sichtlich unwohl und wurde dauernd gemaßregelt, weil er nicht wußte, was er mit dieser Unmasse Besteck anfangen sollte. Vor allem war er sauer, weil ihm seine Alten verboten hatten, ein Schnitzel mit Pommes und Ketchup zu bestellen. Weder zuhause, noch im Restaurant bekam er sein Lieblingsessen.
„Was e arm Sau", sagte Herbert mitfühlend. Mit Schtoltes am Tisch saß der politische Freund des kleinen Mannes, SBD-Funktionär Norbert Schulte. Nobby kehrte den Feinschmecker

heraus, indem er an seiner Gänseleberpastete herummäkelte. „Die Fois gras ist aber nischt ganz so, wie es sein sollte." Der Kellner verzog keine Miene, nahm die Pastete und trug sie zurück in die Küche. Karl nahm die Gelegenheit wahr und ging pinkeln. Als er an der Küche vorbeikam, hörte er Hans toben. „Am liebste dät isch dem die Gänselebberpastet in de Hals schtobbe wie erer Mastgans. Solang, bis er platzt!" Maitre Jean tobte, garnierte den Teller etwas um und drückte ihn dem Kellner in die Hand. „Köstlisch", sagte Nobby und mampfte die selbe, umdekorierte Pastete.

Derweil übernahm Herbert die Bestellung. „Also, mir maches ääfach. Als amüs göll hädde mer gern peti pää awek sosiss dü sang. Anschliesend or dövre, ün supp de schu-flör. Als Hauptschpeise: kotelett panee awek pomm de terr brülee. Hinneher als Dessert schokela o mus. Saufe dun mir als Abberediv vier Quetscheschnaps aus de Metro, als Dischestief gleichfalls. Des alles viermal. Unn damits besser rutscht, hädde mer gern ä Flasch Riesling dü Rhänhess, abber kään Saufauswoi, sondern was ordentlisches."

Ohne mit der Wimper zu zucken, nahm der Kellner die Bestellung auf und trug sie zur Küche. Maitre Jean war begeistert. Endlich echte Kenner und keine Dummschwätzer. Er legte sich ins Zeug.

„Du kannst französisch?", fragte Franky beindruckt. „Alles rodscher", sagte Herbert. „Nur mit de Schprach haperts", brüllte Karl.

„Was für Prolls!", empörte sich Heribert Schtolte. „Eckkneipen- und Ballermannniveau!", zischte Frau Schtolte.

„Also dess war so", erläuterte Herbert, Jahrgang 1935. „Moin Alder war Eisebahner unn Nazi unn mir hadde e bißje Landwertschaft. Als Eisebahner war er unabkömmlisch, des hääßt, er mußt nit bei die Wehrmacht. Er iss nur ins besetzte Holland versetzt worn. Weil er abber in de Bardei war, hadd er soi Beziehunge genutzt unn sisch än franzesische Krieschsgefangene zudeile lasse, der in de Landwirtschaft hat helfe misse. Des war de Schack. So hat er gehääße. Der hat bei uns dehäm geschafft, mit uns am Disch gesse unn mir kläänem Schambes hat er franzesisch beigebracht. Unn wahrscheinds, des wääß isch nit, hat er aach was mit de Mudder gehabt. Jedenfalls, zeh Jahr nach em Kriesch, de

Vadder war grad zufällisch an Herzinfakt geschtorb, kimmt en Brief aus Frankreisch. Vom Schack. Unn e paar Woche schpäder war er da. Hat uns besucht. In dene verzeh Daach hat er sischer was mit de Mudder gehabt, des hab isch mitkrieht. Unn im nächste Jahr bin isch dann nach Frankreisch unn hab ihn besucht. Fer misch war des de Ungel Schack. Unn der hat mir franzesisch beigebracht. Iss jetzt aach schon zwanzisch Jahr dot, der alt Franzgickel."
„Aha", sagte Franky beindruckt. So funktionierte also die deutsch-französische Freundschaft in schwierigen Zeiten. „Und das ist ein französisches Essen?" „Biste depp", sagte Erna. „Wer werd dann hier franzesisch esse wolle?" „Isch sischer nit", sagte Karl und biß in die kleinen, leckeren Blutwursthäppchen. Es war wirklich gut. Es war gute, würzige Blutwurst auf frischem, knusprigem Brot. Es war die Art Blutwurst, die nicht zu fett, nicht zu mager und genau richtig gewürzt war. So, daß man keinen Senf brauchte.
Nach der ersten Flasche Wein begegnete Herbert auf der Toilette zufällig Dr. Heribert Schtolte. „Herr Dogder Schtolde", sagte Herbert begeistert. „Isch bin ja extra hier her komme, weil isch ihr Restorangkridig gelese hab. Sie habbe vollkommen rescht. Der Lade iss genau dess, was in Määnz gefehlt hat. Endlisch kammer hier mit Niwo franzesisch esse gehe. Subber. Weider so."
Schtolte war unschlüssig, ob er sich geschmeichelt oder verarscht fühlen sollte. Herbert nahm ihm die Entscheidung ab. „Ach isch frei misch ja so uff die supp de schu-flör. Uff Blumekohl kann isch so wunnerbar forze."
Und tatsächlich, kaum saß er wieder am Tisch, da kam auch schon die Blumenkohlsuppe. Sie war wunderbar. Deftig, schmackhaft und sehr blumenkohlig.
„Ha", lachte Karl. „De Mössjeh Schack iss so gut druff, daß er selber ibber sich lache muß." So war es auch. Jacques war in Hochform. Er schwebte von Tisch zu Tisch, laberte einen furchtbaren Scheiß daher und das ganze in einer Betonung, daß seine Gäste meinten, es handele sich um französischen Esprit. Egal wie, nach der nächsten Flasche kam der Hauptgang. Es waren dicke Riesenkottelets, in Schweineschmalz gebacken. Saftiges, fettes Fleisch, paniert mit original Weckmehl und dazu Bratkartoffeln,

auch in Butter gebacken, mit Rosmarin veredelt und darüber das Pfannenfett ausgegossen. Maitre Jean, das mußte man ihm lassen, verstand sein Handwerk. Ein Meister seines Fachs. Vorne an der Theke stand Fläschworschttoni und schäkerte mit der Bedienung. Als sie zwischendurch arbeiten muße, stampfte er auf seinen kurzen, dicken Beinen herbei. „Unn wie?", fragte Karl. „Alles klar unnerum?" „Wääß mer noch nit", sagte Toni und sah verliebt zur Bedienung. „Unn bei eisch. Schmeckts?" „Alles rodscher", schmatzte Herbert. „Saach bloß, der Laade gehert Dir?", fragte Karl mißtrauisch. „Unn ob. Isch wollt halt emal was anneres mache, verschtehste? Inrischtung, Küschc, Konzcpt, franzcsisch. Gchobcnc Gastronomie. Alles vom Feinste, verschtehste?" „Nä", sagte Karl. „Verschteh isch nit. Was hasten Du mit gehobener Gastronomie am Hut?" Toni setzte sich. „Ei genauso viel wie Du. Gar nix. Abber isch brauch en Lade, der Verlust macht, damit isch ordentlisch was von de Schteier absetze kann." „Deshalb der ganze Affezirkus?" „Hat misch bis jetzt hunnert Mill gekost", sagte Toni stolz. „Warum machsten sowas?", fragte Herbert verständnislos. Toni drosselte sein Markschreierorgan auf halbe Lautstärke. „Weil mers Schpaß macht", sagte er, für seine Verhältnisse leise und sehr ernsthaft. „Die ganze hochgeschtochene Arschlöscher, die hier franzesisch esse. Die halde misch all fern Metzjerprolet mit viel Geld. Des schtimmt ja aach. Abber die wisse ja nit, daß mir der Lade gehert. Isch bezahl den Schtolde, damit er Werbung macht unn die Leit renne mer die Bud oi. Unn wääste, was es schlimmste iss? Wenn des so weider geht, rendiert sisch der Lade sogar. Ha,ha." „Abber des Kottlett", widersprach Karl. „Tja", sagte Toni großspurig. „Normal kaaf isch es Fläsch tonneweis vun wääß de Deiwel wo. Abber wenn jetzt werklisch en Foinschmecker hier roi kimmt, dem will isch aach was biete. Abber des iss en Geheimtipp. Isch saach nur: Tooni! Mir maches möschlisch." „Ja unn doi Freunde?", fragte Karl und deutete auf Nobby. „Freund?", fragte Toni zurück. „De Nobby iss en bolidische Geschäftspartner, dess iss abber aach alles. Ansunste iss de Nobby ä arrogandes Arschloch aus de Määnzer Toskanafraktion. Guck dern doch an."

Nobby und Schwiegersohn holten sich gerade öffentlich einen herunter, indem sie ihre Bordeauxgläser hochhielten und sich gegenseitig mit ihren fundamentalen Kenntnissen über Lage, Weingut, Jahrgang und blabla beeindruckten. Gleichzeitig kam die Bedienung zurück an die Theke.
„Also machts gut“, sagte Toni. „Abber nit so oft.“ Und damit wuselte er wieder an die Theke.
„Ob de Toni aach mit drinhängt? Mit dem Fickeise unn so?“ „Dem Toni trau isch alles zu“, sagte Karl. „Vor allem, wenns um Sex, Geld unn Bolidig geht.“

Kommissar Mittelstedt, Kripo Mainz, zündete sich angewidert eine Zigarette an. Was ihn anwiderte, war weniger der Geruch des Toten, als vielmehr die Alkoholfahne seines Assistenten. Anscheinend war er wieder auf einer Sitzung gewesen, hatte die Nacht durchgesoffen und war jetzt ungeduscht zum Dienst erschienen. „Der iss schwul“, sagte der Assistent. „Wenn“, berichtigte der Kommissar, „dann war er schwul.“
An den Wänden hingen jede Menge Bilder. In der Regel vergrößerte Fotos des Toten in verwegener Pose. Ganz angezogen, halb angezogen, nackt, nackt mit Ständer und eines zeigte ihn, anscheinend mit Selbstauslöser aufgenommen, während des Beischlafs mit einer Frau. „Wahrscheinlich“, behauptete Mittelstedt, „war er eher bisexuell.“ „Uff alle Fäll hat er jetzt ausgemaust“, sagte der Assistent. „Das ist richtig“, bestätigte der Kommissar.
Der Tote lag auf dem Rücken, die Hände über dem Kopf mit Handschellen an die Heizung gefesselt. Er war modisch tätowiert und gepirct. „Der hat beschtimmt aach Ringe am Bibbes“, behauptete der Assistent. Jedenfalls hatte der Tote einen Ring um den Hals, ein Würgemal, offensichtlich von einer schmalen Schnur hervorgerufen. Stranguliert, das konnte er nicht selbst gewesen sein. Und es war schon länger her, das roch man. „Dess war Mord!“, behauptete der Assistent.
Der Kommissar seufzte über soviel Scharfsinn. Nachdenklich sah er der Polizeifotografin bei der Arbeit zu. Neben dem Toten lag ein weißes DIN A4 Blatt, darauf stand mit schwarzem Filzstift

geschrieben: DER MANN SOLL NICHT BEIM MANNE LIEGEN. Unterzeichnet war die merkwürdige Botschaft mit dem Absender DIE ASSASSINEN GOTTES, allerdings ohne Straße und Postleitzahl, vermutlich waren diese Assassinen noch nicht cinmal polizcilich gcmcldct.
„Was soll dann des?", fragte der Assistent. „Bibel", mischte sich die Fotografin ein. „Altes Testament, Sittengesetze Mose." Sie ahmte den rheinhessischen Dialekt nach. „Der Mann soll nit mit eme Mann berschde. Er soll nit soin Bengel in de Kacker dricke!" „Ahso", verstand der besoffene Assistent und setzte nach: „Wenn der Kerl abber doch bisexuell war, was soll dann dess?" „Ist egal", behauptete die Fotografin. „Analverkehr mit Frauen ist womöglich auch des Teufels." „Unn wer sinn dann jetzt die Assisdende Goddes?"
Tja, das waren wichtige Fragen. Und vor allem, was sollte das alles bedeuten? Dem Kommissar dämmerte, was das bedeuten sollte. Das alles bedeutete unweigerlich, daß er seinen Skiurlaub vergessen konnte und stattdessen über Fassenacht in Mainz sein mußte. Fassenacht verkörperte für Mittelstedt alles, was er an dieser Stadt nicht mochte. Und alles, was er an Mainz nicht mochte, das verkörperte sein Assistent. Das Geschwätzige, das Laute, das brüllende Lachen über schlüpfrige Witze.
„Das bedeutet Ur-laubs-sper-re!", sagte er. Der Assistent sah ihn entgeistert an. „Schaffe? Isch soll an Fassenacht schaffe?" „Genau", sagte Mittelstedt. „Nüchtern und pünktlich! Auch am Rosenmontag! Und du gehst jetzt zu Fuß in die Stadtbücherei und bringst mir eine Bibel und einen Koran mit. Und alles, was Du an Literatur über die Assassinen finden kannst. Hast Du verstanden? AS- SA-SSI-NEN, nicht Assistenten."
„Warum zu Fuß?", fragte der Assistent empört. „Weil Du mindestens noch Eins Komma Zwo Promille hast!" Mer werd doch emal äner tringe derfe, dachte der Assistent beleidigt.
Es war 9 Uhr morgens. Ein Hausbewohner von Gegenüber hatte die Polizei angerufen, weil aus der Wohnung unangenehmer Geruch über den Flur waberte. Mit dem Geruch kannte er sich aus, weil er als Totengräber auf dem Mainzer Hauptfriedhof arbeitete.

Mittelstedt betrat die Wohnung und sah sich einem klassischen Zehner gegenüber. Dünner Mann und dicke Frau. Der Mann hatte rauchgelbe Finger, ein versoffenes Gesicht und auf Unterarmen und Händen diese altmodischen Knasttätowierungen. Im Hintergrund plärrte ein Baby. Es vertrieb sich die Langeweile mit leeren Bier- Wein- und Schnapsflaschen.

„Kommen Sie mal mit", sagte der Kommissar zum Dünnen. Der Dünne sah sich den Toten an und meinte fachmännisch: „Der leiht beschtimmt schunn zwä Daach do rum, vorneweg." „Danke", sagte der Kommissar und ließ sich von der Frau ihren ehemaligen Nachbarn beschreiben. „Arrogand. Hat sich immer fer was besseres gehalde. Son Kinstler. Unn Nachts dauernd Zores. Mauserei unn Kreischerei mit Kerle unn Weiber. Hat beschtimmt aach Droge genomme. Ä mal konnde mer nachts gar nit schlafe, da iss moin Schtescher ennübber unn hat em uff die Nas geboxt, weil er aach noch fresch worn iss. Seitdem hat er dann immer gegrüßt."

„Soso", sagte der Kommissar. Der Dünne stand jetzt mit Bierdose und Zigarette daneben. „Genau so wars", sagte er stolz.

Da fiel der Frau etwas ein: „Ach ja, unn neilisch abends war schon emal jemand da, der den Bierheimer gesucht hat. So en klääne Dicke mit Glatz.. Er dät Napp hääße, unn wenn de Bierheimer ufftaucht, soll er sisch dringend beim melde."

Der Kommissar machte Notizen. Eigentlich unnötig. Der Assistent bückte sich, sagte „Auauwauh, hab isch en digge Kopp", hob eine Visitenkarte auf, die jemand unter der Tür durchgeschoben hatte und las „Detektei Napp und Dickmilch".

„Wer ist denn Auguste Bierheimer?", fragte der Kriminale mit Blick auf das Wohnungsschild. „Dess iss die Mama vun dem verhinnerte Kinstler, die hat ihrm mißradene Söhnsche die Wohnung bezahlt."

Mittelstedt überließ den Rest den Spezialisten von der Spurensicherung und fuhr ins Büro. Sowas hatte er im beschaulichen Mainz noch nicht erlebt. Mord im Strichermilieu, na gut. Aber dieser merkwürdige Bekennerbrief? Vielleicht ein belesener Stricher, der zum Mörder wurde und von seiner Spur ablenken wollte? Oder doch ein religiöser Fanatiker, ein Spinner, der etwas

gegen Schwule hatte? Oder ein wahnsinniger Drogenabhängiger? Mittelstedt wußte, daß die Assassinen eine islamische Sekte im Mittelalter gewesen waren, die aus religiösem Fanatismus tötete. Manche behaupteten, auch für Geld in religiöser Verbrämung. Hatte er zufällig im Fernsehen gesehen. Aber dazu passte das Bibelzitat nicht und Gott war nicht Allah. Sehr merkwürdig, das Ganze.
Gegen 11 Uhr kam der schnaufende Assistent mit einem Stapel Bücher angewackelt. Um 12 mußten sie weg zu einem Blitzeinsatz. Es hatte nämlich gekracht. 15 Minuten bevor es krachte, ging sowohl bei der Polizei, als auch im Puff eine telefonische Bombendrohung ein. Es war nicht das Bahnhofspuff, sondern ein nobles Etablissement in einem Mainzer Vorort. Kein Personenschaden, aber große Aufregung. Mittelstedt flitzte hin und unterhielt sich lange mit der Puffmutter. Sie hatte keine Ahnung, wer diese Bombe gelegt haben könnte. Gegen 15 Uhr spuckten die Faxgeräte von Polizei, der Mainzer Allgemeinen Zeitung, der Mainzer Rheinzeitung und Radio RPR ein DIN A4 Blatt aus, auf dem zu lesen stand:
DIE HUREREI IST DES TEUFELS UND EIN SCHANDMAL IN DEN AUGEN DES HERRN. WIR REINIGEN GOTTES ERDE VON DIESEM AUSWURF DES SATANS. DIE ASSASSINEN GOTTES.
Mittelstedt hielt das Fax in der Hand und fragte sich, was wohl als nächstes in die Luft fliegen würde. Wahrscheinlich eine Abtreibungsklinik oder ein Sexshop, vermutete er vage. Die Assassinen sprengten um 17 Uhr, ebenfalls nach vorhergehender Warnung, die Praxis einer Frauenärztin in die Luft. Ebenfalls ohne Personenschaden. Um 18 Uhr spuckten die Faxe von Polizei und Zeitungen ein Blatt aus:
WER ABER DIE EMPFÄNGNIS VERHINDERT UND DIE LEIBESFRUCHT MORDET, DER HEBT SEINE HAND WIDER DEN HERRN. DIE ASSASSINEN GOTTES.
Um 18 Uhr 30 meldete sich das bischöfliche Ordinariat. Es war zwar nicht in die Luft gesprengt worden, stand aber offenbar kurz davor. Seit Monaten war ein Domturm wegen Renovierungs-

arbeiten eingerüstet. Das Ordinariat hatte kurzerhand Werbeflächen am Gerüst vermietet. Jetzt prangte eine junge Frau am Domturm, die Werbung für Badebekleidung machte. Darüber regten sich schon seit Monaten die frommen Katholiken auf. Und jetzt anscheinend auch die Assassinen. Vielleicht war es aber auch der erste Trittbrettfahrer, der ein Fax ans Ordinariat geschickt hatte. Womöglich ein fleißiger Journalist von Zeitung oder Rundfunk, der für den nächsten Tag noch dickere Schlagzeilen wollte.
ENTFERNEN SIE DIESEN DRECK VOM HEILIGEN HAUS DES HERRN. DIE ASSASSINEN GOTTES.
Jetzt war aber bei der Polizei der Teufel los und allgemeine Alarmbereitschaft angesagt. Immerhin, für heute machten die Assassinen anscheinend Feierabend. In dieser Nacht flog in Mainz nichts mehr in die Luft. Gegen 22 Uhr stand die Sonderkommission Assassinen, kurz genannt „Soko Assi". Mittelstedt teilte seine Leute ein. Man suchte vorläufig einen Einzeltäter oder eine Gruppe oder eine Organisation, die sich durch religiös motivierten Hass gegen Schwule, Bisexuelle, Prostitution, Empfängnisverhütung und Abtreibung auszeichnete. Nebenbei sollte auch geprüft werden, ob Peter Bierheimer, die Puffmutter oder die Frauenärztin gemeinsame Feinde hatten. „Und noch was! Ich will niemand, ich wiederhole niemand, auf irgendeiner Fassenachtsveranstaltung betrunken wissen, solange der Fall nicht geklärt ist!"
Auch die Zeitungsmenschen mußten in dieser Nacht lange arbeiten, um am nächsten Morgen Schlagzeilen in einer vergrößerten Auflage verkaufen zu können. Das klappte auch. Die beiden Lokalzeitungen konnten morgens mit sensationellen Nachrichten aufwarten.
GEHEIMNISVOLLE ORGANISATION TERRORISIERT MAINZ MIT MORD UND BOMBENANSCHLÄGEN. Etwas kleiner darunter: HOMOSEXUELLE, PROSTITUIERTE UND FRAUENÄRZTE SCHWEBEN IN TODESGEFAHR. Noch kleiner: „Für sachdienliche Hinweise setzt die Polizei eine Belohnung in Höhe von.... "
Mit Erscheinen der Zeitung war schlagartig die Kacke am dampfen. Noch an diesem Tag erlebte die Stadt einen Tumult sondergleichen.

Bis zum Abend steigerte sich die Aufregung zur Massenhysterie. Unter Homosexuellen verband sich die Wut mit der Angst. Nicht weniger im Rotlichtmilieu. Huren gingen aus Angst nicht zur Arbeit, die Freier blieben weg. Wer doch ins Puff ging und sich, warum auch immer, merkwürdig benahm, riskierte ruckzuck eine dicke Lippe. Blitzartig wurden stämmige Türsteher rekrutiert und ein Kopfgeld für die Ergreifung der umsatzschädigenden Bombenleger ausgelobt. In Frauenarztpraxen schielten sich die Patientinnen im Wartezimmer mißtrauisch an. Gynäkologen hatten Angst, die Pille zu verschreiben und forderten Polizeischutz. Bis Nachmittags gingen bei den Zeitungen hunderte von Leserbriefen ein. Kirchenkritiker sahen sich bestätigt. Nur im Windschatten der sexualfeindlichen Haltung der katholischen Kirche würden solche mordbrennenden, geistesgestörten Fanatiker gedeihen können. Soweit sei es also schon gekommen mit der katholischen Schwulen- und Frauenfeindlichkeit. Andere hingegen, streng katholische, distanzierten sich zwar von den Methoden der Assassinen, erklärten sich aber mit ihren Zielen für einverstanden. Bekannte Abtreibungsgegner wurden beschimpft und bei der Polizei denunziert. Kirchen mit kirchenfeindlichen Parolen beschmiert, Pfarrer, Mönche und Nonnen beschimpft. Auf offener Straße, in Kneipen und Familien kam es zu Streit und Prügeleien. Witzbolde und Neider legten Zettel mit Drohungen in Assassinenmanier in die Briefkästen von Schwulen, Lesben, Frauenärzten und Fraueninitiativen. Geldgierige Frauenärzte bedrohten damit Konkurrenten. Anonyme Assassinenanrufe häuften sich, empörte Bürgerinnen und Bürger verlangten Fangschaltungen. Vor den Polizeidienststellen bildeten sich große Rudel von Denunzianten, Wichtigtuern, Schwätzern, Belohnungsjägern oder krankhaft Neugierigen. Horden von Journalisten durchzogen auf der Jagd nach sensationellen Nachrichten die Stadt. Überall wurden Fernsehkameras aufgebaut und aufgeregte Bürger befragt. Weil so viele Journalisten in der Stadt waren, bildete sich spontan ein Demonstrationszug, der sich mit Schwulen, Frauen, Abtreibung und Huren solidarisch erklärte. Im Gegenzug bildete sich eine gegenreformatorische Fraktion, um die Werte der katholischen

Kirche zu verteidigen. Dabei gab es Krawalle. Reporter stellten sich solange mit der Kamera neben einer Kirche auf, bis tatsächlich die ersten Steine ins Fenster flogen. Andere geschickte Pressevertreter lockten ein paar Krawallheinis mit Freibier und Feiglingen bis zum Büro eines Lesbenvereins, damit sie brühwarm von bürgerkriegsähnlichen Zuständen berichten konnten. Als das Fenster zertrümmert war, aber der Livereporter keinen Schnaps mehr hatte, verprügelten sie aus Frust den Reporter, was ihm recht geschah. Stiere Langfinger nutzten die Gunst der Stunde. Im allgemeinen Chaos verübten sie schnell ein paar spontane Einbrüche, um ihre Fassenachtskasse aufzubessern, was sich wiederum ganz schnell herumsprach, weshalb ein Ladenbesitzer in der Neustadt vorschnell mit der Gaspistole auf einen harmlosen Kunden schoß, woraufhin es großen Ärger gab, weil der verletzte Kunde der kleine Bruder eines Kickboxers war, dessen Freunde dann den ganzen Laden auseinander nahmen. Gegen nachmittag rückten die ersten Hundertschaften Bereitschaftspolizei an, bezogen Stellung vor Kirchen, Bars, Sexshops, Frauenarztpraxen und überhaupt. Es waren fast halb so viele grüne Uniformen und Pressevertreter in der Stadt wie beim deutsch-französischen Freundschaftsgipfel. Ein Gewusel sondergleichen, die Schlagzeilen überschlugen sich: „Bürgerkriegsähnliche Zustände in Mainz! Bombenterror, Krawalle und Hass im goldenen Mainz! Reporter bei Straßenkämpfen krankenhausreif geschlagen!“
Der Bischof, Grieser und Nobby hielten sogar eine gemeinsame Pressekonferenz ab: „Wir sind betroffen und empört, erfüllt von Wut und Trauer, daß unsere weltoffene Stadt Mainz das Opfer menschenverachtender, terroristischer Bombenanschläge geworden ist und blabla.“
Als Reporter die Kirche, die KDU und die SBD zu eindeutigen Stellungnahmen in Bezug auf Homosexualität, Frauen, Abtreibung und Prostitution drängen wollten, wanden sich alle drei wie die Aale. Der Bischof wollte keine konservativen Kirchensteuerzahler verlieren, Grieser seinen Ruf als christlicher Familienpolitiker wahren und Nobby mogelte sich durch, um auf keinen Fall traditionelle Sozis zu verärgern, die eine Heidenangst davor hatten,

daß schwule Genossen oder gar lesbische Genossinnen der Partei einen rosa Anstrich verpassten. Draußen tobte derweil das Chaos. Fernsehsendungen wie „Hochbrisant“ und ähnliche Produkte des telegenen Krawalljournalismus schalteten live nach Mainz und gaben ihren aufgeregten Salbader ab. Eine sehr konservative moslemische Organisation erklärte sich sogar mit ihren frommen christlichen Brüdern solidarisch. Diese Anschläge seien die natürliche Reaktion frommer Menschen auf die liederlichen, gottlosen und verlotterten Sitten der westlichen Welt. Daraufhin behaupteten Denunzianten, daß die Anschläge von Moslems verübt worden seien, um das Ansehen der christlichen Religion zu schädigen.
An eine geregelte oder effektive Polizeiarbeit war unter diesen Umständen nicht zu denken. Das war auch gut so, denn Herbert und die Detektive bereiteten seit dem frühen Morgen das „Unternehmen Zitadelle“ vor, so hatte es Herbert als Planer und Einsatzleiter getauft. Jedenfalls hörten sie keine Nachrichten und lasen keine Zeitung. Dazu hatten sie keine Zeit.

Fünfzehnter Tag der Ermittlungen im Fall Fickeisen, 9 Uhr
Karl fasste zusammen: „Erstens hab isch en digge Kopp unn zwäddens komme mer so nit weider. Mir warn bei de Emma, mir warn im Puff, mir warn im Schabboklack unn mir warn im Veroi. Was uns fehlt iss die KDU, es Ordinariat unn die Villa. In die Bardei un zu de Kuttebrunzer komme mer nit enoi.“ Franky: „Wir müßten ein riesiges Schweißgerät mit Kompressor und Gasflaschen kaufen, durch das Gestrüpp schleifen, das Tor aufschweißen, den Tresor finden und knacken.“
Niemand von ihnen hatte ein Schweißgerät und keiner einen Schimmer, wie man sowas bediente. Sie waren keine Schränker. „Ei, dann nemme mer halt e Panzerfaust“, sagte Herbert. Natürlich. Das war die Lösung. Herberts Waffensammlung. „Isch hab sogar e Subberpanserfaust“, erläuterte Herbert stolz. „Baujahr 44, Kaliber 6 cm. Dademit butzde jeden T-34 weg wie nix! Bis achtzisch Millimeder Panzerschtahl geht des dorsch wie Budder! Unn isch

hab e Boot. Mir fahrn äfach mit em Boot an die Villa. Nachts unn ohne Lischt, wenns dungel iss."
Also packten sie alles nötige samt Dackel Rudi ein und fuhren zu Herbert, nach Mommenheim. Herbert wohnte in einem alten Häuschen samt Schuppen und Garten. Sein Geschmack war zwar grausam, aber dafür rustikal. Die ganze Bude war zugehängt mit Geweihen und ausgestopften Tieren, die einen schönen, muffigen Geruch verbreiteten. Sein ganzer Stolz jedoch befand sich im Keller. Herberts Arsenal war beeindruckend. Wie so viele Kinder im rheinhessischen Raum hatte er die Nachkriegszeit genutzt, um weggeworfenes Kriegsgerät der großdeutschen Wehrmacht zu sammeln. Damals war ja das Freizeitangebot für Kinder und Jugendliche noch sehr bescheiden gewesen. Ein Maschinengewehr hing da, zwei Gewehre, eine Maschinenpistole, drei Pistolen und natürlich das beste Stück. Friedlich und geölt hing es an der Wand. Daneben lagen vier Panzerfaustgeschoße. Sie sahen bedrohlich aus, die langen Dinger mit den dicken Köpfen.
„Kannste dademit ibberhaupt schieße?", fragte Karl mißtrauisch. „Ei sischer!", behauptete Herbert. „Wann haste denn dademit es letzte Mal geschoße?" Wie aus der Panzerfaust geschoßen, kam die stolze Antwort: „An Hexenacht neunzehhunnertunnfuffzisch hab isch dademit aus hunnert Meder Entfernung em Schober Fritz soin Bulldog abgeschoße, weil isch den nit leide gekennt hab." „Naja", murmelte Franky. Das war auch schon 50 Jahre her.
Sie schleppten den Außenborder ins Auto und fuhren nach Nackenheim in den Bootshafen. Herberts Boot war ganze zweieinhalb Meter lang, völlig offen und trug den stolzen Namen S-29. S-29 hieß S-29, weil Herberts Bruder auf dem gleichnamigen Schnellboot als Smutje solange mit Pfannenheber und Suppenkelle heroisch gegen die Tommys gekämpft hatte, bis es die Briten nicht mehr ertragen konnten und ihn 1943 samt S-29 in der Nordsee versenkten, wo er heute noch in 100 Meter Tiefe liegt. Sie hängten den Außenborder ein, füllten Sprit auf und pfriemelten zwei Stunden herum, bis das Ding endlich ansprang. S-29 war zwar nicht schnell, aber dafür laut. Mit einem Höllenlärm drehten sie ein paar Runden, bis ihnen Ohren und Hände abfroren.

„Unn?“, brüllte Herbert stolz. „Subber!“, schrie Karl gegen den Höllenlärm an. Franky durfte derweil das Wasser aus dem Boot schöpfen. Nach der Probefahrt rief Karl bei Onkel Otto an: „Oddo! Heit nacht schtürme mer die Villa. Saach doine Männe, dasse gut uff uns uffbasse solle.“
Gleichzeitig meldete der Beschatter merkwürdige Beobachtungen: „Sie sind jetzt zu dritt und haben im Nackenheimer Hafen ein Boot getestet, das heißt sie machen weiter und das bedeutet, daß sie in die Villa wollen.“ „Liquidieren“, entschied die Stimme.

Fünfzehnter Tag der Ermittlungen im Fall Fickeisen, 0 Uhr 30
Dick eingemummt, die Gesichter mit Ruß verschmiert, beluden sie S-29 und tuckerten los. Kaleu Dickmilch, VauOh Napp und Leichtmatrose Franky steuerten mit entschlossenen Mienen durch die dunkle Nacht einem ungewissen Schicksal entgegen.
„Iss dess schun die Nonneau?“, brüllte Herbert. „Woher soll ich das wissen?“, schrie Franky. „Ist ja dunkel wie im Bärenarsch.“ Herbert drosselte den Motor. In der Tat, es war stockdunkel. Geradezu unheimlich. Und kalt. Saukalt. Mit kleiner Fahrt fuhren sie am rechten Rheinufer entlang. Karl schaltete die Taschenlampe an und der Strahl straf ein weißes Schild. Rheinkilometer 473, sie waren gleich da. Die letzten Meter ließen sie das Boot ohne Motor in gespenstischer Stille an der Nonnenau vorbeitreiben. Mit Paddeln bugsierten sie S-29 ungeschickt, aber erfolgreich zur Anlegestelle. Herbert, ganz Führer dieser tollkühnen Kommandoeinheit, überließ es den anderen, die Ausrüstung zu schleppen. „Männer“, kommandierte Herbert, „dobbelt so schnell unn halb so laut!“
Ottos Mannen, genauer gesagt, war es nur ein Mann, saß im Gebüsch, sah durch sein Nachtfernglas und schüttelte den Kopf. „Idioti“, murmelte er, als er sah, mit welchem Lärm und Ungeschick die Drei über die Außenmauer stiegen. Seit nachmittags war er hier, hatte die Umgebung sorgfältig abgesucht und war sicher, daß niemand außer den drei Idioten und er hier waren. Noch nicht, aber bei dem Lärm konnte sich das ändern. „Boze moj!“, murmelte er entgeistert, als er die Panzerfaust erkannte. Sergej Keller kam aus Kasachstan und war ein

multikultureller Deutschrusse. Seine Mutter war eine kasachische Halbrussin, sein Vater ein Wolgadeutscher, der Stalins Deportationen hinter den Ural überlebt hatte. Als in der glorreichen Roten Armee das Essen immer schlechter wurde und der Sold immer seltener kam, nahm Sergej seinen Abschied und wechselte in die Privatwirtschaft nach Moskau. Als Leibwächter eines „Biznezman" verdiente er gute Dollars, bis sein Chef von einem noch größeren „Biznezman" umgelegt wurde. Sergej erinnerte sich seiner väterlichen Wurzeln und beantragte einen deutschen Pass. Seitdem war er ein Wanderer zwischen den Welten. In Deutschland fühlte er sich eher als Russe, in Moskau meinte er deutsch zu sein und in Kasachstan ging ihm das muslimische Getue seiner mütterlichen Verwandten auf die Nerven. Deshalb pendelte er dauernd zwischen Ost und West. Er importierte russische Lebensmittel für die vielen Spätaussiedler in die Bundesrepublik und exportierte teure Autos hinter den Ural. Zwischendurch übernahm er auch andere Aufträge, zum Beispiel für seinen väterlichen Freund Wackel-Otto.

Franky stand auf Herberts Schultern und schnitt mit einer Drahtschere den Stacheldraht auf der Brüstung durch. Dann zog er die Strickleiter über die Mauer und stieg auf der Innenseite herab. Dann kauerte er sich an der Mauer und hielt das Seil fest auf dem Boden, als Gegengewicht, damit Karl hochklettern konnte. Oben setzte sich Karl auf die Brüstung, nahm von Herbert die Ausrüstung entgegen und reichte sie an Franky weiter. Die Rucksäcke, den Türknacker, die Munition, den Feuerlöscher, Axt und Spitzhacke. Dann krabbelte er zu Franky herunter, sprang in ein Loch und verstauchte sich den Knöchel. Mit viel Lärm und Gejammer hängte er sich zusammen mit Franky an die Strickleiter, als doppeltes Gegengewicht zum dicken Herbert. Herbert erklomm den Gipfel, tastete sich bäuchlings herunter und ließ sich fallen. 120 Kilo donnerten auf sie herunter. „Alles klar?" „Alles rodscher!", fluchte Karl böse und humpelte Richtung Haus. Dreißig Meter vor der dicken Stahltür mit der unbekannten Zahlenkombination luden sie die Panzerfaust. Mit erstaunlicher Behendigkeit humpelte Karl 10 Meter seitwärts und legte sich flach ins Gras. „Schißer", maulte Herbert und fing an, Franky die Panzerfaust zu erklären. Franky

behauptete dreist, daß er bei der Bundeswehr nie mit so einem Ding geschossen hätte. Und selbst wenn, dann hätte eine moderne Panzerfaust mit diesem altertümlichen Schießgerät so wenig zu tun, daß es auch nichts helfen würde. Es half also nichts. Herbert mußte selbst ran. Das rechte Knie und den linken Fuß auf dem Boden, legte er an. Franky durfte nicht in Deckung gehen, sondern mußte danebenstehen und mit der Taschenlampe auf das Ziel leuchten.
„Feuer!“, kommandierte Karl aus sicherer Entfernung. Herbert zielte, schloß die Augen und drückte ab. Nach drei Sekunden öffnete er die Augen. „Schieß jetzt endlisch!“, brüllte Karl. „Hab isch doch“, sagte Herbert. „Wahrscheins irschendwas mittem Zünder nit in Ordnung.“ Vorsichtig zog er die Blindgängerrakete aus dem Rohr und führte eine andere ein. Zweiter Versuch. „Feuer!“ Es machte zisch und BUMMM.
Als Karl den Kopf hob, sah er, daß es keine Tür mehr gab. Dazu brauchte er keine Taschenlampe, weil es im Hausflur brannte. „Voll krass, eijh!“, fand Franky seine Sprache wieder.
Herbert schnappte den Feuerlöscher und löschte mit der Erfahrung von 50 Jahren Mitgliedschaft in der freiwilligen Feuerwehr Mommenheim. „Alles rodscher! Jetzt kennt ehr roikomme!“ Die Rucksäcke aufgezogen, die Stirnlampen geschnappt und die Festung gestürmt.
Nachdem sie die Zone der Verwüstung überwunden hatten, beleuchteten ihre Lampen eine geheime Innenwelt von atemberaubender Skurrilität. Wahnsinnige Artefakte einer irrwitzigen erotomanischen Sammlerwut raubten ihnen die Sinne. Onkel Ottos Pornosammlung war ein schäbiger Dreckhaufen dageben. Hier stand und hing nacktes Menschenfleisch in Stein, Holz, Metall, auf Leinwand und Fotos in Millionenwert. Dazu noch Folterkeller, Bibliothek, das Theater mit Tribünen, eine riesige Kostüm- und Lederklamottensammlung, es war gigantisch. „Was fer e Riesesau!“, staunte Herbert.
Die Türen im zweiten Stock waren einfache, wenn auch teure Holztüren, die sie mit der Axt einschlugen, um das Büro zu finden. Kurzzeitig verirrten sie sich dabei in Fickeisens Privaträume. Eine Welt aus Marmor, Pornographie und teuren Teppischen. Als sich

die Axt mit roher Gewalt durch Tür Nummer drei fraß, standen sie in einem großen Büro ohne Akten und Ordner. Die standen mutmaßlich alle im nächsten Raum, verschlossen mit einer Stahltür. Wahrscheinlich lag dort die ganze betrügerische Buchhaltung des geilen Dr. theol. Franz-Josef Fickeisen und seiner Freunde von der Partei. Franky nahm die Spitzhacke und schlug in die Wand neben der Tür. Beton.
„Hilft ja alles nix“, sagte Herbert und lud die Panzerfaust. Mit etwas Glück und wenn man mit dem Feuerlöscher schnell war, konnte man vielleicht einen Teil der Papiere retten. Sie gingen mit der Panzerfaust durch den Flur zurück, bis sie im Türrahmen zu Fickeisens Schlafzimmer standen. Weiter zurück gings nicht mehr, weil sie Platz lassen mußten für den gefährlichen Rückstrahl. „Oh Mannomann“, bangte Karl, der zwar keine Ahnung von Panzerfäusten hatte, aber immerhin wußte, daß man sie nicht in geschlossenen Räumen benutzen sollte. Herbert ging hinter dem Türrahmen in Stellung und zielte auf die Stahltür. Geschätzte 15 Meter Entfernung. Wenigstens etwas, sagte er sich, schloß die Augen und drückte ab. Zisch, BUMMMM!
Das Zisch war nicht lauter als draußen, aber wesentlich unangenehmer. Der Feuerstrahl versengte die Rückwand von Fickeisens Schlafzimmer, strahlte ab und versengte Herberts Hose, ganz abgesehen davon, daß auch das Schlafzimmer anfing zu brennen. Das Bumm allerdings war überhaupt nicht zu beschreiben. Es kostete sechs taube Ohren, die freie Sicht und auf jeden Fall die Fähigkeit, schnell zu reagieren. Es war wie ein Schock. Herbert ließ das Ding fallen und taumelte mit dem Feuerlöscher wie in Trance durch einen Nebel von Explosionsgasen Richtung Tresor und hielt den Feuerlöscher hinein. Franky torkelte ins Bad, füllte einen Putzeimer mit Wasser und bekämpfte den Schlafzimmerbrand. Karl hinkte in den Tresorraum. Er heulte vor Schmerz und Wut. Verbogene Regale, verkohlte Papierfetzen und Stahltrümmer in einem Löschbadschaum. Immerhin, weil die Fensterscheiben im Büro jetzt zersplittert waren, zog der Dampf allmählich ab. Sie wühlten im Dreck und stopften nasse, angekohlte Papiere in die Säcke. Alles was sie fanden. Franky erbeutete sogar einen ganzen

Ordner. Spenden 1992-1994. Ebenso einen fast kompletten Ordner mit den Kontobelegen einer Stiftung „wahres Christentum“ in Luxemburg. Jede Menge Disketten fanden sie auch. Und einen ganzen Stapel Einladungen für eine Veranstaltung, die nach Fassenacht datiert war und nie stattfinden würde. „Der Verein lädt sie herzlich ein zu unserem kunsthistorischen Vortrag: Messalina, Legende und Wirklichkeit. Am 23.3. ab 20 Uhr in unserem Seminarzentrum auf der Nonnenau.“ Aha, dachte Franky. So lief das also. Noch mehr staunte er, als er die Adressen las. Dr. Kurat, Polizeipräsident, Norbert Schulte und überhaupt jede Menge lokaler Prominenzen. Herbert ergatterte eine Liste mit Spendern aus dem Jahr 1998. Rechnungen gab es auch jede Menge. Auf Kosten des Vereins hatte Fickeisen zum Beispiel allein für eine Salomeaufführung Kostüme für 14980 DM geordert. Schließlich hatten sie zwei Kartoffelsäcke voller Papiere und angekokelter Reste gesammelt. „Geschafft“, jubelte Franky und sah schon die Schlagzeilen mit seinem Foto in der Zeitung. „Jawoll!“, brüllte Karl in stolzem Siegestriumph.
„Dunnerkeil“, sagte Herbert dumpf, als er den Pistolenlauf an seiner Schläfe spürte. Es war der Gorilla. Der Mann im Gorillakostüm. Er ging auch gleich gorillamäßig zur Sache, Widerstand zwecklos. Herbert versuchte zu maulen, bekam aber gleich was auf die Waffel. Sie mußten sich mit dem Gesicht auf den Boden legen. Der Gorilla band ihnen die Hände hinter dem Rücken zusammen, fesselte die Füße und verband die Fesseln mit einen Strick. Um die Festigkeit seines Machwerks zu prüfen, hob er jeden am Verbindungsstrick hoch und ließ ihn wie ein verschnürtes Päckchen dumpf auf den Boden fallen, was sehr schmerzhaft war. Dabei grunzte der Gorilla zufrieden durch seine Gummischnauze und knebelte die drei, damit sie nicht schreien konnten. Dann schleppte er die Säcke nach draußen.
Uff, dachte Karl erleichtert. Anscheinend wollte der Gorilla nur das Beweismaterial aus dem Weg schaffen. Seine Hoffnung trog. Kurz darauf kam er zurück, einen Kanister in der Pfote. „So ihr drei kleinen Schnüffler, gleich wirds warm“, grunzte er.

Rückwärts ging er aus dem Zimmer und schüttete dabei eine Flüssigkeit auf den Boden. Benzin! Es waren lange Sekunden zwischen dem Zeitpunkt, als der Gorilla samt Kanister im Dunkeln verschwand und bis es hell wurde. Es wurde hell, als die Flammen der Benzinspur entlang das Treppenhaus nach oben züngelten und sich bis zu den verschnürten Päckchen fraßen. Es wurde hell und heiß. Sechs panisch aufgerissene Augen starrten dem Feuer entgegen, das immer näher kam.
Sergej Keller hörte kopfschüttelnd den ersten Knall ab und harrte weiter der Dinge, die da kamen. Minuten später hörte er die zweite Explosion, dann sah er Feuerschein in der Villa und dann verlosch das Feuer und es war ruhig. Er roch nur diesen altbekannten Geruch von Explosionsgasen und Brand. Dann aber trugen sich interessante Dinge zu. Ein Sportboot kam heran, drosselte den Motor, schaltete ihn ab und legte lautlos an dem Bootshaus hinter der Anlegestelle an. Durch sein Nachtsichtglas sah er deutlich zwei Gestalten. Eine schlanke Gestalt in Clownskostüm am Steuerrad und ein gedrungenes Tier, das lautlos auf den Steg sprang. Das Tier war ein Gorilla, der eine Pistole zog, mit geübten Bewegungen absicherte, lautlos einen Kanister auf die Mauerkrone packte, noch lautloser über die Mauer enterte und mit dem Kanister Richtung Villa verschwand. Sergej hatte genug gesehen. Die Art, wie sich der Mann im Gorillakostüm bewegte, wie er die Pistole hielt und über die Mauer enterte, sagte ihm, daß hier ein Profi am Werk war. Sergej wartete. Wenn der Gorilla wirklich an dem Beweismaterial interessiert war, das in der Villa mutmaßlich lagerte und wenn die drei Idioten dieses gefunden hätten, dann würde der Gorilla auch mit dem Zeug zurückkommen und Sergej konnte ihn bequem abfangen, wenn er wieder zurück über die Mauer an den Steg kam. Also warten.
Der Gorilla ging rückwärts den imperialen Treppenaufgang hinunter und schüttete Benzin vor sich her. Unten bückte er sich und zündete den Sprit an. Blitzartig fraßen sich die Flammen treppaufwärts. Allerdings machte der Gorilla einen Fehler. Beim Anzünden bückte er sich und berührte mit dem zotteligen Gorillaarsch die zerfetzte Eingangstür, genau an der Stelle, wo die

Panzerfaust ein glühendes Loch hinterlassen hatte. Der Gorillaanzug bestand aus leicht brennbaren Kunstfasern. Gemächlich schnappte der Gorilla die Säcke und ging Richtung Steg. Erst als ihm warm am Hintern wurde, merkte er, daß der Kittel brannte. Er ließ die Säcke fallen und raste brüllend auf die Mauer zu. Sergej staunte, als der brennende Gorilla brüllend auf den Steg sprang. Eine einzige Fackel. Der Gorilla sprang kopfüber in den Rhein und versank zischend in den Fluten. Die Idee, den brennenden Anzug im Rhein zu löschen, war im Prinzip nicht schlecht. Aber der Rhein hatte Hochwasser, starke Strömung, war eiskalt und der Gorilla kein guter Schwimmer. Außerdem trug er schwere Schuhe und dicke Winterkleidung unter dem Fell.
Sergej starrte fassungslos auf die Stelle, wo das Tier versunken war. Dann wurde er geblendet. Das Sportboot fuhr los, um den Gorilla zu retten. Sergej zerschoß einen Scheinwerfer und jagte noch ein paar Kugeln in den Bootsrumpf, um den Clown zu erschrecken. Das Boot gab Vollgas. Als der Gorilla noch einmal hochkam, fuhr das Boot genau über ihn. Sergej starrte dem Boot nach und dachte an seinen Auftrag. Er kletterte über die Mauer. Die Villa brannte im Inneren. Sergej fand die weggeworfenen Säcke, schnappte sie und wollte verschwinden. Aber dann dachte er an die drei Idioten, ließ die Säcke fallen und rannte ins Haus. Er stürzte das brennende Treppenhaus nach oben, durchlief Zimmerfluchten und stolperte über die drei verschnürten Päckchen. Sergej schnitt die Fesseln durch und trat ihnen in die Ärsche, damit sie schneller auf die Beine kamen. Er rannte mit dem Feuerlöscher hustend voran und bahnte den Weg. Franky schrie, Karl keuchte, und Herbert schleifte astmathisch pfeifend seine geliebte Panzerfaust hinter sich her. Zu dritt ließen sie sich auf den kalten Rasen fallen. Sergej trat ihnen abermals in den Arsch, um sie über die Mauer zu jagen, derweil das Feuer, diesmal endgültig, Fickeisens Villa auffraß. „Idioti! Beweg faules Arsch und hau ab, bevor sich Polizei kommt! Dawei, Dawei!"
Derart angetrieben, wurden sie zu S-29 gestriezt. Sergej setzte die Idioten ins Boot, warf die Säcke hinterher und verschwand im Dunkeln. Auftrag hin oder her, er wollte nicht mit diesen Idioten in

einem Boot sitzen. Lieber schlug er sich in die Büsche und rannte zum Auto. Auch sein Auto mußte weg sein, bevor Feuerwehr und Polizei hier auftauchten.
„Oh Mannomann!“, brüllte Herbert erleichtert, als sie die Nonnenau hinter sich gelassen hatten. „Abber mer habbe die Beweise! Uff de alde Waggeloddo kannsde disch verlasse!“
Oder auch nicht. Franky saß vorne im Boot und wurde blaß, als er das Motorboot auf sich zukommen sah. Es fuhr mit einem aufgeblendeten Scheinwerfer auf S-29 zu. Es fuhr Rammkurs. Am Steuer stand der Clown. Herbert schaffte mit Mühe, dem Bug des Sportbootes auszuweichen. Das Sportboot wendete und lief wieder in voller Fahrt auf sie zu.
„Wuuuschhh“, machte es, als S-29 im letzten Moment steuerbord drehte, wobei der Bug des Sportbootes im Zentimeterabstand vorbeisägte und das Boot durch die Wellenbewegung beinahe kenterte. Franky brüllte hysterisch: „Herbert, schieß!“ Herbert tauschte mit Karl den Platz, als das Sportboot wendete. Es war die letzte Chance. Und diese Chance hatten sie nur deshalb, weil der Clown ein offensichtlich ungeübter Bootsfahrer war. Er schob die letzte Granate im Rohr und betete zu Gott, daß es kein Blindgänger war. Als der Clown die Panzerfaust erkannte, tat er genau das falsche. Er versuchte abzudrehen und zeigte die Breitseite aus zehn Meter Entfernung. Kaleu Dickmilch drückte ab, das Ding zischte los und das wars. Es tat sich gar nichts. „Du Arschloch hast vorbeigeschosse!“, blökte Karl entsetzt.
Das dachte auch der Clown, wendete das Boot und gab Vollgas.
„Jetzt iss de Käs gesse“, dachte Kaleu Herbert. Alles aus. Aber nichts da, das Boot wurde langsamer. So langsam, daß Karl mühelos dem Angriff ausweichen konnte. Jetzt erst kapierten sie. Die Panzerfaustgranate war zwar befehlsgemäß losgezischt, hatte auch wunschgemäß den Bootskörper durchschlagen, war aber nicht explodiert. Egal. Hauptsache das Boot lief voll Wasser und wurde langsamer. Auch der mörderische Clown bemerkte sein Mißgeschick, als der Motor tuckerte und seine Füße im Wasser standen. Bevor die Maschine den Geist völlig aufgab, steuerte er sein Wrack ans Ufer zu einem Landeponton. Dort sprang er an

Land, derweil sich das abgeschossene Boot noch eine Zeitlang wie besoffen an den Bootssteg lehnte, mit Wasser vollsog und dann glucksend versank.
Die drei Seehelden steuerten S-29 in den Hafen von Nackenheim, fuhren nach Mommenheim und verschanzten sich in Herberts Haus. Er ließ die Rolläden herunter, verteilte Waffen und war entschlossen, jeden zu erschießen, der sich seinem Domizil näherte.
Um 9 Uhr klingelte das Telephon. Herbert nahm ab und übergab an Karl. Es war Erna: „Isch wääß nit was de widder fer en Scheißdreck angeschtellt hast, aber isch saach der soviel: Erstens iss in Määnz de Deiwel los. Zwäddens sucht disch nit nur die Bolizei, sondern aach die Kripo, weil in Määnz de Deiwel los iss. Unn driddens hat de Waggel-Oddo angerufe. Du sollst uff gar kän Fall irschend ebbes mache, weil disch die Bolizei unn die Kripo sucht. Hasde des verschtanne, du Dollbohrer!?“ „Ja, hab isch“, sagte Karl kleinlaut, wollte noch etwas fragen, aber Erna hatte wütend aufgelegt.

Der rüstige Rentner tat das, was er jeden Morgen tat. Er unternahm einen Spaziergang und zerrte seinen fetten Hund hinter sich her. Wie immer, ging er auf der Maaraue am Rhein entlang. „Los! Komm schon, Du Arschloch!“ Aber der Hund kam nicht. Er blieb stehen und knurrte. Der Rentner sah etwas genauer hin. Kein Zweifel, da unten am Rheinufer hing ein großes, totes Tier. Es hatte sich in der Ankerkette des grünen Tankschiffes verfangen, das hier festlag. Herr und Hund gingen weiter zu einem altertümlichen, muffigen Festungsgebäude. Praktischerweise residierte hier die Wasserschutzpolizei, im Volksmund Wasserschmutz genannt.
„Da hinne am Bunkerboot“, sagte der Rentner, „da schwimmt en dode Gorilla im Wasser!“ Die Polizeimarine staunte nicht schlecht, als sie den Gorilla aus dem Wasser zogen. Der Gorilla hatte ein verbranntes Rückenfell. Und die herbeigerufene Kripo Wiesbaden stellte sogar fest, daß der Gorilla in Mainz gemeldet war. Kaum zurück von der Bergung, kam eine Meldung, daß flußaufwärts ein abgesoffenes Sportboot am Rheinufer lag. Das Boot hatte ein Loch im Rumpf und war laut Kennzeichen in Mainz gemeldet. Den Rest des Tages schrieben die Seebären Berichte.

Mittelstedt hatte angeregt, daß merkwürdige Dinge, die sich im Umkreis Mainz ereigneten, auf seinen Schreibtisch landeten. Also auch Wasserleichen, die am hessischen Rheinufer gefunden wurden. Ebenso der Brand eines Anwesens auf einer Rheinhalbinsel am hessischen Ufer. Nicht weniger der Fund eines Schiffswracks, das einen Liegeplatz im Mainzer Winterhafen hatte. „Also“, sagte der schnaufende Assistent. „Des abgesoffene Boot iss ä Schportboot, des einem Veroi zur Reddung des christlischen Abendlandes gehert, was immer des soi soll. Der komische Veroi ist in Määnz gemeldet unn jetzt werds inderessant, alldieweil nämlich....“.
Mittelstedt war kurz vorm platzen, aber kurz bevor er platzte, bekam der Assistent die Kurve und sprudelte nicht nur Unfug, sondern auch Informationen heraus. „Dess Boot“, sagte der Assistent, „des Boot sieht aus, als wärs verzeh-achtzeh im Bananekriesch mit äner Kanonekuchel versenkt worn.“ Schließlich zückte er ein Polaroidfoto, das einen Schiffsrumpf mit einem häßlichen Loch zeigte. Die gezackten Lochränder zeigten nach innen. Kein Zweifel, irgendein kanonenkugelähnliches Projektil hatte von außen die Wand durchschlagen. Im Bootsrumpf hatte man sogar das Teil gefunden. Den nicht explodierten Sprengkopf einer alten Panzerfaust. Und drei Pistolenkugeln hatte man gefunden. Der genaue Bericht würde folgen.
„Wer macht sowas?“, fragte Mittelstedt. „Wer schießt mit Kanonen auf Sportboote?“ „Wääß isch nit“, sagte der Assistent und biß in ein Mettbrötchen. Dann kam der Gorillafundbearbeiter: „Tod durch Ertrinken. Todeszeit: vermutlich gestern Nacht. Auffällig ist, daß das Gorillakostüm auf der Rückenseite verbrannt ist. Vielleicht ist er ins Wasser gesprungen, um die Flammen zu löschen. Kein Alkohol im Blut, aber in der Tasche eine Pistole, 9 Millimeter.“
Die Wasserleiche hieß Roland Mayer und war 1955 in Chemnitz, damals Karl-Marxstadt, geboren worden. Das war anhand des Passes im Geldbeutel des Toten, gefunden in der Gesäßtasche, eruiert worden. Mayer war seit 1997 in Mainz gemeldet. Er hatte als Hausmeister gearbeitet, angestellt von einem Verein zur Rettung des christlichen Abendlandes e. V. Auch die sächsischen

Kriminalen aus Chemnitz arbeiteten zügig. Mayer hatte sich lebenslänglich der NVA verpflichtet. Ende der achtziger Jahre drillte der Oberstabsfeldwebel Mayer Angehörige der Luftlandetruppe zur militärischen Elite des sozialistischen Arbeiter- und Bauernstaates. 1990 kam die deutsche Einheit und er wurde ins Zivilleben entlassen. Für Mayer brach eine Welt zusammen. Er hängte seinen SED-Ausweis an den Nagel, nahm Kredite auf und eröffnete eine Getränkehandlung, um seinen Beitrag zur Entwicklung blühender Landschaften zu leisten. Aber Mayers persönlicher Aufschwung Ost blieb aus. Mit Dingen wie Kapitalismus und Buchführung war er völlig überfordert. In einer Mischung aus Verzweiflung und Größenwahn kombinierte er die Getränkehandlung mit einem Fitneß- und Sonnenstudio, wofür er Hypotheken auf das Haus seiner Mama aufnahm, was die Bank mit freudiger Erregung und horrenden Zinsen zur Kenntnis nahm. Es kam, wie es kommen mußte. Die monatlichen Einnahmen deckten bei weitem nicht die Kosten. Deshalb öffnete er keine Briefe, bezahlte keine Rechnungen, steckte die Bareinnahmen in die Tasche und ging saufen. Als noch dazu seine Frau mit einem solariumgebräunten westdeutschen Hantelvertreter durchbrannte, brannten bei Mayer alle Sicherungen durch. Er gaukelte seinen westdeutschen Gläubigern vor, daß er Konkurs anmelden und vorher wenigstens Teilschulden bar begleichen wolle. Zuerst trank er sich Mut an und dann schlug er zu. Er schlug dem Versicherungsvertreter aufs Maul, er steckte den Getränkevertreter nieder. Dem Gauner, der ihm Fenster zu horrendem Preis verkauft hatte, dem boxte er an die Schläfe. Dem angeblichen Heizungs- und Sanitärfachmann trat er gewaltig in die Eier. Den Ostbeauftragten einer renommierten Elektrofirma steckte er mit dem Kopf ins verschissene Klo einer Toilettenanlage, die ihn viel Geld gekostet hatte, aber nie funktionierte. Zum guten Schluß hängte er noch den Berater von seiner Hausbank mit den Füßen an der Decke auf und drohte, ihm den Besenstiel in den Arsch zu stecken, was er dann aber doch bleiben ließ. Dann rief Mayer lallend die Polizei und ließ sich widerstandslos festnehmen. Die Blutprobe ergab 2,1 Promille. Der Prozeß machte Schlagzeilen. Mayer war sich der Sympathien

von ca.17 Millionen Deutschen sicher. Sein Anwalt lief zu großer Form auf, weil er mit dem Fall kräftig Eigenwerbung betreiben konnte. Zwei Jahre auf Bewährung wegen verminderter Schuldfähigkeit und blabla. Als lokaler Michael Kohlhaas der Wiedervereinigung gefeiert, bekam Mayer eine Zeitlang in jeder Kneipe Freibier. Was half es? Er lebte von Sozialhilfe und war täglich im Delirium. Mitte der neunziger Jahre wachte er in einer Polizeizelle auf, weil er nachts in einem Nobelrestaurant sozialistische Kampflieder gebrüllt und randaliert hatte. Als er bald darauf morgens in einer psychiatrischen Abteilung aufwachte, zog Mayer die Notbremse. Er machte eine Entziehungskur.
„Woher wissen sie das alles so genau?", fragte Mittelstedt. „Weil der Roland mein Cousin war", sächselte der Kriminalbeamte aus Chemnitz ins Telefon. Aha, dachte Mittelstedt. Aber, wie kam er dann nach Mainz? Und was sollte ein exsozialistischer Muster- und Parteisoldat bei einem obskuren katholischen Verein? Kurz vor Feierabend meldete sich erneut der sächsische Kollege. Mayer landete in einer katholischen Suchtklinik in Hinterbayern. Als er das Gröbste hinter sich hatte, schwor er sich drei Dinge. Erstens durfte er nie wieder im Leben ein Glas Alkohol trinken. Zweitens durfte er nie wieder zurück zu den alten Saufkumpels, weil er dann wieder saufen würde. Drittens brauchte er einen neuen Sinn in seinem Leben, damit er nicht wieder anfing zu saufen. Weil er nicht nur die Figur, sondern auch die Konstitution eines Ochsen hatte, erholte er sich schnell. Er fing an zu laufen und machte Liegestützen wie ein Bekloppter. Er schippte Schnee wie ein Besessener, er fällte Bäume und hackte Holz. Handwerklich begabt, ging er dem Hausmeister zur Hand. Und abends las er. Er las die Bibel und fing an, die Klinikgottesdienste zu besuchen. Mayer wurde trocken und fromm. Der Anstaltspfarrer vermittelte ihn dann nach Mainz zum Verein zur Rettung des christlichen Abendlandes.
„Woher wissen Sie denn das wieder so genau?" „Weil ich mit seiner Exfrau gesprochen habe."
Anschließend schickte der Sachse mit dem Fax noch ein paar Briefe von Mayer, die er seiner Mutter und seiner Exfrau geschrieben hatte. Mittelstedt fragte sich beim Lesen, ob der

tiefgläubige Katholik Mayer vorher genauso fest an den Sozialismus geglaubt hatte. Laut Kollege aus Chemnitz: Ja. Mittelstedt fragte, ob Mayer für die Stasi gearbeitet hätte. Wer hätte das nicht, fragte der Sachse gemütlich zurück.

Fünfzehnter Tag der Ermittlungen im Fall Fickeisen, 9 Uhr 11
Karl rief an. „Oddo, isch bins, de Karl. Mer habbe die Beweise."
Otto: „Rühr disch nit von de Schtell. Moin Mann holt eisch ab, bring alle Unnerlache mit!"
Sergej Keller kam und kutschierte sie schweigend samt Beweisen von Mommenheim nach Mainz ins Hinterzimmer von Rosies Bar. Zwei Bardamen kümmerten sich exklusiv um sie. Die eine Bardame war Rosie, die andere war Ottos Altenpflegerin. Herbert: „Wo sinn sie dann her, Frolleinsche?" „Ich komme aus Gummersbach." Herbert: „Unn da fahrn sie jeden Daach vun Gummersbach hierher uff die Arbeit?"
Irgendwann kam der alte Otto hereingewackelt, standesgemäß mit silbernem Krückstock. Karl, Herbert und Franky sprudelten wie drei Wasserfälle.
Otto: „Dess iss moin Mann, de Igor. Igor hat eisch heit nacht in de Villa es Lebe gereddet."
Karl, Herbert und Franky bedankten sich artig. Igor zeigte stolz seine Pistole, mit der er auf den Gorilla und das Boot geschoßen hätte. Karl, Herbert und Franky nahmen das Arbeitsgerät ihres Lebensretters ehrfurchtsvoll in die Hände, Sergej nahm es wieder, wobei er geschickt vermied, das Ding mit der bloßen Hand anzufassen. Eigentlich sagte er kaum etwas, außer: „Nastrovje!"
„Nastrovje", schrien die drei Idioten begeistert.
„Mit dene Beweise", sagte Karl aufgekratzt, „gehe mir morsche an die Presse unn dann fliescht der ganze Lade in die Luft. Alle! Die fromme Kuddebrunzer von de Kersch unn die demokradische Herrn vun de KaDeUh! Unn ibberhaubt alle feine Leit, die em Fickeise geschpend unn uff seine Bumsparties mitgeberscht habbe. Die ganz Handkäsmafia aus Bolidig, Wertschaft, Kersch unn Kuldur!"

Ottos Augen wurden plötzlich ganz kalt. „Karlsche! Erstens sucht disch die Bolizei, weil Du vorm Haus gestande hast, wo der Bierheimer abgemurkst worn iss, unn Du, schlau wie de bist, die Visitekart leihe gelasse hast. Zwädens sinn doi Fingerabdrück uff de Pistol vum Igor. Wenn isch die de Bolizei gebb, dann biste dran, weil se dann ganz sicher aach noch Schpure vun eisch Drei in de Villa finde! Mord, Oibruch, Brandschtiftung unnsoweider. Unn gar nix Beweise, die Beweise hab isch jetzt."
Das saß. Die Wirkung von Ottos Worten war verheerend. „Isch kenn de Fickeise schon seit dreißisch Jahr, weil er ääner vun meine besde Kunde war. Vor drei Jahr hab isch en widdergetroffe, uff erer Auktion fer erodische Kunst. Er hat mer dann den Vorschlach gemacht, als schtiller Teilhaber exclusive Sado-Maso-Iwents zu veranschtalde, iss ja schwer im komme, des Zeisch. Hab isch mitgemach, abber bald gemerkt, daß der was an de Rassel hat. Jedenfalls hab isch hunnertdausent Mack in den Scheiß geschteckt, abber moi Geld nit mehr gesehe. Dann hab isch die Rosie unn de Igor uff en angesetzt. Die sinn mit dem Kerl in e Schtudio gange, habben ne in en Käbbisch gesetzt unn e bißje gekitzelt, damit er moin Bimbes rausrickt. Abber de Fickeise war so voll gebumbt mit Koks unn Viagra, daß em die Bumb schtehe geblibbe iss. Hops weg war er, unn isch hunnertdausend Mack ärmer. Unn jetzt hol isch mer des Geld vun de Kersch un de Ka De Uh. Bei Geld hert nämlisch de Schpaß uff!"
Franky wollte auf ihn losgehen, aber Igor war schneller. Aus der Traum vom großartigen Detektiv, der die Mainzer Sexkirchenparteispendenaffäre aufklärt und berühmt wird.
„Was isch eisch biet, iss ä Alibi unn hunnertdausend Mack, damit ihrs Maul halt. Odder de Igor kimmert sisch um eisch. Odder ihr krieht en Prozeß wesche Mord an eme Gorilla an de Hals. Also was wollt ihr?" Die Frage war nicht schwer zu beantworten. „Außerdem", sagte Otto ganz ernsthaft, „bin isch seit 1951 KDU-Mitglied, hab schon lang moin Friede mit de Kersch gemacht unn will e schä kadolisch Beerdischung. Ibberhaubt, was soll der Dreck in de Zeidung? An was solle dann die Leit ibberhaupt noch glaabe, wenn des alles erauskimmt?"

„Herr Kommissar“, sagte der Mann, „Ich weiß, wer hinter diesen Assassinen steckt.“ „Soso“, sagte Mittelstedt. Der Mann öffnete umständlich seine Aktentasche und zog einen Ordner mit Zeitschriften- und Zeitungsartikeln heraus. „Ich habe alles kopiert. Alle Beweise, die ich seit über 30 Jahren sammle.“
Mittelstedt seufzte gequält. Dieser Oberregierungsrat a. D. war einer von unendlich vielen Spinnern, die seit Tagen die polizeiliche Ermittlungsarbeit lahmlegten.
„Hier hab ich Ihnen alles aufgelistet. Die ganze Verschwörerbande von A bis Z. Es sind linke, grüne, atheistische und sonstige Tarnorganisationen, finanziert von geheimen Stasimillionen, die sich hinter diesen Assassinen verstecken, um die Kirche in den Dreck zu ziehen. Es sind auffallend viele Protestanten dabei! Der hier ist Protestant, der auch und diese Suffragette da..... “
Bei jedem Namen deutete der alte Herr jeweils auf einen Zeitungsausschnitt. Mittelstedt komplimentierte den Spinner hinaus und brüllte: „Wer hat diesen Idioten hereingelassen?“ Schmidt meldete sich: „Ich wars, Chef.“ „Warum?“ „Weil er mit seinen Verbindungen gedroht hat und ich keinen Deckel von oben bekommen wollte, wenn ich ihn abbügele.“
„Idiot“, sagte Mittelstedt möglichst sanft. Dann kam eine Frau vom Schwulen- und Lesbenverband. „Haben sie Drohungen erhalten, die uns weiterhelfen könnten?“ „Nicht schlimmere als sonst auch. Aber seit dem Mord und den Bombenanschlägen sind es wesentlich mehr.“ Sie stellte einen Korb voller Briefe, Faxe, ausgedruckter E-Mails und vollgelaberter Kassetten von Anrufbeantwortern auf den Tisch. Es waren Statements in der Art von „alle Feministinnen müssen ordentlich durchgefickt werden“, oder „schwule Sau, wir kriegen Dich“ und ähnlicher Müll. „Danke“, sagte Mittelstedt. „Wenn Sie etwas Besonderes hören, rufen Sie uns bitte an.“
„Schmidt!“, rief der Kommissar. Schmidt, untergeordnetes Mitglied der Soko Assi, kam angedackelt. „Du nimmst diesen Dreck, gehst ihn einzel, Blatt für Blatt durch und kuckst, ob es irgendwelche Ähnlichkeiten zu den Bekennerbriefen gibt!“
Schmidt nahm stöhnend den Korb und verteilte ihn auf diverse Berge Sichtungsmaterial. Berg A bestand aus Drohungen und

Erklärungen von Menschen, die sich als Assassinen bezeichneten. Berg B bestand aus Drohungen und Erklärungen von Menschen, die sich mit den Assassinen solidarisch erklärten. Berg C bestand aus Erklärungen und Vermutungen, in denen Menschen irgendwelche Zeitgenossen verdächtigten, Assassinen zu sein. Die Berge D und F waren relativ überschaubar. Hier sammelten sich Solidaritätserklärungen und Denunziationen von Menschen, die ihre Namen und Adressen angaben.
Auch die nächste Informantin war eine Frau. Sie teilte sich mit ihrer Schwester eine passend eingerichtete Dienstwohnung und inserierte immer mit: „Geile Hausfrauen warten auf Dich. Ehemänner sind auf Montage."
„Guude Middelschtädd! Isch war grad in de Schtadt oikaafe. Also. Isch hab seit Jahre en Schtammkunde, der schpinnt." „Inwiefern?" „Der kimmt in die Schtubb unn lescht die Bibel uff de Disch." „Ja und dann?" „Dann dut er berschde unn isch muß vorne aus de Bibel vorlese, der will nit nur kachele, der will misch aach bekehrn!" „Und dann?" „Nix unn dann. Dadenach zahlt er extra, damit isch mittem ibber die Bibel diskudier. Dadebei hab isch mer nie was gedengt, abber jetzt mit dene Assadingsbums, iss doch komisch, odder?" „Das ist komisch. Kennst Du seinen Namen?" „Nä, abber er nennt sich Theo, issen frühpensionierde Elektroinschenjör, wohnt bei seiner Mama unn kimmt immer Dunnersdachs morschends, weil soi Mama dann immer uffem Kerschhof es Grab vun ihrm Alde in die Reih schafft."
Mittelstedt machte sich Notizen. Verschrobene Elektroingenieure mit Religionsfimmel und viel Freizeit konnten womöglich auch Bomben basteln. Heute war Mittwoch.
„Meine Leute werden deinen Freier morgen früh unauffällig beobachten und dir nicht das Geschäft kaputtmachen." „Des will isch hoffe", sagte sie. „Unn sunst?" „In den letzten zwei Tagen", sagte Mittelstedt, „hab ich zusammengenommen etwa 6 Stunden geschlafen und das war eben der erste vernünftige Tip, den ich bekommen hab." „Du bist e arm Sau", sagte sie. „Alla Tschee, machs gut."

„Schmidt!“ „Ja Chef?“ „Morgen früh bist du bei Lena in der Wohnung, beobachtest aus dem Schrank heraus den Elektroingenieur und beschattest ihn den ganzen Tag. Aber un-auf-fällig!“ „Alles klar, Chef“, sagte Schmidt, der zwischen Papierbergen zusammengebrochen war.

Mittelstedt war der Mann zwischen allen Stühlen. Er litt unter Schlafmangel, Alpträumen und Stress in Form seines Polizeipräsidenten, der dauernd nichts besseres zu tun hatte, als nach dem Stand der Ermittlungen zu fragen und Ergebnisse zu fordern, damit er glänzen konnte. Noch einmal stellte der Kommissar zusammen, was unmöglich zusammengehörte. Ein bisexueller Mann war erdrosselt worden. Laut Aussage seines Nachbarn hatte kurz vor seiner Ermordung ein Mainzer Detektiv versucht, ihn zu besuchen. Ein gewisser Karl Napp. Auf ein Puff war ein Bombenanschlag verübt worden. Eine Frauenarztpraxis war in die Luft gesprengt worden. Zu allen drei Taten bekannte sich eine ominöse Gruppe namens „Assassinen Gottes“ und begründete ihre Verbrechen mit religiösen Motiven. Dann war ein Haus flußaufwärts mittels einer Panzerfaust aufgebrochen, der Tresorraum mit der Panzerfaust geknackt und anschließend ausgeraubt worden. Vermutlich gab es dort Papiere zu erbeuten, weil überall verkohlte Papierfetzen herumflogen. Anschließend hatte man das Haus mit Benzin angezündet, den leeren Kanister hatte man gefunden. Das Haus war wie ein gespenstisches Geheimpuff eingerichtet, gehörte aber einem „Verein zur Rettung des christlichen Abendlandes“ mit Sitz in Mainz. Am Tag nach dem Brand war ein Mann in verbrannter Gorillaverkleidung aus dem Rhein gefischt worden. Wahrscheinlich war er ertrunken. Er war Hausmeister des „Vereins zur Rettung des christlichen Abendlandes“. Ebenfalls am Tag nach dem Brand hatte man ein abgesoffenes Sportboot gefunden. Das Boot war mit einer Panzerfaust versenkt worden, der Blindgänger lag im Rumpf. Es war der gleiche Typ wie der Blindgänger, der auf dem Rasen vor der Villa lag. Villa und Boot gehörten diesem Verein, dessen Hausmeister mutmaßlich irgendwo flußaufwärts in den Rhein gefallen war oder geworfen wurde. Alles sehr merkwürdig. Es

drehte sich um religiösen Fanatismus, der vor Mord und Bombenterror nicht zurückschreckte. Aber wie hing das zusammen? Was war das für ein Verein, was war das für ein Privatdetektiv?
„Und?" fragte Mittelstedt.
„Es war rundum fer de Arsch", berichtete der Assistent von seinem Besuch beim Verein zur Rettung des christlichen Abendlandes. „Die Scheffin iss e Fraa, heilischer als wie de Papst. So sieht se aach aus. Lacht nit, beißt die Zäh zusamme unn iss flach wie e Kachel. Wo e normal Fraa Brüst hat, siehste nur winzische Hutzele, wie zwää Linse, uff en Diel genachelt. Die hat misch sofort enausgeschmisse."
„Ach was", sagte Mittelstedt. Er hatte durchaus Verständnis für die Frau. „Abber", sabberte der Assistent, „die hat Dreck am Schtecke. Des schpür isch. Mer brauche en Durchsuchungsbefehl."
„Soso", sagte Mittelstedt.
„Genau so wars", sagte der Assistent schnaufend und biß gierig in ein Fleischkäsebrötchen. Mittelstedt beobachtete ihn. Der Dicke stützte beide Ellbogen auf den Tisch und bevor er heißhungrig die Hebelwirkung seiner dicken, behaarten Unterarme ausnutzte, um das Riesenbrötchen beidhändig zur Mundöffnung zu führen, öffnete er weiträumig den großen Schlund und kniff in erwartungsvoller Vorfreude die Schweinsäuglein zu. „Hmmniam", kam es aus dem Schlund, als die Zahnreihen mit beißenden Mahlbewegungen aufeinanderschlugen. Mittelstedt bekam Hunger. Er zog die Schreibtischschublade auf. Wählend zwischen furztrockenem Weihnachtsgebäck oder fettigen Landjägern, entschied er sich für letztere Variante.
„Guude Abbedit!", grunzte der Fresser und öffnete eine Büchse Cola.
„Was ist das für ein Detektivbüro Napp und Dickmilch?" Der Assistent kaute, setzte die Cola an, soff, rülpste ins Büro und sagte: „Karl Napp unn Herbert Dickmilsch, des sinn zwää ehemalische Kollesche. Zwää rischdische Prolede, dumm wie Schtroh, unn noch dezu die mit Abschtand greßte Dummbabbeler vun ganz Meenz. Inoffiziell wesche Suff im Dienst vorzeidisch entlasse!" „Aha",

sagte Mittelstedt, wobei er fasziniert beobachtete, wie Fleischkäse- und Brötchenbestandteile mit schwarzer Brühe vermischt, im großen Mund des Assistenten zu einer leckeren Pampe verarbeitet wurden. Das ganze sah aus, wie der Blick in eine rotierende Betonmischmaschine. Und, so vermutete Mittelstedt richtig, der Assistent konnte Napp und Dickmilch nicht leiden, weil sie ihm so ähnlich waren. So war es, aber es war nur die halbe Wahrheit. Die tiefere Wahrheit lag in der Polizeihierarchie begründet. Kripobeamte sahen mit herablassender Arroganz auf die kleinen Streifenbeamten herab. Die Beamten vom Landeskriminalamt wiederum hielten sich für gottweißwas besseres als die städtischen Kriminalen. Und alle zusammen konnten die Superpolizisten vom BKA nicht leiden. So gönnte, von unten nach oben, jeder der nächsthöheren Instanz ihre Mißerfolge. Und genau das hatten sich Napp und Dickmilch zunutze gemacht, als sie bei der Polizeifassenacht einen abendfüllenden Beitrag zur Verunglimpfung der Mainzer Kripo veranstaltet hatten. Zielsicher hatten sie sich dabei auf den dicken Assistenten eingeschoßen, was bei allen Mainzer Streifenpolizisten zu Brüllorgien geführt hatte. Manche mußten noch heute lachen, wenn sie an das fiktive Zeugnis dachten, das Napp damals vorgelesen hatte:
„Hat sisch im Rahmen seiner geistischen Fähigkeiten immer bemüht, innerbetrieblischen Arbeitsabläufen zu folgen und mit großem Eifer dazu beigetragen, meßbare Ergebnisse zu erzielen. Seiner Versetzung in die Wäschekammer des Landeskriminalamts steht somit nichts entgegen."
Auf Deutsch hieß das, der Assistent sei zu dumm, um einen Haufen Sand in einen Schubkarren zu schaufeln. Weil der Lacherfolg so groß war, hatte Napp das Ding dann kopiert und überall verteilt. Jedenfalls explodierte der Assistent heute noch, wenn er den Namen Karl Napp hörte.

Nach telefonischer Ankündigung wurden sowohl dem bischöflichen Ordinariat, als auch der KDU-Geschäftsstelle Päckchen zugestellt.

„Sodom und Gomorra!“, sagte der Sekretär des Bischofs, als er die kopierten Beweise von Nierenschlägers Unterschlagungen und seinen fleischlichen Verfehlungen las. Zum Echtheitsbeweis lag auch ein halbverkohltes Original dabei, auf dem Priester und Kirchenfunktionäre ihre aktive Teilnahme am Spektakel „Die Borgias“ zusagten. Einer hatte sogar die Rubrik „Junge Kerle“ angekreuzt und handschriftlich hinzugefügt „aber mit Knackarsch und unter 25“. Ein anderer hatte als Extrawunsch „Monster-Titten“ mit Ausrufezeichen verlangt.
Sofort prüfte der Sekretär die Angaben, indem er die Unterlagen mit den Ordinariatsbelegen verglich und zwei der aufgeführten Sünder ins kirchliche Kreuzverhör nahm, solange, bis sie zerknirscht ihre satanistischen Freveleien zugaben. Die Angaben stimmten. Um nichts in der Welt durften diese Auswürfe gottlosen Treibens an die Öffentlichkeit gelangen und das Kleid der Kirche mit teuflischem Auswurf besudeln!

„Dieser gottverdammte Kuttenbrunzer!“, jaulte der KDU-Schatzmeister, als er Nierenschlägers Spenderliste las. Noch wütender wurde er, als er verglich, wie wenig Geld davon in der geheimen Parteikasse angekommen war. Entsetzt war er, als er die Namen seiner Parteifreunde las, die an des Pfaffen Orgien teilgenommen hatten. Das einzige, was ihn tröstete, war der Name eines SBD-nahen Medienfuzzis, der von den Genossen als neuer Intendant fürs ZFD gedacht war.
„Was soll isch denn jetzt machen?“, fragte Grieser erschüttert, als ihm der Chef die Papiere zeigte. „Wir müssen“, sagte der Chef eindringlich, „um jeden Preis verhindern, daß dieser Dreck an die Presse gelangt. Das wäre unser politischer Untergang.“ Grieser sah ihn an. „Isch will zwei Dinge. Erstens will isch voll und ganz in unser Finanzsystem eingeweiht werden!“ Der Parteichef schluckte und nickte. „Und zweidens will isch einen vorderen Listenplatz für die Bundestagswahl, wenn isch den Karren aus dem Dreck fahre!“ Dem Chef fiel die Kinnlade herunter, aber was sollte er machen. Sein politisches Überleben hing von Griesers erfolgreicher Mission

ab. Er stimmte zu. Grieser streckte ihm die Hand hin. „Isch heiße Peter.“ Der Parteichef gab ihm die Hand. Ab jetzt duzten sie sich.

Am Samstagmorgen legte sich Erna auf die Lauer, fing das Päckchen ab und hängte einen großen Zettel an Schtoltes Wohnungstür. „Hallo Frau Schtolte! Ihre Dildos und die Reizwäsche können sie bei mir abholen. MFG, E. Napp.“
Schtoltes waren auf ein feinschmeckerisches Schlemmerwochenende gefahren. Als sie Sonntagsabends zurückkamen, fielen sie aus allen Wolken. Bis dahin zerrissen sich schon alle Hausbewohner die Mäuler über das aufregende Sexualleben der biederen Schtoltes. „Sowas haben wir nicht bestellt!“, sagte Frau Schtolte empört. „Isch aach nit“, sagte Erna: „Isch habs nur entgeschegenomme!“
Am Montagabend kam Dr. Schtolte völlig entnervt aus der Redaktion zurück. Den ganzen Tag hatte er merkwürdige Anrufe erhalten und grinsende Kollegen samt Kolleginnen ertragen.
Knack: „Es ist widerlich. Einige lästern hinter meinem Rücken, andere tun so, als sei ich Luft und eine Kollegin hat mir im Vertrauen einen Abend zu viert vorgechlagen!“ Back: „Mein Chefredakteur, der immer im Internet auf den Pornoseiten herumsurft, hat mich grinsend gefragt, was da los sei. Vor den Kollegen! Es ist ekelhaft.“
Karl und Erna goßen noch etwas Öl ins Feuer. Unter dem Siegel der Verschwiegenheit setzten sie ein paar Gerüchte in Umlauf und gaben lustige Einlagen. Schtoltes Weg durchs Haus glich täglichen Spießrutenläufen.
Karl: „Herr Schtolde, da war gestern schon widder so ä komisches Pärche in Lack unn Ledder, des zu ihne wollt, hä, hä.“ Erna: „Ach wisse Sie, Fraa Schtolde. Mache se sisch kään Kopp wesche sowas. De Karl unn isch, mir sinn da tolerant, gell.“ Und irgendjemand warf einen anonymen Zettel in Schtoltes Briefkasten: „Wir sind empört, daß wir mit solchen Schweinen in einem Haus leben müssen! Das ist ein Fall fürs Jugendamt.“
Ruckzuck waren Schtoltes mit den Nerven am Ende. Schlimmer als das hämische Grinsen Außenstehender, war ihr gegenseitiges Mißtrauen. Herr Schtolte gehörte zur großen Gruppe der

heterosexuellen Heuchler. Wie alle anderen Männer auch, schielte er Frauen auf Beine, Hintern und Brust, war aber weit davon entfernt, so etwas zuzugeben. Am allerwenigsten, wenn seine Frau dabei war. Wenn er sich die Übertragung von Damentennis ansah, war er begeistert über die hüpfenden Möpse von Serena Williams. Wenn aber Frau Schtolte dazukam, heuchelte er solche Sätze wie: „Ich find das ja furchtbar, daß Sportlerinnen von Männern immer vorwiegend nach ihrer sexuellen Attraktivität beurteilt werden."
Frau Schtolte jedenfalls durchforstete mißtrauisch sein Bücherregal und mußte feststellen, daß ihr Mann eine Vorliebe für Literaten hatte, deren Werke nur so von Sauereien wimmelten. Und hinter diesen Büchern entdeckte sie versteckte Pornos der deftigsten Art. Anscheinend hatte er eine geheime Sehnsucht nach großen, molligen Frauen mit Riesenbusen. Frau Schtolte war schlank und flachbusig. Doktor Schtolte geriet in Erklärungsnotstand. Jedenfalls schlugen sie sich die Nächte mit sinnlosen Diskussionen über Sexualität um die Ohren, um am nächsten Tag einem Karl Napp zu begegnen, der in grinsender Hausmeistermanier sagte: „Herr Schtolte. In ihrer Wohnung kenne sie treibe, was sie wolle. Misch geht des nix an. Unn moi Fraa, es Erna, sieht des genauso, hä, hä. Abber mal unner uns: Sie kenne doch beschtimmt den Swinger-Club in Finthe. Was geht en da so ab?"

Das Treffen war im Mainzer City-Hilton. Als Grieser den Kirchenvertreter erkannte, gingen sie zusammen den schweren Weg. Wackel-Otto, sekundiert von Sergej, empfing die Herren mit geschäftsmäßiger Sachlichkeit.
„Die Herrn habbe die Eschtheit der Unnerlaache geprieft?" Der Kirchenvertreter und Grieser nickten, Sergej ging vor der Tür in Positur. „Dorsch Zufall bin isch im Besitz dieser Bapiere. Franz-Josef Nierenschläger hat kirschlische Gelder verjuggelt, um Orgie zu feiern, bei dene hochrangische Kirschenvertreter mitgeberscht habbe. Er hat aach KDU-Spendengelder gesammelt unn verjuggelt. Sowohl KDU-Kommiteeler, als aach annere Vertreter aus Bolidig, Wertschaft und sunstwas warn debei. Die habbe all mitgefeilt."
Der Kirchenmensch und Parteifuzzi nickten ernst. „Isch hab mir

lang ibberlescht, wieviel es wert ist, daß die Sach unnerm Deppisch bleibt. Eischentlisch hab isch an zwää Millione Mack gedengt.“ Kirchen- und Parteifunktionär knirschten mit den Zähnen. „Abber weil isch nit nur kadolisch bin, sondern aach KDU wähl, mään isch, daß es fer jeden mit fünfhunnertdausend gemach iss!“ „Das ist Erpressung!“, sagte der Kirchenmann. „Dess iss Kadastrophe-verhinnerung zum halbe Preis“, widersprach Otto und wies auf zwei Beispiele hin. Den Pressewirbel wegen dem geilen Leihbischof und die aktuelle Spendenaffäre.

„Dadevor biet isch aach Sischerheit. Die Originalbeweise hinnerlesch isch beim Nodar, der das Vertraue aller drei Bardeien genießt. Nach meinem nadürlischen Tod“ - Otto betonte das Wort NADÜRLISCHEN - „wern die Unnerlache im Beisein des Nodars, meines Erben, sowie der Vertreder vun Kersch un Bardei vernischdet. Des Geld will isch schwarz, bar unn in Schweizer Franke, damit isch den Bimbes in Lischdenschdä uff ä Anderkondo packe kann, bevor de Euro kimmt. Zudem will isch jetzt die Zuschtimmung vun Kersch unn KaDeUh, daß nach moim Dod in Määnz e Erodikmuseum uffmacht. Es Dogder-Oddo-Gilcher-Erodig-Museum. Weder Kersch noch Bardei solle da querschieße!“ Grieser, ernst: „Wer garantiert uns, daß nischt doch die Dedektive plaudern oder sonst Beweismaterial an die Presse gelangt, selbst wenn wir gezahlt haben?“ Otto: „Isch! Isch garandier dess mit moim guude Name.“

Der Kirchenmensch nickte. 25 Jahre älter als Grieser, wußte er, daß Otto ein Ehrenmann war, auf dessen Wort man sich verlassen konnte. Als Mitte der siebziger Jahre ein alter Pfaffe im Puff an Herzschlag beim Koitus erlag, hatten Ottos Mannen dafür gesorgt, daß der Tote nach Hause geschafft und offiziell friedlich im Bett gestorben war. Auch Grieser nickte, als ihm der Name des Notars genannt wurde. Ein alter Parteispezi und juristischer Profi für knifflige Fälle.

Ausgerüstet mit einem Durchsuchungsbefehl und des toten Mayers Schlüssel, öffnete Mittelstedt die Tür des Vereins zur Rettung des christlichen Abendlandes. Es war acht Uhr morgens. Mittelstedt

und der schnaufende Assistent gingen zuerst nach oben, wo sie die Hausmeisterwohnung vermuteten. Richtig. Mayer hatte in einer spartanisch eingerichteten Zweizimmerwohnung gelebt. Ein paar alte Fotos in NVA-Uniform und ein Hochzeitsbild deuteten auf sein früheres Leben. Zum Zeichen seiner wahren Berufung standen im Zimmer christliche Devotionalien herum. Bett, Schrank und Küche waren penibelst geordnet, Tassen und Teller standen in Reih und Glied. Jeder Uffz. mußte hier Depressionen bekommen, weil er beim Stubendurchgang noch nicht einmal einen Staubkrümel finden konnte. Auffällig waren nur ein paar Rahmen mit Pistolenmunition und leere Verpackungen mit osteuropäischer Aufschrift.
„Schprengschtoff?“, fragte der Assistent.
Auf dem Schreibtisch lag ein Blatt Papier.
„An die Nachwelt.
Mein Name ist Gudrun Luther. Als ich vor Jahren nach Mainz kam und Dr. Nierenschläger kennenlernte, bekam mein Leben einen Sinn. Ich habe diesen Mann bewundert und mit ganzer Kraft für die Ziele des Vereins zur Rettung des christlichen Abendlandes gearbeitet. Mir zur Seite stand Roland Mayer, Hausmeister des Vereins, ein ehemaliger sozialistischer Berufssoldat, der hier zum wahren Glauben fand. Es ist unbeschreiblich, unsere Gefühle zu schildern, als wir erkannten, daß Nierenschläger uns alle betrog. In Wahrheit war er ein Diener des Satans, der hinter seiner christlichen Maske in einem Ausmaß teuflische Sünden beging, deren Beschreibung mir Ekelgefühle verursacht. Ich mußte mit eigenen Augen sehen, daß er Unzucht mit einem katholischen Priesterseminaristen trieb. Als wir ihn weiter heimlich beobachteten, mußten wir erkennen, daß Nierenschläger nicht nur dieses widernatürliche Verhältnis pflegte, sondern wahllos mit vielen Frauen und Männern buhlte. Wir sahen die Fratze des Teufels, der bis in die inneren Reihen der heiligen Mutter Kirche vorgedrungen ist. Wir wollten ihn nicht öffentlich anklagen, um Schaden, Hohn und Spott über der Kirche des Herrn zu vermeiden. Wir bedrohten ihn anonym, damit er auf Gottes Pfad zurückkehre, aber Nierenschläger ließ nicht von seinem Treiben. Deshalb

präparierten wir seine Drogen und Potenzmittel. Der Tod beendete dann wahrhaftig sein gottloses Tun, aber die Spuren seines verruchten Treibens zogen weitere Kreise. Einer seiner Gespielen, der Priesterseminarist, ging zu einem Detektivbüro, ein anderer, ein gewisser Bierheimer, ein sodomitischer Lustknabe, wollte den Verein mit seinem Wissen über Nierenschläger erpressen. Als die Detektive bis zu Bierheimer gelangten, mußten wir handeln. Wir versuchten, die Detektive durch körperliche Züchtigung von weiteren Nachforschungen abzuhalten. Bierheimer mußte sterben, zur Warnung an alle buhlenden Götzendiener, die sich über die Sittengesetze des Herrn hinwegsetzen und das Ansehen Gottes mit Schmutz bewerfen. Desgleichen wollten wir ein Zeichen setzen gegen die Hurerei im Angesicht Gottes und denen, die sich Ärzte nennen, ungeborenes Leben morden und die gottbeseelte Empfängnis verhindern. Mein treuer Gefährte Mayer mußte sterben. Er wurde getötet, als wir versuchten, die Villa, wo Nierenschläger seine babylonischen Orgien feierte, mit Feuer zu reinigen. Wenn weder das Gesetz, noch die Kirche selbst in der Lage und willens sind, die Gebote Gottes einzuhalten, so werden wir Gottes Wort Geltung verschaffen. Es gibt nichts mehr, was mich an diese Welt bindet. Da auch die Polizei ihren Weg bis zu dem Verein gefunden haben und auch die unbekannten Mörder meines Gefährten Mayer wissen, wo ich bin, nehme ich an, daß ich in höchster Gefahr schwebe. Und deshalb gehe ich meinen Weg zu Ende. Ich gehe ihn in ruhigem Bewußtsein, meine Aufgabe erfüllen zu müssen. Deus le vult.
Gezeichnet, Gudrun Luther."
„Die Assassinen!", seufzte Mittelstedt. Die Frage war nur, welche Teufelei um Himmels Willen diese Verrückte als ihre „Aufgabe" und ihren „Weg" bezeichnete. Der Assistent gab Fahndungsdaten und Beschreibung durch: „Um die verzisch, angezoche wie moi Oma mit eme Dudd uffem Kopp unn vornerum so flach wie e Kachel."
Dann fuhren sie zurück ins Präsidium. Der Detektiv Karl Napp hätte sich endlich gemeldet. Da Karl nicht wußte, was die Polizei wußte, tat er das, was er am Besten konnte. Er stellte sich dumm.

„Ei Guude! Es Erna, moi Fraa, hat mer gesacht, daß isch gesucht werd unn...“ Mittelstedt: „Ich suche sie im Zusammenhang mit dem Mord an Peter Bierheimer. Sie wollten ihn besuchen, als er schon tot war. Warum?“ „Ei des war so. Isch unn moi Mitarbeider, de Frängie....“ Mittelstedt war sofort genervt. Dieser Napp redete wie ein Wasserfall ein ungeheuerliches Blech zusammen, ohne sich festnageln zu lassen. Mittelstedt drohte mit allerschwersten Geschützen. „Also gut, dann saach ischs halt. Des iss nämlisch so. En schwule kadolische Priesterseminarist hat ä Verhältnis mit dem Bierheimer gehabt, abber vermudet, daß der en betrüscht. Deshalb hadder en Angeschtellde im Ordinariat gefraacht, ob er nit en Privaddedegdiv kenne dut. Der Angeschtellde iss moi Schwaacher. Deshalb habbe mir den Bierheimer im Ufftrach von dem anner beschaddet. Des derf abber niemand wisse, weil der Bub dann Ärscher mit seine Kuddebrunzervorgesetzte kriescht.“
Dann erzählte Karl lang und breit von der Schlägerei, allerdings ohne eine Personenbeschreibung geben zu können. Es wäre ja schließlich dunkel gewesen. „Vermutlisch haste widder die Heef gehabt, was?!“, brüllte der Assistent. Karl: „Hald Du es Maul, Du Hutsimpel. Mit Dir redd isch nit!“
Mittelstedt schickte den Assistenten raus. Er sollte bei der Uniklinik Karls Angaben überprüfen.
„Wo waren Sie zu dem Zeitpunkt, als Bierheimer ermordet wurde?“ „Da war isch mit em Frängie unnerwegs. Mir habbe äner druffgemacht.“ „Und wo waren Sie in der Nacht, als die Villa brannte?“ „Da war isch mit em Frängie unn em Herbert unnerwegs. Da habbe mer zu dritt äner druffgemacht.“ „Und wo waren sie da jeweils?“ Karl verschränkte die Arme. „Dess saach isch nit!“ Mittelstedt wurde sauer. „Also gut. Mer warn bei de Rosie im Schee Scherie mit Separee, Sekt, Sex, Berschderei unn allem. Aber des derf moi Erna uff gar kään Fall wisse, sunst iss dehäm de Deiwel los!“
Mittelstedt notierte genervt die Bar und die Künstlernamen der beteiligten Barfrauen. „Kennen Sie diesen Mann?“ Karl sah auf zwei Fotos von Roland Mayer. Einmal lebend in Uniform und einmal tot in Gorillakostüm. „Nää, kenn isch nit.“ „Sagt ihnen der

Verein zur Rettung des christlichen Abendlandes etwas?" „Kaum", sagte Karl. „Wääste, isch bin zwar kadolisch, glaab abber eher wenischer an Gott." „Was soll das wieder heißen?" „Also dess iss so. De Erna ihrn Ungel müdderlischerseits, de Bopp Ludwig, mir sache Ungel Lui, de Ungel Lui wohnt in Weisenau, is nit verheirat un hat aach kä Kinner, iss awwer fromm, wie des bei alde Leit manschmal so iss. De Lui jedenfalls will soi Geld ebe diesem komische Veroi vererbe. Unn es Erna hat dann zu mir gesacht, daß isch mir den Veroi vorher angugge soll, damit des aach kä Gauner sinn, die wo alde Leit es Geld aus de Dasche ziehe unn...." „Schon gut, Herr Napp", seufzte Mittelstedt. „Derf isch jetzt gehe?" „Herr Napp! Ich glaube eher mehr als weniger, daß Sie mehr wissen als sie sagen!" „Isch wääß gar nix, isch will bloß nit, daß es Erna erausgekriescht, daß isch in de Bar gewese bin." „Sie hören von uns", drohte Mittelstedt zum Abschied.
Uff, dachte Karl. Zum Glück hatte er sich mit Schmitt, Franky, Herbert und Erna abgesprochen.
Mittelstedt befragte den Polizeicomputer über den Verein. Keine Eintragungen. Er überprüfte Gudrun Luther. Ebenfalls Fehlanzeige. Nur einmal, als sie noch im katholischen Altenheim gearbeitet hatte, gab es eine Anzeige. Die Tochter einer gestorbenen Frau hatte behauptet, daß die Pflegerin Luther versucht hätte, alte Insassen zu Spenden für den Verein zu überreden. Das Verfahren war aber ergebnislos eingestellt worden.

Gudrun Luther betete lange, ging dann ins Bleichenviertel und betrat einen Sexshop. Das einzige, was sie etwas nervös machte, war die Tatsache, daß sie mit Waffen nicht umgehen konnte. Mayer hatte den Sprengstoff und die Waffen besorgt, Mayer hatte das Puff und die Praxis in die Luft gejagt, Mayer hatte Bierheimer entleibt. Aber, so hoffte sie, mit Gottes Hilfe werde ihr frommes Werk gelingen. Die Verkäuferin im Laden dachte sich nichts. Auch Frauen kamen in Sexshops und viele Kunden waren etwas nervös oder unsicher. Luther wartete, bis ein Kunde den Laden verließ. Luther zog die Pistole, bedrohte die Verkäuferin, zeigte ihr den Sprengstoff, ließ sich die Schlüssel geben und warf sie raus. Dann schloß sie ab und wartete. Die Verkäuferin rannte nach gegenüber in die Eckkneipe und verlangte ein Telefon, um die Polizei anzurufen. Die breiten Herren mit den schweren Lederjacken verschränkten die schweren Arme und harrten erwartungsvoll der kommenden Dinge. Einer fuhr vorsichtshalber seine Harley um die Ecke. Wenn die Fensterscheiben seiner Kneipe zu Bruch gingen, war das weit weniger schlimm, als ein Bombenkratzer an seiner geliebten Maschine, die er zu einem Prestigeobjekt umgebaut hatte. Der Lenker war etwa 1,50 Meter breit und soweit oben auf der überlangen Vordergabel angebracht, daß er beim Fahren nur noch unter dem Lenker hindurchsehen konnte, ganz abgesehen davon, daß das Ding einen Wendekreis von ca. 30 Metern hatte. Aber, wer cool ist, der fährt sowas, erst recht im Winter.

„Hier schpricht die Polizei. Sie haben keine Schangse....“ Luther verlangte höflich und bestimmt, den Beamten zu sprechen, der gegen die Assassinen ermittele, sonst würde sie den Laden sofort in die Luft sprengen.
„Scheff!“, sagte der Assistent aufgeregt. „Die Assisdende Goddes sinn am Dellefon!“ Mittelstedt nahm den Hörer und überzeugte sich durch einige Fachfragen davon, daß es sich hier um keinen Trittbrettfahrer oder durchgeknallten Wichtigtuer handelte. Sie wußte alle Details der gottesfürchtigen Bombenanschläge. Mittelstedt legte auf. „Sofort das Haus und die Umgebung evakuieren, Hausbesitzer ausfindig machen. Brauchen Pläne vom Gebäude.“ Dann sprang er mit dem Dicken in den Wagen und raste ins Bleichenviertel. Die Polizei riegelte die Umgebung ab, evakuierte das Haus, die umliegenden Gebäude und versuchte, die Schaulustigen wegzudrängen. Mittelstedt und der Dicke zwängten sich in die Eckkneipe, aus der ein paar bekannte Gesichter grinsten. Da nicht anzunehmen war, daß die Hells Angels ihren Stützpunkt räumen würden, führte er unter fachmänischer Aufsicht die Einsatzleitung.
„Wer iss dann die Bombelescherin?“, fragte der Wirt. „Dess iss die Scheffin vun de Assisdende Goddes“, sagte der Assistent. „Kenn isch nit“, sagte der Angel.

Die Verkäuferin beschrieb Täterin und Bewaffnung. „Wahrscheinlisch Semtex“, kommentierte ein Angel fachmännisch. „Gabs vor en paar Jahr im Oste in jeder Eckkneip für en Kligger un en Knopp zu kaafe.“ „Danke“, sagte Mittelstedt, der kein Sprengstoffexperte war. Er fragte die Verkäuferin, ob man unbemerkt durch den Hintereingang in den Sexshop komme. „Nää, des glaab isch eher wenischer. Des merkt die sofort unn dann rappelts.“

Das meinte auch der herbeigerufene Hausbesitzer. „Des iss doch Wahnsinn! Die schprengt moi Haus in die Luft!“

Ein Angel rief durch den Raum: „Die Alt fährt abber ganz schee Schliddc mit dc Bullc, was?“ „Hoho“, grölten scinc Kollegen und verlangten johlend Verstärkung: „Wo bleibe dann die Subberbulle vum Es Eh Ka? Dess iss ja lebensgefährlisch hier.“ Ein Angel telefonierte mit Freunden: „Eij Headbanger! Des glaabste nit, was hier los iss. De Middelschtedt unn soin digge Adjutant sinn hier unn geschenibber iss e verrickt Alt, die will den Sexshop in die Luft schprenge. Komm her, dess mußte der agugge. Saugeil, was hier abgeht!“

Mittelstedt hatte genug. Er schnappte seine Leute und ging nach nebenan in den asiatischen Lebensmittelladen. „Geht uffs Haus“, sagte der Wirt, als der Assistent sein Getränk zahlen wollte. „Mer helfe de Bolizei, wo mir kenne.“

Mittelstedt rief im Sexshop an. „Gut“, sagte er. „Wir erfüllen ihre Forderung.“ Frau Luther legte die vorbereitete Erklärung ins Fax und faxte zu Radio RPR, dem Südwestfunk, der Bildzeitung und den Mainzer Zeitungen. Mittelstedt war auf die Forderung eingegangen, um sicherzustellen, daß alle Anwohner rechtzeitig evakuiert werden konnten, bevor sie zündete. Er telefonierte mit RPR. „Ja, verdammt. Verlesen sie diesen Humbug und ersparen sie sich jeden eigenen Kommentar dazu!“

Er sah auf die Uhr. In genau 25 Minuten würde per Radio diese größenwahnsinnige Erklärung ausgestrahlt werden. Das widerliche an religiösen Fundamentalisten war ja, daß sie alle Errungenschaften der letzten tausend Jahre als Teufelswerk verdammten, aber keinerlei Hemmungen kannten, mit modernsten Waffen, Faxen und Presseerklärungen zu hantieren, um die

Menschheit ins religiöse Mittelalter zurückzubomben. „Sind jetzt alle Anwohner evakuiert?“ „Fast“, sagte die zuständige Beamtin. Daneben stand der Einsatzleiter vom SEK. Seine Mannen standen sprungbereit mit allem, was das Arsenal zu bieten hatte. Auch der Pächter des Sexshops war jetzt da. „Hoffentlich bezahlt des die Versischerung, wenn kadolische Fundamentaliste den Lade in die Luft schprenge!“ Verkäuferin: „Abber warum eigentlisch nit. Die hat ja aach gezahlt, als radigale Feminisdinne die Fensterscheib oigeworf habbe.“
Mittelstedt übergab Verkäuferin, Ladeninhaber und Hausbesitzer in die Obhut einer Polizistin. Er brauchte Ruhe. Noch 15 Minuten. Sicherheitshalber ging er im Hinterzimmer in Deckung. Das Stichwort lautete: Fensterscheibe. Der Lebensmittelladen war Luftlinie etwa 8 Meter vom Sexshop entfernt. Zwischen ihm und der gottesfürchtigen Terroristin waren im wesentlichen nur zwei Glasscheiben. Er rief an. „Frau Luther, ich mache ihnen einen Vorschlag. Ich ziehe die Polizisten zurück und komme unbewaffnet zu Ihnen.“ Frau Luther ließ sich auf solche Spielchen nicht ein. „Sobald jemand an die Tür klopft oder ich nur entfernt etwas verdächtiges höre, zünde ich sofort die Bombe! Deus le vult!“ „Mit Fanadigger kannste nit redde“, sagte der Assistent und zuckte mit den Schultern. Weil er mitdachte, rief er bei den Rockern an: „Eij, Headbanger! Es werd Ernst. Zieht eusch die Helme uff unn geht hinnerm Threse in Deckung!“
Noch 10 Minuten, gespannte Stille. Der Assistent kaute mit offenem Mund irgendwelche asiatischen Leckereien, um seine nervösen Nerven zu beruhigen. Deutlich hörte man die Kiefer mahlen. Es passiert ja immer wieder, daß sogar gestandene Bombenleger Unfälle bauen und sich selbst in die Luft jagen. Noch gefährlicher ist es natürlich, wenn Bombenleger nicht entsprechend ausgebildet sind. Dann sind sie noch zusätzlich nervös und fingern mit schweißnassen Händen an ihrem Sprengstoff herum und BUUUUUMMMMMMMMMMMM, flog der Sexshop in die Luft, zwei Minuten bevor das SEK stürmen konnte. Der Sexshop lag im Erdgeschoß eines Eckhauses an einer Kreuzung. An zwei Straßenfronten flogen die Schaufenster samt Auslagen nach

draußen und die Druckwelle feuerte alle Scheiben der gegenüberliegenden Häuser nach innen. Es regnete messerscharfe Glassplitter durchs Bleichenviertel. Dazu auch Vaginal- und Analdildos, Vibratoren, Handschellen, Leder- und Gummimasken, Lustringe, Lustkugeln, Reizwäsche, Videos und vieles mehr, vor allem zerfetzte Pornohefte. Tausende bunte Blätter mit Fotos kopulierender Menschen und erläuternden Textpassagen, etwa in der Art: „Jaa! Gib mirs. Fester, fester, mach mirs, ah, ich explodiere. Ohh jaa!“
Mittelstedt, der Assistent, der Polizeipsychologe und der SEK-Einsatzleiter rieben sich die dröhnenden Ohren und torkelten benommen zum Sexshop, erschüttert vom Ausmaß sinnloser Verwüstung. Irgendwo im rauchendem Trümmerhaufen, der jetzt anfing zu brennen und gelöscht wurde, lagen und klebten auch Bröckchen und Partikel, die in zusammengesetztem Zustand eine menschliche Person ergeben hätten, aber da war nichts mehr zusammenzusetzen. Gudrun Luther hatte sich den Sprengstoff mit Tapeband um die Hüfte geklebt. Es war ein Unfall. Eigentlich wollte sie sich und den Laden erst in die Luft sprengen, nachdem die Erklärung über Rundfunk gesendet worden war. Ein Angel mit Motorradhelm auf dem Kopf winkte hinter der Absperrung und gab einer Polizistin ein Blatt Papier, das ihm zugeflogen war. Mittelstedt las: „Pornographie ist eine Sünde wider den Herrn und seine Gebote. Dieser Satansdreck zerstört die sittlichen und moralischen Werte des christlichen Abendlandes. Wer diesen Auswurf des Teufels herstellt, vertreibt oder kauft, den führen wir seiner gerechten Strafe zu. Deus le vult. Die Assassinen Gottes.“
Mittelstedt rief beim Rundfunk an. „Dieser Humbug wird nicht gesendet, die Attentäterin hat sich soeben selbst in die Luft gesprengt! Nicht senden! Die Gefahr von Nachahmungstätern ist zu hoch!“
„Hoffentlisch zahlt des die Versischerung“, bangte der Ladenbesitzer. „Hoffentlisch werd isch jetzt nit arbeitslos“, sagte die Verkäuferin. „Hoffentlisch iss jetzt Ruh unn isch kann Fassenacht feiern“, sagte der Assistent. „Hoffentlich muß ich mir nicht noch länger so einen Schwachsinn anhören“, sagte

Mittelstedt. „Des iss kän Schwachsinn“, maulte der Assistent. „Letzt Jahr an Fassenacht hatt isch die Gripp. Isch war so vollgebumbt mit Tabledde, daß isch vun de ganz Kampanje kaum was gemerkt hab. Drei Halbe unn isch war voll wie zehn Russe! Unn dies Jahr komme die bescheuerte Assassine unn schprenge halb Meenz in die Luft!“ „Helau!“, sagte Mittelstedt wütend.

Im Mainzer Rathaus betrieb Grieser etwas Kommunalpolitik der feineren Art. Er kopierte die Kopien, schwärzte ein paar Namen und ging zum Büro seines SBD-Konkurrenten. Nobby war sehr beschäftigt. Er telefonierte mit Parteifreunden, dem Polizeipräsidenten, der Landesregierung, Gott und dem Teufel. Grieser legte ihm eine Kopie auf den Schreibtisch. Der Genosse las zweimal seinen Namen. Erst bei der Einladung zu „Messalina“ und dann seine unterschriebene Zusage, inclusive Überweisungsformular über 400 DM, vom Konto der kommunalen Spesenkasse überwiesen, zum Zweck einer Spende an den honorigen Verein zur Rettung des Abendlandes.
„Wo hast Du das her?“, blaffte er Grieser an. „Die Originale sind mir zugeschpielt worden.“ Genosse Norbert bekam einen hochroten Kopf und sah eine große Schlagzeile:
„SBD-Dezernatsleiter häufiger Gast bei sadomasochistischen Gruppensexveranstaltungen.“
„Du willst misch doch nischt etwa bolidisch erpressen?“ „Nobby“, sagte Grieser entrüstet. „Wir kennen uns seit über dreißig Jahren und isch käme nie auf den Gedanken, das Privatleben meines Konkurrenden im Allgemeinen oder seine sexuelle Veranlagung im Besonderen bolidisch auszuschlachten. Geht misch ja auch nix an. Deine Frau, die Presse, deine Genossen und insbesondere die SBD-Frauenvereinigung könnten das allerdings anders sehen.“ „Halb Mainz und Wiesbaden war auf diesen Partys! Auch Frauen!“, beharrte Norbert zu seiner Verteidigung. „Da schteht aber Dein Name“, sagte Grieser, „und die Namen von ein paar Deiner Genossen.“ „Also was soll isch tun?“, kapitulierte Nobby. „Erstens“, tippte Grieser auf den Namen eines bekannten Medienfuzzys, der vom roten Freundeskreis des ZFD als neuer

Intendant favorisiert wurde, „erstens legst Du eurem Kandidaden nahe, daß er freiwillisch auf seine Bewerbung verzischdet." Nobby seufzte gequält und stimmte zu. „Zweidens. Den schönen Aufsischtsratsposten bei der schtadteigenen Wohnbaugesellschaft bekomme isch und nischt Du! Dann hast Du auch mehr Zeit für dein Hobby." „Das war aber zwischen unseren Fraktionen so abgeschprochen", protestierte Nobby mau. „Mir egal", sagte Grieser und wedelte mit der Kopie. Nobby gab klein bei. Er würde wegen Arbeitsüberlastung auf den Posten verzichten müssen. „Ach, da hab isch noch was." „Was denn noch?" „Waren Brezelmüller und Hohlblockfriedel schon bei Dir?" „Ja", seufzte Nobby. Sowohl Brezelmüller als auch Hohlblockfriedel hatten die Mainzer SBD heimgesucht. Es ging um den Baustillstand in der Innenstadt. Grieser: „Wenn der Bauschtillstand nischt bald aufgehoben wird, wollen die Beiden ihre Schpenden zurückhaben oder sie machen Rabbatz. Dann hat auch die SBD ein Schpendenproblem." Nobby seufzte: „Das Gleische haben sie mir auch angedroht." Grieser: „Die Lage ist ernst. Brezelmüller hat mir im Vertrauen versischert, daß er für Hohlblockfriedel nischt mehr garandieren kann. Der Mann ist zu allem fähisch! Der läßt die ganze Mainzer Handkäsmafia hochgehen! Und dann sind wir beide bolidisch erledischt." „Isch weiß", heulte Nobby. „Wir sind Tag und Nacht am arbeiten. Wir haben der Landesregierung vertraulisch verklickert, daß das kein lokales KDU-Problem ist. Der Bauschtillstand muß aufgehoben werden! Die Landesreschierung wird Gelder lockermachen." Grieser seufzte erleichtert. „Und die Bolizei? Was ist, wenn irgendein Kribobeamder in dem gansen Dreck herumwühlt?" „Isch kümmer misch drum", sagte Nobby und fragte: „Was ist mit der Kirsche?" „Das ist mein Bier", sagte Grieser stolz. „Die Kutt..,äh, die Kirsche wird alles tun, um Schlagzeilen zu vermeiden."

Danach ging Grieser ins Büro eines Unionsfreundes. Hier war er weniger freundlich. Er hielt ihm eine Kopie vor die Nase und ließ sie fallen, als der Übeltäter danach schnappen wollte. Er mußte den Zettel vom Boden aufklauben.

„Jaja, das sind die Rischtigen! Sonntags morgens auf dem bolidischen Frühschoppen was von wegen christlischen Familienwerden daherschwadronieren und abends dann ins Puff gehen! Und sowas nennt sisch Konservativdemokrat!“ Der ertappte konservativ-demokratische Familienvater starrte entsetzt auf die Kopie. Grieser: „Ab jetzt ist Schluß! Keine Querschüsse mehr und keine Knüppel zwischen meine Beine. Isch bin der Fraktionsscheff und wenns Dir nischt passt, dann tritt von Deinem Posten zurück, Du verlogene perverse Sau!“ Griesers innerparteilicher Konkurrent sackte etwa auf Fingerhutgröße zusammen und gelobte dann aufrichtige Parteisolidarität bis an sein Lebensende.
Grieser verließ den jammernden Scheißhaufen, stapfte triumphierend in sein Büro und sah mit Feldherrnblick aus dem Fenster über die Skyline seiner Heimatstadt. „So macht Bolidig Schpaß“, murmelte Grieser befriedigt. Aber dann holte ihn wieder die Realität ein. Ein Anruf. „Ja“, sagte Grieser. „Natürlisch. Isch werde pünktlisch da sein.“
Krisenmanager Grieser mußte noch mit vielen Mainzer Persönlichkeiten telefonieren. Er telefonierte mit allen, die offenkundig Nierenschlägers Veranstaltungen besucht hatten. Es war dann auch eine hochrangige Delegation, die sich auf neutralem Boden, in den Privatgemächern von Brezelmüller traf. Grieser vertrat die KDU, Nobby sprach für die Genossen, der Sekretär vertrat die Kirche, Brezelmüller vertrat die Handkäsmafia, ein Richter am Landesgericht sprach für die Juristen, eine ZFD-Verwaltungsdirektorin vertrat die Öffentlich-Geschlechtlichen.
„Warum sollte ich das tun?“, fragte Dr. Kurat. „Deshalb“, sagte Grieser und legte zwei Kopien vor. Einmal die Einladung an Dr. Kurat zur Veranstaltung „Sodom und Gomorrha“, sowie Zusagen von zwei weiteren hochrangigen Exekutivvertretern beiderlei Geschlechts. Dr. Kurat sah sofort die Notwendigkeit, zu handeln. Dem stand auch formal nichts im Wege, zumal die Ermittlungen so gut wie abgeschlossen waren. Und so geschah es auch. Die Akte wurde ins Reine geschrieben und die Soko „Assassinen“ aufgelöst. Der Fall war gelöst. Die Schlagzeilen lauteten:

„Mainz: In ebenso zäher wie unermüdlicher Ermittlungsarbeit gelang es der Kripo Mainz, einen Mord und drei bundesweit aufsehenerregende Bombenanschläge aufzuklären. Laut Bekennerbrief haben Gudrun L. und Roland M. eine christlich-fundamentalistische Terrororganisation namens „die Assassinen Gottes" gegründet, einen Homosexuellen ermordet und Bombenanschläge auf eine Frauenarztpraxis, ein Bordell und einen Sexshop verübt. Gudrun L. kam bei Ausführung des letzten Anschlags durch unsachgemäße Handhabung des Sprengstoffs ums Leben, Roland M. ertrank unter ungeklärten Umständen im Rhein, was möglicherweise im Zusammenhang mit einem Einbruch samt Brandstiftung steht. In einer Stellungnahme sprach sich der Pressesprecher des bischöflichen Ordinariats Mainz im Namen der katholischen Kirche gegen jegliche Form von religiösem Extremismus und Fanatismus aus."
Den großen Mainzer Sex- Kirchen- und Spendenskandal hat es nie gegeben. Der tote Roland Mayer wurde zu jenem legendären Mainzer Kriminalbeamten abgeschoben, der vorwiegend ungeklärte Fälle bearbeitete. Kirche und KDU zahlten jeweils 500000 DM in Schweizer Franken an Wackel-Otto, der wiederum 100000 DM an die drei Detektive zahlte, damit sie das Maul hielten. Sie hielten auch das Maul, weil Otto immer noch die Pistole mit ihren Fingerabdrücken hatte. Gegen die große Koalition aus Mainzer Handkäsmafia und Rotköpfchenfraktion war kein Kraut gewachsen. Nur Gott allein weiß, wie es ein Kirchenvertreter und Grieser schafften, vom halbtoten Vorsitzenden des Vereins zur Rettung des christlichen Abendlandes den Auftrag zur Vereinsauflösung zu bekommen. Das Vereinsvermögen ging an die Kirche, Wackel-Otto bekam als kleine Aufmerksamkeit die noch brauchbaren Reste von Fickeisens Erotiksammlung geschenkt. Mit Energie und Tatkraft plante er sein Lebenswerk. In der Mainzer Innenstadt kaufte er ein Haus, ließ es großzügig sanieren und plante. Er plante das große Mainzer Dr. Otto-Gilcher-Erotikmuseum. Schlau wie er war, konsultierte er Archäologen, Sozialhistoriker, Volkskundler, Ethnologen, Sexualwissenschaftler, Huren- und Frauenverbände, Feministinnen, Schwulen- und Lesbenvertreter. Alle sollten die

Möglichkeit haben, die Darstellung menschlicher Sexualität auf jeweils einer Etage nach ihren Ansichten zu verwirklichen. Das ganze mit Internet, Diskussionsforum, Cafe, Bibliothek und Merchandising. Zu sehen sollten Exponate sein aus 25000 Jahren regionaler Sexualgeschichte. Angefangen mit der berühmten Venus vom Linsenberg, einer nackten Frauenfigur, die Mainzer Urhutsimpel 23000 vor Christus geschnitzt hatten, über römische Bronzeanhänger (Zuchplagettscher) in Form erigierter Penisse, zu Berichten von geilen Mainzer Pfaffen, die im 11. Jahrhundert über das Zölibat schimpften, erotischen bis sexistischen Photographien aus dem 19. Jahrhundert, bis zu Presseartikeln über geile Kuttenbrunzer Anfang des dritten Jahrtausends nach Christus. Nach Ottos Tod sollte seine Krankenpflegerin und Alleinerbin die Stiftung weiterführen. Sie hatte als Hure gearbeitet, Kulturanthropologie studiert, Ottos Buchführung bewältigt, seinen Steuerberater kontrolliert, war also hochqualifiziert für den Job.
Weil Grieser einige lokale Parteifreunde und Nobby in der Hand hatte, verzichtete er vorläufig auf seine Kandidatur für den Bundestag und blieb in Mainz, was Frau Grieser aus sexuellen Gründen sehr erboste. Andererseits aber war sie Enttäuschungen von ihrem Mann gewöhnt.
Blieben noch der Baustillstand in der Innenstadt und die erbosten Spender. Mit Hilfe privater Sponsoren und Zuschüssen von der Landesregierung schaffte man auch hier die Kuh vom Eis. Nach Ende der Ausgrabungen wurde weitergebaut. Im Keller des Einkaufszentrums sollte dann später ein römisches Puppenstübchen zur touristischen Besichtigung freigegeben werden. Das war zwar ein erbärmlicher Umgang mit der eigenen Geschichte, aber was sollte man machen? Es war ja noch nicht mal genug Geld da, um zwei städtische Freibäder zu finanzieren. Aber zum Ausgleich bastelte man gerade an einem irrsinnig teuren, protzigen Theaterneubau in Form eines riesigen Handkäses, der die kulturpolitische Bedeutung der rheinland-pfälzischen Landeshauptstadt krönen sollte. Weder SBD noch KDU mußten also Spenden zurückzahlen, die Kirche blieb von der Sexaffäre Nierenschläger verschont.

Auch sonst herrschte Friede, Freude, Eierkuchen. Mittelstedts Assistent stürzte sich in die Fassenacht. Mittelstedt war froh, daß er über die tollen Tage doch noch in Skiurlaub fahren konnte, um sich den Trubel zu ersparen. Mathias Schmitt hielt die Atmosphäre von Verdächtigungen und Heuchelei im Priesterseminar nicht mehr aus. Er offenbarte sich seinem Chef. Der vergab ihm seine Sünden und sorgte dafür, daß Schmitt am Arsch der Welt in ein Kloster eintreten konnte. Schmitt verliebte sich dort in einen schwulen Prior, der genauso feinfühlig und monogam wie Mathias war. Die Beiden wurden glücklich miteinander. Das einzige, was in Mainz auch nur entfernt an den Skandal erinnerte, war ein Motivwagen am Rosenmontag. Man sah einen Kuttenbrunzer, der eine nackte Frau exorzierte, derweil dahinter der entnervte Teufel saß und allen Katholiken den Vogel zeigte. Weil das aber gewissen Mainzern zu „niveaulos, primitiv und geschmacklos“ erschien, wurde die Frau mit einem Vorhang verhüllt, damit man nur noch ihre nackten Füße sah.

Karl, Herbert und Franky wurden also nicht berühmt. Sie waren die drei nützlichen Idioten, die für Wackel-Otto die Kohlen aus dem Feuer holen durften, wofür sie aber immerhin finanziell entschädigt wurden. Gemeinsam bastelten sie drei Bischofsmützen aus Pappe und schrieben das Gedicht vom geilen Leihbischof darauf. Als der Motivwagen vorbeirollte, sangen sie:

„Da wackelt de Dom, da wackeln die Bääm, heit geht de Bischof noch lang nit hääm!“

Ende

Falls Ihnen dieser Karl-Napp-Krimi gefallen hat, es gibt noch:

Der Hund vom Lerchenberg

Mainz. Fiese Verbrecher entführen Ken, fordern Lösegeld und drohen, seinen Schwanz abzuschneiden. Ken ist ein Yorkshire- Terrier. Echte Meenzer nennen diese Sorte Hund „Fotzelecker".

Der Köter gehört Doktor Neumüller und seiner Freundin Barbie. Neumüller ist ein hohes Tier beim Zweiten Fernsehen Deutschlands und sieht aus wie ein dicker Mops. Barbie ist ein Partyluder aus Wiesbaden mit riesigen Silikonbrüsten und Lippen so dick wie Fahrradschläuchen.

Neumüllers Ehefrau darf aber nicht wissen, dass es Barbie gibt. Deshalb gehen Herrchen und Frauchen nicht zur Polizei, sondern zum Privatdetektiv Karl Napp. Auf der Suche nach dem Hund schnüffelt Karl im Frankfurter Boxmilieu und stolpert in die Wiesbadener Pornobranche. Die Spur des Verbrechens führt aber in die hessisch besetzte Zone von Mainz.

Pressesprecher der Mainzer Handkäsmafia
Genau. Alle Hesse sinn Verbrescher, klaue AKK unn Aschebescher!

Wiesbadener Literaturkurier
Das ist richtig. Aber noch krimineller sind die Zustände in der irren Fernseh-Anstalt auf dem Mainzer Lerchenberg.

Wörrstädter Landbote
Stimmt. Erstens verschleudern die Lerchenberger unsere GEZ-Gebühren und zweitens sind sie arrogant!

Fernseh-Redakteurin in einer Mainzer Boutique: Ich arbeite beim Fernsehen. In gehobener Position. Wieviel Rabatt bekomm ich hier?

Frau Babbisch, Putzfrau: Also, isch butz hier seit 30 Jahr. In Werklischkeit iss alles viel schlimmer als wie in dem Buch. Abber egal. Hauptsach, die Nullfümfer sinn in de erst Bundesliga unn butze de Betze weg.

Der Hund vom Lerchenberg.
Mainzer Kriminalroman von Dieter Schmidt.
Karl-Napp-Verlag 2005. ISBN: 3-9809395-1-0 9.95 €

Ääner geht noch!

Ganz Mainz strunzt weltweit mit Johannes Gutenberg, dem berühmtesten Mainzer aller Zeiten. Angeblich hat der Bursche den Buchdruck erfunden. In Wahrheit weiß man noch nicht einmal, wie er aussah.

Als die Spur eines Gutenbergportraits aus dem Jahr 1454 auftaucht, gerät die ganze Stadt aus dem Häuschen. Kunsthistoriker, Lokalpolitiker, die Presse, die Handkäsmafia, die Hells Angels, ja sogar Wiesbadener jagen hinter dem alten Bild her. Eine Terroristin von der rheinhessischen Befreiungsfront (RHF) ist auch dabei. Deshalb mischt auch der Verfassungsschutz mit. Zwischen allen Fronten: Privatdetektiv Karl Napp.

Johannes Gutenberg +

„Ja gut, sischerlisch. Schtimmt alles, was iwwer misch in dem Buch schteht. Abber grad deshalb! Wenn isch den Hutsimpel vun Audor verwisch, dann haach isch em uff die Fratz, dem Dollbohrer!"

Der sehr vornehme Wiesbadener Literaturkurier:

„Die Art und Weise, wie hier Wiesbadener dargestellt werden, ist empörend. Außerdem ist das Buch intellektuellenfeindlich."

Frau Dr. Babbisch, südwestdeutscher Lideradurrundfunk:

„Geil, isch lach misch kabutt. Den Krimi schenk isch moim Schtescher. Des iss aach son iwwerzwersche Schtudierte, wie er im Buch schteht. Alsfort schlau babbele, abber zu bleed, um die Waschmaschin zu bediene. Unn im Bett? Kannste grad vergesse. Die Berschterei hat der aach nit erfunne.

Ääner geht noch!

Mainzer Kriminalroman von Dieter Schmidt.

Karl-Napp-Verlag 2004. ISBN: 3-9809395-0-2 9,95 Euro.

„Kuttenbrunzer“

Die Mitwirkenden:

Karl Napp
Määnzer Hutsimpel, Expolizist
und Privatdetektiv

Erna Napp
Karls Frau schlauer als er
und Vermieterin

Herbert Dickmilch
rheinhessische Frohnatur,
Hobbyjäger und Freund von Karl

Rudi
Herberts Dackel, Sauvieh

Brezelmüller
Pate der Mainzer
Handkäsmafia

Fläschworschttoni
Großmetzger, immer gut
gelaunt und geil

Hohlblockfriedel
Baulöwe und Spenden-
geschädigter

Mathias Schmitt
schwuler und sensibler
Pristerseminarist, Exlieb-
haber von Fickeisen

Kommissar Mittelstedt,
Kripo Mainz

Mittelstedts Assistent,
Kripo Mainz

Franz-Josef Fickeisen
alias Nierenschläger
bisexueller katholischer
Priester, Spendensammler
und Puffgänger

Rosie
gestandene Puff-
und Großmutter

Illustrationen: Atelier Wilinksi www.wilinski.de

Dieter Schmidt

Big Deal oder Der Stecher von Mainz

Kriminalroman

ISBN 3-88081-228-4

9,80 Euro

Mainz: Hausmeister und Privatdetektiv Karl Napp erhält den Auftrag, die Frau eines stadtbekannten Unternehmers der ehelichen Untreue zu überführen. Karl Napp stößt bei seinen Nachforschungen auf einen Skandal, daß der Dom wackelt. Sex, Lügen, Videos, Korruption, Erpressung. Mittendrin: die ehrenwerten Mitglieder der Mainzer Handkäsmafia. Unternehmer, Ärzte, Anwälte, Polizisten, Beamte, Lokalpolitiker, Fassenachter, Nullfünfer.

»Mit der Berechtigung eines Mannes, der sich für sehr wichtig hält, jagte er den Porsche über das Kopfsteinpflaster der Innenstadt, bremste zackig und stoppte genau in der Einfahrt zur Anwaltskanzlei (...) Der Anwalt war Mitte Vierzig und gehörte zu jener Sorte Mainzer, die, sobald sie Abitur haben, krampfhaft ihren Dialekt verleugnen, es sei denn, sie besuchen einmal im Jahr die Mutter im Altersheim.
So sah er auch aus. Schlank, gepflegter Dreitagebart und die Haare mit viel Gel zu einem öligen Zöpfchen frisiert. Außerdem stank er nach Parfüm wie ein Moschusochse. Er war die, je nach Geschmack, elegante oder schmierige Ausgabe eines rheinhessischen Staranwalts mit Drang zu höherer gesellschaftlicher Reputation.
Der schnaufende Porschefahrer war sein bester Kunde, ein namhafter Unternehmer aus der allerersten Reihe des Mainzer Geldadels. Selbstloser Sponsor archäologischer Ausgrabungen, Vorstandsmitglied bei Mainz 05, Fassenachtsfunktionär undundund. Selbstverständlich mit besten Kontakten zur Lokalpolitik, weshalb er nicht nur Mitglied der CDU war, sondern natürlich auch bei den Genossen. Das war Hans-Peter Müller, von Freund und Feind ehrfürchtig nur ›Brezelmüller‹ genannt.«

éditions trèves

Postfach 1550 – 54205 Trier

Tel 0651 - 30 90 10 – Fax 0651 - 30 06 99

mail@treves.de – www.treves.de